GEORGE ORWELL

UM POUCO DE AR, POR FAVOR

GEORGE ORWELL

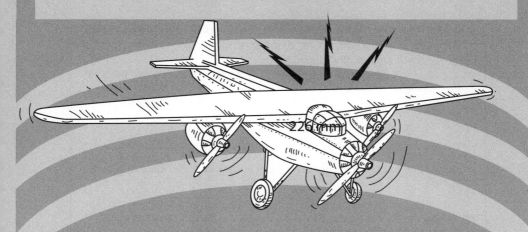

UM POUCO DE AR, POR FAVOR

**TRADUÇÃO
PETÊ RISSATTI**

Principis

Esta é uma publicação Principis, selo exclusivo da Ciranda Cultural
© 2021 Ciranda Cultural Editora e Distribuidora Ltda.

Traduzido do original em inglês
Coming up for air

Texto
George Orwell

Tradução
Petê Rissatti

Revisão
Fernanda R. Braga Simon

Produção editorial e projeto gráfico
Ciranda Cultural

Diagramação
Linea Editora

Imagens
Natsmith1/Shutterstock.com;
Tuleedin/Shutterstock.com;
pimchawee/Shutterstock.com

Dados Internacionais de Catalogação na Publicação (CIP) de acordo com ISBD

O79p   Orwell, George, 1903-1950
          Um pouco de ar, por favor / George Orwell ; traduzido por Petê Rissatti. - Jandira, SP : Principis, 2021.
          256 p. ; 15,5cm x 22,6cm. - (Clássicos da literatura mundial)

          Tradução de: Coming up for air
          ISBN: 978-65-5552-367-6

          1. Literatura inglesa. 2. Ficção. I. Rissatti, Petê. II. Título. III. Série.

2021-596
                                                                       CDD 823.91
                                                                       CDU 821.111-3

Elaborado por Vagner Rodolfo da Silva - CRB-8/9410

Índice para catálogo sistemático:
1. Literatura inglesa : Ficção 823.91
2. Literatura inglesa : Ficção 821.111-3

1ª edição em 2021
www.cirandacultural.com.br
Todos os direitos reservados.
Nenhuma parte desta publicação pode ser reproduzida, arquivada em sistema de busca ou transmitida por qualquer meio, seja ele eletrônico, fotocópia, gravação ou outros, sem prévia autorização do detentor dos direitos, e não pode circular encadernada ou encapada de maneira distinta daquela em que foi publicada, ou sem que as mesmas condições sejam impostas aos compradores subsequentes.

"Ele está morto, mas não vai se deitar."

Música popular

SUMÁRIO

PARTE 1..9
PARTE 2..43
PARTE 3.. 159
PARTE 4.. 193

PARTE 1

PARTE 1

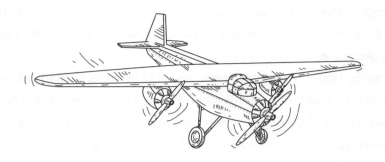

CAPÍTULO 1

A ideia realmente surgiu no dia em que fiz meus novos dentes postiços.

Lembro-me bem daquela manhã. Por volta das quinze para as oito, pulei da cama e entrei no banheiro bem a tempo de fechar as crianças para fora. Era uma manhã horrível de janeiro, com um céu sujo de cinza-amarelado. Lá embaixo, pelo pequeno quadrado da janela do banheiro, eu conseguia ver os nove metros por quatro e meio de grama, com uma cerca viva de alfeneiro em volta e um pedaço de terra no meio – que chamamos de jardim dos fundos. O mesmo jardim nos fundos, os mesmos alfeneiros e a mesma grama existem atrás de cada casa na Ellesmere Road. A única diferença: onde não há crianças, não há um pedaço de terra vazio no meio.

Eu estava tentando me barbear com uma lâmina cega, enquanto a água corria dentro da banheira. Meu rosto me encarou pelo espelho e, embaixo dele, em um copo d'água na pequena prateleira acima da pia, estavam os dentes que pertenciam àquele rosto. Era a prótese temporária que Warner, meu dentista, havia me dado para usar enquanto os novos estavam sendo confeccionados. Não tenho uma cara tão ruim, de fato. É um daqueles rostos vermelho-tijolo que combinam com o cabelo cor de manteiga e olhos azul-claros. Nunca fiquei grisalho ou careca, graças a Deus, e, quando coloco meus dentes, provavelmente não aparento a minha idade, que é quarenta e cinco.

Fazendo uma nota mental para comprar lâminas de barbear, entrei na banheira e comecei a me ensaboar. Ensaboei os braços (tenho aqueles braços meio gorduchos que têm sardas até o cotovelo), peguei a escova para as costas e ensaboei meus ombros, que normalmente não consigo alcançar. É incômodo, mas tem várias partes do meu corpo que, hoje em dia, não consigo alcançar. A verdade é que tenho inclinação para ser um pouco gordo. Não quero dizer que sou uma atração de um espetáculo secundário em um parque de diversões. Meu peso não passa de 88 quilos. E, da última vez que medi minha cintura, estava com um metro ou um metro e dez, esqueci quanto. E não sou o que chamam de gordo "nojento", não tenho uma daquelas barrigas que despencam quase até os joelhos. Apenas tenho as ancas um pouco mais largas, com tendência a ter forma de barril. Sabe aquele tipo de homem gordo e amável, o tipo atlético e saltitante que é apelidado de Gordinho ou Roliço e que é sempre a vida e a alma da festa? Sou desse tipo. Quase sempre me chamam de "Gordinho". Gordinho Bowling. George Bowling é meu nome verdadeiro.

Mas, naquele momento, eu não me sentia a vida e a alma da festa. E me dei conta de que, hoje em dia, quase sempre tenho uma espécie de sentimento melancólico nas primeiras horas das manhãs, embora durma bem e minha digestão seja boa. Eu sabia o que era, claro – eram aqueles malditos dentes postiços. Aquela coisa era ampliada pela água no copo e sorria para mim como os dentes de uma caveira. Dá uma sensação horrível ter as gengivas se tocando, uma espécie de sensação de constrição, de boca amarrada, como quando se morde uma maçã azeda. Além disso, diga o que quiser, dentes postiços são um marco. Quando seu último dente natural se for, a época que você pode se enganar, pensando que é um xeque de Hollywood, está definitivamente no fim. E eu era gordo e tinha 45 anos. Quando me levantei para ensaboar a virilha, dei uma olhada em minha figura. É ridículo dizerem que homens gordos são incapazes de verem seus pés, mas é verdade que, quando fico em pé, só consigo ver a parte dianteira dos meus. Nenhuma mulher, pensei enquanto passava o sabonete em volta da barriga, jamais olhará duas vezes para mim novamente, a menos que receba para isso. Não que naquele momento eu, particularmente, quisesse que qualquer mulher olhasse duas vezes para mim.

Mas, naquela manhã, me ocorreu que havia motivos pelos quais eu deveria estar com o humor melhor. Para começar, não trabalharia naquele dia. O carro velho, com o qual "cubro" meu distrito (devo dizer que estou no ramo de seguros. A Flying Salamander. Vida, incêndio, roubo, gêmeos, naufrágio – tudo) estava temporariamente na oficina e, embora eu tivesse que dar uma passada no escritório de Londres para entregar alguns papéis, eu realmente estava tirando o dia de folga para buscar meus novos dentes postiços. Além disso, havia outro assunto que estava indo e voltando da minha mente havia algum tempo. Era que eu tinha dezessete libras das quais ninguém mais tinha ouvido falar – ninguém da família, quero dizer. Foi assim que aconteceu. Um sujeito de nossa firma, chamado Mellors, tinha conseguido um livro chamado "Astrologia Aplicada às Corridas de Cavalos", o qual provava que tudo é uma questão de influência dos planetas nas cores que o jóquei usa. Bem, em uma corrida ou outra, havia uma égua chamada "A Noiva do Corsário". Uma azarona completa, mas a cor de seu jóquei era verde, que parecia ser justamente a cor para os planetas que, por acaso, estavam em ascensão. Mellors, que estava profundamente deslumbrado por esse negócio de astrologia, apostou várias libras no cavalo e implorou para eu fazê-lo também. No final, principalmente para calá-lo, arrisquei dez contos. Embora, normalmente, eu não aposte. Ironicamente, a Noiva do Corsário ganhou com os pés nas costas. Esqueci as probabilidades exatas, mas minha aposta virou dezessete libras. Por uma espécie de instinto – um tanto esquisito, e provavelmente indicando outro marco em minha vida –, eu simplesmente coloquei o dinheiro no banco e não disse nada a ninguém. Nunca tinha feito algo desse tipo antes.

Um bom marido e pai teria gastado em um vestido para Hilda (é a minha esposa) e sapatos para as crianças. Mas tenho sido um bom marido e pai há quinze anos e estava começando a ficar farto disso.

Depois de me ensaboar inteiro, me senti melhor e me deitei na banheira para pensar sobre minhas dezessete libras e em como gastá-las. Parecia que as alternativas eram ou um fim de semana com uma mulher ou gastar aos poucos com pequenas coisas, como charutos e uísques duplos. Eu tinha acabado de abrir um pouco mais a água quente e estava pensando em mulheres e charutos quando ouvi um barulho parecido com uma manada de búfalos descendo os dois degraus que levavam ao banheiro. Eram as crianças, claro. Duas crianças em uma casa do tamanho da nossa é como um litro de cerveja em uma caneca de quinhentos mililitros. Veio uma batida frenética do lado de fora e, em seguida, um berro de agonia.

– Papai! Quero entrar!

– Ora, você não pode. Vá embora!

– Mas, papai! Quero ir a um lugar!

– Então, vá para outro lugar. Ande logo. Estou tomando banho.

– Pa-PAAI! Eu quero IR A-UM-LU-GAR!

Não adiantava! Eu conhecia o sinal de perigo. O vaso sanitário fica no banheiro – ficaria, claro, em uma casa como a nossa. Tirei o tampão da banheira e me sequei parcialmente o mais rápido que pude. Quando abri a porta, o pequeno Billy – meu caçula, de 7 anos – passou disparado por mim, esquivando-se do cafuné que faria em sua cabeça. Só quando estava quase vestido e procurando uma gravata é que descobri que meu pescoço ainda estava ensaboado.

É um horror ficar com o pescoço ensaboado. Dá uma sensação pegajosa desagradável. E estranho que, por mais que nos esfreguemos cuidadosamente com uma esponja, depois de descobrir que o pescoço está ensaboado, ficamos nos sentindo pegajosos pelo resto do dia. Desci as escadas de péssimo humor e pronto para arranjar confusão.

Nossa sala de jantar – como as outras salas de jantar da Ellesmere Road – é um lugar pequeno e apertado. Quatro metros por três e meio, ou talvez sejam três e meio por três. E o aparador de carvalho japonês – com os dois decantadores vazios e o porta-ovos de prata, que a mãe da Hilda nos deu de presente de casamento – não deixa muito espaço sobrando. A velha Hilda estava desolada atrás do bule, em seu estado usual de alarme e consternação, porque o jornal *News Chronicle* havia anunciado que o preço da manteiga estava subindo, ou algo assim. Ela não tinha acendido o fogareiro a gás e, embora as janelas estivessem fechadas, fazia um frio terrível. Abaixei-me e coloquei um fósforo no fogo, respirando alto pelo nariz (abaixar sempre me faz inspirar e arfar) como uma espécie de dica para Hilda. Ela lançou o olhar de soslaio que sempre me dá quando pensa que estou fazendo algo extravagante.

Hilda tem 39 anos e, quando a conheci, parecia uma lebre. Ainda parece, mas está muito magra e um tanto enrugada, com uma expressão taciturna e preocupada nos olhos. E, quando está mais chateada do que o normal, ela faz o truque de arquear os ombros e cruzar os braços sobre o peito, como uma velha cigana sobre o fogo. É uma daquelas pessoas que curtem a vida ao prever desastres. Apenas pequenos desastres, claro. Quanto a guerras, terremotos, pragas, fome e revoluções, ela não dá a mínima. A manteiga está encarecendo, a conta do gás está enorme, as botas das crianças estão desgastadas e há outra prestação do rádio – é a ladainha de Hilda. Consegue o que eu, finalmente, concluí ser o prazer de balançar-se para a frente e para trás com os braços cruzados sobre o peito, me encarando e dizendo:

– Mas, George, é muito SÉRIO! Não sei o que vamos FAZER! Não sei de onde vamos tirar o dinheiro! Você parece não perceber o quão sério ISSO É! – e assim por diante. Está cravado com firmeza em sua cabeça que vamos acabar no abrigo. O engraçado é que, se algum dia tivermos que ir para o abrigo, Hilda não se importará nem um quarto do quanto eu me importarei. Na verdade, ela provavelmente vai gostar da sensação de segurança.

As crianças já estavam lá embaixo, de banho tomado e vestidas na velocidade da luz, como sempre fazem quando não há chance de manter ninguém fora do banheiro. Quando cheguei à mesa do café da manhã, estavam tendo uma discussão que ia ao som de:

– Sim, você fez!

– Não, não fiz!

– Sim, você fez!

– Não, não fiz!

E parecia que continuariam pelo resto da manhã, até que eu disse para pararem. Temos apenas os dois, Billy, de 7 anos, e Lorna, de 11. É um sentimento peculiar o que eu tenho pelas crianças. Na maioria das vezes, mal consigo manter os olhos neles. Quanto às suas conversas, são simplesmente insuportáveis. Estão naquela idade melancólica em que a mente de uma criança gira em torno de coisas como réguas, caixas de lápis e quem tirou as melhores notas em Francês. Outras vezes, especialmente quando estão dormindo, tenho uma sensação bem diferente. Às vezes, fico parado diante das camas deles – nas noites de verão quando está claro – e os vejo dormindo, com rostos redondos e cabelos cor de madeira, vários tons mais claros que os meus. E isso me dá aquela sensação que se lê na Bíblia: "suas entranhas comovem-se". Nessas horas, sinto que sou apenas uma espécie de vagem seca, que não vale dois centavos, e que minha única importância tem sido trazer essas criaturas ao mundo e alimentá-las enquanto estão crescendo. Mas isso se dá apenas em alguns momentos. Na maioria das vezes, minha própria existência parece muito importante para mim. Sinto que ainda há vida no velho sabujo e muitos bons momentos pela frente, e a noção de mim mesmo como uma espécie de vaca leiteira domesticada para muitas mulheres e crianças perseguirem para cima e para baixo não me atrai.

Não conversamos muito no café da manhã. Hilda estava em seu humor "Eu não sei o que vamos FAZER!", em parte por causa do preço da manteiga e parte porque as férias de Natal estavam quase acabando e ainda havia cinco libras para pagar pelas taxas escolares do último semestre. Comi meu ovo cozido e espalhei marmelada Golden Crown em uma fatia de pão. Hilda vai persistir em comprar as coisas. Custa cinco pence e meia libra, e o rótulo informa, com a letra miúda que a lei permite, que contém "uma certa proporção de suco de fruta neutro". Isso me fez começar, da maneira um tanto irritante que tenho feito às vezes, a falar sobre árvores frutíferas neutras, imaginando como eram e em que países cresciam. Até que finalmente Hilda ficou com raiva. Não que se importe que eu a ridicularize, é só que, de alguma forma obscura, ela pensa que é de mau gosto fazer piadas sobre qualquer coisa em que você economizou dinheiro.

 Dei uma olhada no jornal, mas não havia muitas novidades. Na Espanha e na China, estavam se matando como de costume. As pernas de uma mulher foram encontradas na sala de espera de uma ferrovia, e o casamento do rei Zog estava dividindo opiniões. Finalmente, por volta das dez horas, um pouco mais cedo do que pretendia, parti para a cidade. As crianças foram brincar nos jardins públicos. Foi uma manhã terrível. Quando saí pela porta da frente, uma fraca e desagradável rajada de vento apanhou a parte ensaboada do meu pescoço e, de repente, me fez sentir que minhas roupas não serviam e que eu estava todo pegajoso.

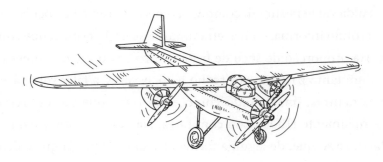

CAPÍTULO 2

Você conhece a rua em que moro – Ellesmere Road, no West Bletchley? Mesmo que não saiba, você conhece cinquenta outras exatamente como ela.

Você sabe como essas ruas alastram por todos os subúrbios, do centro ao interior. Sempre as mesmas. Longas, longas fileiras de pequenas casas geminadas – os números da Ellesmere Road chegam até o 212, e o nosso é o 191 – semelhantes às habitações populares e geralmente mais feias. A frente de estuque, o portão coberto por creosoto, a cerca de alfeneiro, a porta da frente verde. Laurels, Myrtles, Hawthorns, Mon Abri, Mon Repos, Belle Vue. Talvez, em uma casa em cinquenta outras, há algum tipo antissocial que, provavelmente, acabará na casa de detenção porque pintou a porta da frente de azul, em vez de verde.

Aquela sensação pegajosa em volta do meu pescoço me deixou com um humor meio desmoralizado. É curioso como se fica cabisbaixo quando está com o pescoço grudento. Parece que você vai perder todo o vigor, como quando você descobre, de repente, em um lugar público, que a sola de um de seus sapatos está descolando. Eu não tinha ilusões sobre mim naquela manhã. Era quase como se eu pudesse ficar a distância e me ver descendo a rua, com meu rosto gordo e vermelho, meus dentes postiços e minhas roupas vulgares. Um sujeito como eu é incapaz de parecer um cavalheiro. Mesmo se você me visse a duzentos metros de distância, saberia imediatamente – talvez não que eu estivesse no ramo de seguros, mas que sou um tipo de agenciador ou vendedor. As roupas que eu vestia eram praticamente o uniforme da tribo. Terno cinza da cor do osso de arenque, um pouco desgastado, sobretudo azul que custa cinquenta xelins, chapéu-coco e sem luvas. E tenho uma aparência peculiar às pessoas que vendem coisas por comissão, uma espécie de aparência grosseira e descarada. Nos meus melhores momentos, quando tenho um terno novo ou quando estou fumando um charuto, posso passar por um agenciador de apostas ou um taberneiro. E, quando as coisas estão muito ruins, posso estar anunciando aspiradores de pó, mas, em momentos normais, você me posicionaria corretamente. "Cinco a dez libras por semana", você diria assim que me visse. Econômica e socialmente, estou no nível médio da Ellesmere Road.

 Eu tinha a rua praticamente só para mim. Os homens madrugaram para pegar o trem das 8h21, e as mulheres estavam lidando com os fogões a gás. Quando você tem tempo para olhar ao seu redor, e quando acontece de você estar de bom humor, é uma coisa que faz rir por dentro: andar por essas ruas nos subúrbios do centro e do interior e pensar na vida de quem mora ali. Porque, afinal, o que É uma rua como a Ellesmere Road? Apenas uma prisão com as celas enfileiradas. Uma linha de câmaras de tortura semidivididas, onde os pobres que tiram razoavelmente de cinco a dez libras por semana tremem e estremecem. Cada um deles com seus chefes torcendo o rabo, as esposas montando neles como um pesadelo, e os filhos sugando seu sangue como sanguessugas. Tem muita besteira sendo falada sobre o sofrimento da classe operária. Não lamento tanto pelos proletários. Você já conheceu um marinheiro que fica acordado pensando na demissão? O proletário sofre fisicamente, mas é um homem livre quando não está trabalhando. Mas, em cada uma dessas caixinhas de estuque, há um pobre diabo que NUNCA está livre, exceto quando está profundamente adormecido e sonhando que colocou o chefe no fundo de um poço e está despejando pedaços de carvão nele.

Claro, o problema básico com pessoas como nós, eu disse a mim mesmo, é que todos imaginamos que temos algo a perder. Para começar, nove décimos das pessoas na Ellesmere Road têm a impressão de que são donas de suas casas. A Ellesmere Road e todo o bairro ao redor dela até chegar à High Street fazem parte de um enorme esquema chamado Hesperides Estate, a propriedade da Sociedade de Crédito Imobiliário Cheerful. As sociedades de crédito imobiliário são provavelmente o esquema mais esperto dos tempos modernos. Minha própria área, a de seguros, é uma fraude, admito, mas é uma fraude aberta com as cartas na mesa. Porém, a beleza das fraudes da sociedade civil é que suas vítimas pensam que você está lhes fazendo uma gentileza. Você os golpeia, e eles lambem sua mão. Às vezes, penso que gostaria que a Hesperides Estate tivesse em seu topo uma estátua enorme em homenagem ao deus das sociedades imobiliárias. Seria um tipo estranho de deus. Entre outras coisas, seria bissexual. A metade superior seria um diretor administrativo, e a metade inferior seria uma esposa, no sentido familiar. Em uma das mãos, carregaria uma chave enorme – a chave da casa de correção, é claro. E na outra, como eles chamam essas coisas como chifres com presentes saindo deles? Uma cornucópia, que estaria derramando rádios portáteis, apólices de seguro de vida, dentaduras, aspirinas, preservativos e rolos compressores de concreto para jardim.

Na verdade, na Ellesmere Road não somos donos de nossas casas, mesmo quando acabamos de pagar por elas. Elas não são propriedades alodiais, apenas arrendadas. São precificadas em quinhentos e cinquenta, pagáveis ao longo de um período de dezesseis anos. E são uma classe de casas que, se você as comprasse à vista, custaria cerca de trezentos e oitenta. Isso representa um lucro de cento e setenta para o Crédito Cheerful, mas nem é preciso dizer que o Crédito Cheerful fatura muito mais a prazo que à vista. Trezentos e oitenta inclui o lucro do construtor, mas o Crédito Cheerful, sob o nome de Wilson & Bloom, constrói as casas por conta própria e leva os lucros do construtor. Tudo o que precisa pagar são os materiais. Mas também obtém o lucro sobre os materiais, porque, sob o nome de Brookes & Scatterby, eles vendem tijolos, ladrilhos, portas, caixilhos de janelas, areia, cimento e, eu acho, vidros. E não me surpreenderia completamente saber que, sob outro pseudônimo, eles mesmos vendem a madeira para fazer as portas e caixilhos das janelas. Além disso – e isso era algo que realmente poderíamos ter previsto, embora nos tenha baqueado quando descobrimos –, o Crédito Cheerful nem sempre cumpre com sua parte no acordo. Quando a Ellesmere Road foi construída, ela dava para alguns campos abertos – nada muito maravilhoso, mas bom para as crianças brincarem – conhecidos como Platt's Meadows. Não havia nada em preto e branco, mas sempre foi entendido que não era para haver construções em Platt's Meadows. No entanto, West Bletchley era um subúrbio em crescimento. A fábrica de geleias Rothwell havia sido inaugurada em 1928 e a fábrica anglo-americana de bicicletas de aço começou em 1933. Assim, a população estava crescendo, e os aluguéis estavam subindo. Eu nunca vi Sir Herbert Crum, ou qualquer outro dos grandes figurões do Crédito Cheerful em pessoa, mas em minha mente eu podia ver sua boca salivando. De repente, os construtores chegaram, e as casas começaram a ser construídas em Platt's Meadows. Ouviu-se um uivo de agonia da Hesperides, e foi criada uma associação de defesa dos inquilinos. Inútil! Os advogados de Crum nos arrancaram as vísceras em cinco minutos e construíram em Platt's Meadows. Mas a fraude realmente sutil, que me faz sentir que o velho Crum merecia seu título de baronete, é a psicológica. Meramente por causa da ilusão de que somos donos de nossas casas e temos o que é chamado de "uma cota no país". Nós, pobres babacas nos Hesperides, e de todos os lugares como esse, somos transformados em escravos devotos do Crum para sempre. Somos todos provedores da família respeitáveis – ou seja, conservadores, condescendentes e vagabundos. Não ousam matar o ganso que põe os ovos dourados! E o fato de não sermos, realmente, provedores da família, de estarmos todos no meio do pagamento de nossas casas e consumidos pelo medo horrível de que algo possa acontecer antes de termos feito o último pagamento, apenas aumenta o efeito. Todos fomos comprados e, pior ainda, com nosso dinheiro. Cada um desses pobres diabos oprimidos, suando até pagar o dobro do preço adequado por uma casa de boneca de tijolos que se chama Belle Vue – que não tem vista e não é bela –, cada um desses pobres otários morreria no campo de batalha para salvar seu país do bolchevismo.

Virei na Walpole Road e entrei na High Street. Há um trem para Londres às dez e catorze. Eu estava passando pelo Bazar Baratinho quando me lembrei da nota mental que fizera naquela manhã, para comprar um pacote de lâminas de barbear. Quando cheguei ao balcão do sabonete, o gerente do andar, ou qualquer que seja o seu cargo, estava xingando a garota que estava responsável por aquela área. Geralmente não há muitas pessoas no Baratinho àquela hora da manhã. Às vezes, se você entrar logo após o horário de abertura, verá todas as garotas enfileiradas e recebendo seu esporro matinal, apenas para mantê-las na linha durante o turno. Dizem que essas grandes cadeias de lojas têm caras com poderes especiais de sarcasmo e abuso, que são enviados de área em área para irritar as garotas. O gerente do andar era um diabinho feio, baixo, com ombros muito quadrados e um bigode grisalho pontudo. Acabara de atacá-la por alguma coisa. Algum erro no troco, evidentemente. E a estava afrontando com uma voz de serra circular.

– Ah, não! Claro que você não poderia contar! CLARO que não poderia. Seria muito difícil. Ah, não!

Antes que eu pudesse me conter, atraí a atenção da garota. Não era tão bom para ela ter um homem gordo de meia-idade com o rosto vermelho olhando enquanto ela recebia um esporro. Eu me virei o mais rápido que pude e fingi estar interessado em algumas coisas do balcão ao lado, ilhós para cortinas ou algo assim. Ele estava atrás dela novamente. Era uma daquelas pessoas que se viram e de repente se atiram contra você, como uma libélula.

– CLARO que você não conseguiu contar! Não importa para VOCÊ se estivermos desfalcados em dois contos. Não importa mesmo. O que são dois contos para VOCÊ? Não poderia pedir a VOCÊ que se desse ao trabalho de contar corretamente. Oh, não! Nada importa aqui, exceto a SUA vontade. Não pensa nos outros, pensa?

Isso durou cerca de cinco minutos, em uma voz que você podia ouvir do outro lado da loja. Ele continuou se virando para longe a fim de fazê-la pensar que ele tinha terminado e, então, se atirando para outra rodada de xingamentos. Quando me afastei um pouco mais, dei uma olhada neles. A garota era uma criança de cerca de 18 anos, bastante gorda, com uma espécie de rosto lunar, do tipo que nunca acertaria o troco de primeira. Ela ficou rosa pálido e estava se contorcendo, na verdade se contorcendo de dor. Era exatamente como se ele a tivesse chicoteando. As garotas dos outros balcões fingiam não ouvir. Ele era um diabinho feio com a postura enrijecida. O tipo de homem pavoneado que estufa o peito e coloca as mãos sob as caudas do casaco. O tipo que só não é um sargento-mor porque não é alto o suficiente. Percebe com que frequência eles põem homens baixos para esses cargos de intimidação? Ele estava quase enfiando o rosto, com bigode e tudo, no dela para gritar melhor. E a garota toda rosa e se contorcendo.

Finalmente, ele decidiu que já tinha falado o suficiente e se pavoneou como um almirante no tombadilho, e eu fui até o balcão pegar minhas lâminas de barbear. Ele sabia que eu tinha ouvido cada palavra, e ela também. E os dois sabiam que eu sabia que eles sabiam. Mas o pior de tudo é que, para minha conveniência, ela fingiu que nada havia acontecido e assumiu a atitude reservada de manter a distância que uma vendedora deve manter dos clientes do sexo masculino. Tinha que agir como adulta meio minuto depois de eu vê-la ser xingada como uma escrava! Seu rosto ainda estava rosa, e suas mãos tremiam. Pedi lâminas de um centavo, e ela começou a mexer na bandeja de três centavos. Então, o diabinho do gerente se virou em nossa direção e, por um momento, nós dois pensamos que ele estava voltando para começar de novo. A garota encolheu-se como um cachorro que vê o chicote. Mas ela estava olhando para mim de soslaio. Eu pude ver isso porque eu a vi xingar, ela me odiava como ao diabo. Que estranha!

Saí com minhas lâminas de barbear. Por que elas aguentam isso? Fiquei pensando. Puro medo, é claro. Uma resposta atravessada e você sai. É o mesmo em todos os lugares. Pensei no rapaz que às vezes me atende na rede de supermercados que atendemos. Grande e robusto, 20 anos, com bochechas rosa e braços enormes, deveria estar trabalhando em uma oficina de ferreiro. E lá está ele em seu paletó branco, dobrado sobre o balcão, esfregando as mãos com seu "Sim, senhor! É verdade, senhor! Clima agradável para esta época do ano, senhor! O que posso ter o prazer de lhe arrumar hoje, senhor?", praticamente pedindo para você chutar a bunda dele. Ordens, é claro. O cliente tem sempre razão. O que você pode ver em seu rosto é um pavor mortal de você denunciá-lo por impertinência e fazer com que seja demitido. Além disso, como vai saber que você não é um dos clientes ocultos que a empresa manda? Medo! Nós nadamos nele. É nosso hábitat. Todo mundo que não tem tanto medo de perder o emprego tem muito pavor de guerra, ou do fascismo, ou do comunismo, ou algo assim. Judeus suando quando pensam em Hitler. Passou pela minha cabeça que aquele desgraçadinho com o bigode pontudo provavelmente tinha muito mais medo de perder seu trabalho do que a garota. Provavelmente tinha uma família para sustentar. E, talvez, quem sabe, em sua casa ele seja manso e brando. Talvez cultive pepinos no quintal, deixe sua esposa sentar-se no seu colo e seus filhos puxar seu bigode. E, na mesma moeda, ninguém nunca leu sobre um Inquisidor Espanhol ou um desses figurões da polícia secreta russa e soube que, na vida privada, ele era um homem gentil, o melhor marido e pai, devotado a seu canário domesticado e assim por diante.

A garota do balcão de sabonete ficou me procurando quando saí pela porta. Teria me assassinado se pudesse. Como ela me odiava por causa do que eu tinha visto! Muito mais do que odiava o gerente.

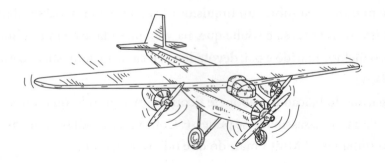

CAPÍTULO 3

Havia um avião bombardeiro voando baixo. Por um ou dois minutos, pareceu acompanhar o ritmo do trem. Dois tipos de caras vulgares em sobretudos surrados, obviamente proletários do tipo mais baixo, provavelmente colportores de jornal, estavam sentados à minha frente. Um deles lia o *Mail*, e o outro lia o *Express*. Pude ver pelos trejeitos deles que me viam como alguém de sua espécie. Na outra ponta do vagão, dois escreventes de advogados com malas pretas mantinham uma conversa cheia de bobagens jurídicas, com o objetivo de impressionar o restante de nós e mostrar que não pertenciam ao gado comum.

Eu estava observando o fundo das casas passar pela janela. A linha de West Bletchley atravessa quase todas as favelas, mas é meio que pacífica, os vislumbres de pequenos quintais com pedaços de flores presos em caixas e os telhados planos onde as mulheres prendem a roupa lavada e a gaiola na parede. O grande avião bombardeiro preto balançou um pouco no ar e continuou voando, de forma que eu não conseguia mais vê-lo. Eu estava sentado de costas para a locomotiva. Um dos colportores olhou para ele por apenas um segundo. Eu sabia em que ele estava pensando.

Na verdade, é no que todo mundo estava pensando. Você não precisa ser um intelectual para ter esses pensamentos hoje em dia. Dentro de dois anos, dentro de um ano, o que faremos quando virmos uma dessas coisas? Mergulhar no porão, molhando nossas bolsas com o susto.

O sujeito colportor largou o *Daily Mail*.

– Chegou o vencedor do Templegate – disse ele.

Os escreventes dos advogados estavam vomitando alguma podridão erudita sobre a taxa simples e as pimentas-pretas. O outro colportor apalpou o bolso do colete e tirou um cigarro Woodbine dobrado. Apalpou o outro bolso e se inclinou para mim.

– Tem fósforo, Gordinho?

Tateei o corpo em busca dos fósforos. "Gordinho", entende? É realmente interessante. Por cerca de alguns minutos, parei de pensar em bombas e comecei a pensar na minha figura, quando o examinei no banho naquela manhã.

É bem verdade que sou gordinho; na verdade, minha metade superior tem quase exatamente o formato de uma banheira. Mas o que é interessante, eu acho, é que simplesmente porque você é um pouco gordo, quase qualquer pessoa, mesmo um total estranho, vai, certamente, lhe dar um apelido que é um comentário insultuoso sobre sua aparência pessoal. Suponha que um sujeito fosse corcunda ou tivesse estrabismo ou lábio leporino. Você daria a ele um apelido para lembrá-lo disso? Mas todo homem gordo é rotulado, como se fosse algo natural. Sou o tipo que as pessoas automaticamente dão tapinhas nas costas e socos nas costelas, e quase todas acham que eu gosto disso. Nunca entro em um bar do Crown, em Pudley (passo por ali uma vez por semana a negócios), sem aquele imbecil do Waters, que viaja pelo pessoal da Seafoam Soap, mas que é mais ou menos uma figura carimbada no bar do Crown. Ele me cutuca nas costelas e canta "Aqui está um enorme vulto, pobre Tom Bowling!". O que é uma piada da qual os idiotas do bar nunca se cansam. Waters tem um dedo que parece uma barra de ferro. Todos pensam que um homem gordo não tem sentimentos.

George Orwell

O ambulante pegou outro fósforo meu para palitar os dentes e jogou a caixa de volta. O trem passou zunindo sobre uma ponte de ferro. Lá embaixo, pude ter o vislumbre de uma perua de padeiro e uma longa fila de caminhões carregados de cimento. O estranho, eu estava pensando, é que de certa forma eles estão certos sobre homens gordos. É fato que um homem gordo, especialmente um homem gordo desde o nascimento – isto é, desde a infância – não é exatamente como os outros homens. Ele passa sua vida em um plano diferente, uma espécie de plano de comédia leve, ainda que, no caso de caras em espetáculos secundários em parques de diversão, ou na verdade qualquer pessoa com mais de cento e vinte quilos, não seja tanto uma comédia leve quanto uma farsa de baixo nível. Fui gordo e magro em minha vida e sei a diferença que a gordura faz em sua figura. Meio que impede você de levar as coisas muito a ferro e fogo. Duvido que um homem que nunca foi nada além de gordo, um homem que é chamado de Gorducho desde que começou a andar, saiba da existência de emoções realmente profundas. Como poderia? Ele não tem experiência nessas coisas. Nunca pôde estar presente em uma cena trágica, porque uma cena em que há um homem gordo presente não é trágica, é cômica. Imagine um Hamlet gordo, por exemplo! Ou Oliver Hardy atuando como Romeu. Curiosamente, eu estava pensando em algo desse tipo apenas alguns dias antes, quando estava lendo um romance que peguei na biblioteca da farmácia Boots. *Paixão desperdiçada* era o título. O cara da história descobre que sua garota saiu com outro cara. Ele é um desses caras que a gente encontra nos romances, com rosto pálido e sensível, cabelos escuros e rendimentos pessoais. Lembro-me mais ou menos de como era a passagem:

> *David andava de um lado para o outro na sala, as mãos pressionadas na testa. A notícia parecia tê-lo surpreendido. Por muito tempo, não conseguiu acreditar. Sheila, desleal com ele! Não podia*

ser! De repente, a compreensão o invadiu, e ele viu o fato em todo o seu horror. Era demais. Ele se jogou no chão em um estertor de choro.

De qualquer forma, era algo assim. E, mesmo na época, isso me fez começar a pensar. Aí está, veja só. É assim que as pessoas – algumas pessoas – devem se comportar. Mas e um sujeito como eu? Suponha que Hilda saia para um fim de semana com outra pessoa – não que eu me importe, na verdade preferiria que eu descobrisse que ela ainda tem um frisson como esse dentro dela –, mas suponha que eu me importasse, eu me atiraria no chão em um estertor de choro? Alguém esperaria isso de mim? Ninguém esperaria isso de uma figura como a minha. Seria totalmente obsceno.

O trem estava correndo ao longo de um barranco. Um pouco abaixo de nós, dava para ver os telhados das casas estendendo-se um após o outro. Os telhados vermelhos onde cairão as bombas, um pouco iluminados neste momento porque um raio de sol os alcançava. Engraçado como continuamos pensando em bombas. É claro que não há dúvida de que isso acontecerá em breve. Você pode dizer o quanto estão perto pelo conteúdo alegre sobre o qual eles estão falando no jornal. Eu estava lendo um artigo no *News Chronicle* outro dia, no qual dizia que aviões bombardeiros não podem causar nenhum dano hoje em dia. Os canhões antiaéreos ficaram tão bons que o bombardeiro tem que ficar a vinte mil pés. O camarada pensa, percebe, que se um avião estiver alto o suficiente, as bombas não atingem o solo. Ou, mais provavelmente, o que ele realmente quis dizer é que eles não acertarão o Arsenal Woolwich e apenas atingirão lugares como a Ellesmere Road.

Mas, no geral, pensei, não é tão ruim ser gordo. Uma coisa sobre um homem gordo é que ele sempre é popular. Não existe nenhum tipo de companhia, de corretores de apostas a bispos, onde um homem gordo não se enquadre e se sinta em casa. Quanto às mulheres, os homens gordos têm mais sorte com elas do que as pessoas parecem acreditar. É bobagem imaginar, como algumas pessoas fazem, que uma mulher olha para um homem gordo apenas como piada. A verdade é que uma mulher não vê NINGUÉM como uma piada se ele pode enganá-la, dizendo que está apaixonado por ela.

Veja bem, nem sempre fui gordo. Estou gordo há oito ou nove anos e acho que desenvolvi a maioria das características. Mas também é um fato que internamente, mentalmente, não sou totalmente gordo. Não! Não me entenda mal. Não estou tentando me exibir como uma espécie de flor terna, o coração dolorido por trás do rosto sorridente e assim por diante. Ninguém consegue entrar no negócio de seguros se for assim. Sou vulgar, sou insensível e me adapto ao meu ambiente. Enquanto em qualquer lugar do mundo as coisas estiverem sendo vendidas por comissão e o sustento for obtido com pura insolência e falta de sentimentos mais refinados, caras como eu estarão fazendo isso. Em quase todas as circunstâncias consegui sobreviver – sempre sobreviver e nunca fazer uma fortuna – e, mesmo na guerra, revolução, peste e fome, me empenhei para permanecer vivo mais tempo do que a maioria das pessoas. Sou desses. Mas também tenho algo a mais dentro de mim, principalmente uma ressaca do passado. Contarei sobre isso mais tarde. Estou gordo, mas sou magro por dentro. Já lhe ocorreu que há um homem magro dentro de cada gordo, assim como dizem que há uma estátua dentro de cada bloco de pedra?

O cara que pegou meus fósforos emprestados estava dando uma boa palitada nos dentes sobre o *Express*.

– O caso das pernas não parece que será levado muito mais adiante – disse ele.

– Eles nunca vão pegá-lo – disse o outro. – Ora, você poderia identificar um par de pernas? Todas sangram do mesmo jeito, não é?

– Dá para rastreá-las pela folha de papel em que embrulharam – respondeu o primeiro.

Lá embaixo, você podia ver os telhados das casas se estendendo um após o outro, torcendo-se para um lado e para outro com as ruas. Mas se estendendo continuamente, como uma planície enorme na qual era possível cavalgar. Qualquer que seja o caminho que se atravesse Londres, são três quilômetros de casas quase sem interrupção. Minha nossa! Como os bombardeiros vão nos errar quando vierem? Simplesmente somos um grande alvo. E sem aviso, provavelmente. Porque quem vai ser tão idiota a ponto de declarar guerra hoje em dia? Se eu fosse Hitler, enviaria meus bombardeiros no meio de uma conferência de desarmamento. Numa manhã tranquila, quando os funcionários estão correndo pela London Bridge, e o canário cantando, e a velha pendurando as calçolas no varal – *zum, pá, bam*! Casas pelos ares, calçolas encharcadas de sangue, canários cantando sobre os cadáveres.

De alguma forma, parece uma pena, pensei. Olhei para o grande mar de telhados se estendendo um após o outro. Quilômetros e quilômetros de ruas, lojas de peixe frito, capelas de lata, casas de pintura, pequenas gráficas em becos, fábricas, blocos de apartamentos, barracas de frutos do mar, laticínios, estações de energia – e assim por diante. Enorme! E a tranquilidade disso! Como um grande deserto sem feras. Sem armas de fogo, ninguém atirando granadas, ninguém batendo em ninguém com cassetete de borracha. Se pensar bem, em toda a Inglaterra, neste momento, provavelmente não há uma única janela de quarto da qual alguém esteja disparando uma metralhadora.

Mas, e daqui a cinco anos? Ou dois anos? Ou um ano?

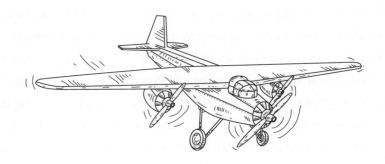

CAPÍTULO 4

Deixei meus documentos no escritório. Warner é um desses dentistas americanos baratos e tem seu consultório, ou "sala", como gosta de chamar, no meio de um grande bloco de escritórios, entre um fotógrafo e um atacadista de produtos de borracha. Cheguei cedo para minha consulta, mas era hora de fazer uma boquinha. Não sei o que passou pela minha cabeça para entrar em um café. São lugares que geralmente evito. Nós, que faturamos entre cinco e dez libras por semana, não estamos bem servidos em termos de lugares para comer em Londres. Se sua ideia de quanto gastar numa refeição é um ou três pence, é no Lyons, no Express Dairy ou no ABC, ou então é o petisco de funeral que servem nas tavernas, uma caneca de cerveja e uma fatia de torta fria, tão fria que é mais fria que a cerveja. Na frente da leiteria, os garotos anunciavam aos gritos as primeiras edições dos jornais da noite.

Atrás do balcão vermelho brilhante, uma garota com um boné alto e branco mexia em uma geladeira e, em algum lugar no fundo, um rádio tocava, plonk-tiddle-tiddle-plonk, uma espécie de som metálico. *Por que diabos estou entrando aqui?*, pensei comigo mesmo ao entrar. Há uma espécie de atmosfera nesses lugares que me deixa para baixo. Tudo liso, brilhante e simples; espelhos, esmalte e placa de cromo para todo lado que se olhe. Tudo gasto na decoração, e nada na comida. Sem comida de verdade. Apenas listas de coisas com nomes americanos, uma espécie de coisa fantasma que não se pode provar e dificilmente se pode acreditar na existência. Tudo sai de uma caixa ou lata, ou é puxado de uma geladeira, esguichado de uma torneira ou espremido de um tubo. Sem conforto, sem privacidade. Banquinhos altos para sentar-se, uma espécie de prateleira estreita para comer, espelhos ao redor. Uma espécie de propaganda flutuando ao redor, misturada ao barulho do rádio, no sentido de que a comida não importa, o conforto não importa, nada importa exceto a lisura, o brilho e a simplicidade. Tudo é simplificado hoje em dia, até mesmo a bala que Hitler está guardando para você. Pedi um grande café e algumas salsichas. A garota de boné branco as lançou para mim com tanto interesse quanto você jogaria ração para um peixinho dourado.

Do lado de fora da porta, um jornaleiro gritou:

– ÓLHAOJORNAAAL!

Eu vi o cartaz batendo nos joelhos dele: PERNAS. DESCOBERTAS FRESCAS. Apenas "pernas", entende? Tinha chegado a esse ponto. Dois dias antes, encontraram as pernas de uma mulher na sala de espera de uma ferrovia, embrulhadas em um pacote de papel pardo. E com as sucessivas edições dos jornais, toda a nação deveria estar tão apaixonadamente interessada nessas malditas pernas que não precisaram de nenhuma introdução adicional. Eram as únicas pernas que eram notícia no momento. É estranho, pensei, enquanto comia um pedaço de pão, como os assassinatos estão ficando enfadonhos hoje em dia. Todo esse cortar de pessoas e deixar pedacinhos delas pelo campo. Nem um pouco dos velhos dramas de envenenamento doméstico, Crippen, Seddon, Mrs. Maybrick; a verdade é, suponho, que não se pode cometer um bom assassinato a menos que acredite que vai torrar no inferno por isso.

Nesse momento mordi uma das minhas salsichas e – Minha nossa!

Não posso dizer com sinceridade que esperava que a coisa tivesse um sabor agradável. Esperava que não tivesse gosto de nada, como o pão. Mas isso – bem, foi uma experiência e tanto. Deixe-me tentar descrever para você.

A salsicha tinha uma pele emborrachada, claro, e meus dentes postiços não estavam prontos para isso. Tive de fazer uma espécie de movimento de serra antes de conseguir enfiar os dentes na pele. E então de repente – *pop*! A coisa explodiu em minha boca como uma pêra podre. Uma coisa horrível e macia escorria pela minha língua. Mas o gosto! Por um momento, simplesmente não consegui acreditar. Então rolei a língua em volta dele novamente e fiz outra tentativa. Era PEIXE! Uma salsicha, uma coisa que se autodenomina salsicha, recheada de peixe! Levantei-me e saí sem tocar no café. Deus sabe o gosto que deveria ter.

Lá fora, o jornaleiro empurrou o *Standard* na minha cara e gritou:

– Pernas! Leiam as revelação horrorosa! Todos os vencedores! Pernas! Pernas!

Eu ainda estava enrolando a coisa na minha língua, imaginando onde poderia cuspir. Lembrei-me de uma reportagem que li no jornal em algum lugar sobre essas fábricas de alimentos na Alemanha, onde tudo é feito de outra coisa. *Ersatz*, eles chamam. Lembrei-me de ter lido que ELES faziam salsichas com peixe e, peixe, sem dúvida, de algo diferente. Isso me deu a sensação de que havia entrado no mundo moderno e descoberto do que ele realmente era feito. É assim que estamos hoje em dia. Tudo liso e simples, tudo feito de outra coisa. Celuloide, borracha, aço cromo por toda parte, lâmpadas de arco voltaico acesas a noite toda, tetos de vidro sobre a cabeça, os rádios todos tocando a mesma música, sem vegetação sobrando, tudo cimentado, tartarugas de mentira comendo sob as árvores frutíferas neutras. Mas, quando se chega às vias de fato e se enfia os dentes em algo sólido, uma salsicha, por exemplo, é isso que você recebe. Peixe podre em pele de borracha. Bombas de sujeira explodindo dentro da boca.

Quando coloquei os novos dentes, me senti muito melhor. Eles se acomodaram bem e suavemente sobre as gengivas e, embora pareça absurdo dizer que dentes postiços podem fazer você se sentir mais jovem, é verdade. Tentei sorrir para mim mesmo na vitrine de uma loja. Não eram tão ruins. O Warner, embora barato, é meio artista e não pretende fazer a pessoa parecer que está em um anúncio de pasta de dente. Ele tem armários enormes cheios de dentes postiços – ele me mostrou certa vez –, todos classificados de acordo com o tamanho e a cor, e ele os escolhe como um joalheiro faz com pedras para um colar. Nove em cada dez pessoas considerariam meus dentes naturais.

Tive um vislumbre de mim mesmo em outra vitrine pela qual estava passando, e me ocorreu que realmente eu não era uma figura tão ruim de homem. Um pouco gordo, é certo, mas nada ofensivo. Apenas o que os alfaiates chamam de "corpo cheio", e algumas mulheres gostam de um homem de rosto vermelho. O velho sabujo ainda tem vida, pensei. Lembrei-me de minhas dezessete libras e definitivamente decidi que gastaria com uma mulher. Tive tempo de beber uma cerveja antes que os bares fechassem. Só para batizar os dentes, e me sentindo rico por causa das minhas dezessete libras, parei em uma tabacaria e comprei um charuto de seis centavos de um tipo de que gosto bastante. Eles têm vinte centímetros de comprimento e folha de Havana pura por toda parte. Suponho que os repolhos crescem em Havana da mesma forma que em qualquer outro lugar.

Quando saí do bar, me senti bem diferente.

Bebi algumas canecas, elas me aqueceram por dentro, e a fumaça do charuto vazando em volta dos meus novos dentes me deu uma sensação de frescor, limpeza e paz. De repente, me senti meio pensativo e filosófico. Em parte, porque não tinha nenhum trabalho a fazer. Minha mente voltou aos pensamentos sobre a guerra que eu estava tendo no início daquela manhã, quando o avião bombardeiro sobrevoou o trem. Eu me senti em uma espécie de humor profético, o humor no qual você prevê o fim do mundo e se anima com isso.

George Orwell

Eu estava subindo a Strand em direção ao oeste e, embora estivesse frio, fui devagar para aproveitar meu charuto. A multidão de sempre, pela qual você dificilmente consegue passar, estava subindo pela calçada. Todos eles com aquela expressão fixa insana no rosto que as pessoas têm nas ruas de Londres, e havia o congestionamento normal com os grandes ônibus vermelhos abrindo caminho entre os carros, os motores rugindo e as buzinas soando. Barulho suficiente para acordar os mortos, mas não para acordar todos, pensei. Eu me sentia como se fosse a única pessoa acordada em uma cidade sonâmbula. Era uma ilusão, é claro. Quando se caminha por uma multidão de estranhos, é quase impossível não imaginar que eles são todos bonecos de cera, mas, provavelmente, estão pensando a mesma coisa de você. E esse tipo de sentimento profético continua me dominando, a sensação de que a guerra está chegando e que, de todas as coisas, isso não me parece peculiar. Todos nós temos isso, mais ou menos. Suponho que mesmo entre as pessoas que passaram por aquele momento pode ter havido caras que estavam vendo imagens mentais de projéteis e da lama. Qualquer pensamento que você tenha, sempre há um milhão de pessoas tendo pensamentos iguais ao mesmo tempo. Mas foi assim que me senti. Estamos todos no convés em chamas e ninguém sabe disso, exceto eu. Olhei para os rostos entorpecidos que passavam. Como perus em novembro, pensei. Nenhuma noção do que está chegando para eles. Era como se eu tivesse olhos de raios X e pudesse ver os esqueletos andando.

Olhei alguns anos adiante. Vi como essa rua será daqui a cinco anos, digamos, ou a três anos (dizem que está programado para 1941), depois que a luta começar.

Não, nem tudo estilhaçado em pedaços. Só um pouco alteradas, meio lascadas e sujas, as vitrines quase vazias e tão empoeiradas que você não consegue ver dentro delas. Em uma rua lateral há uma enorme cratera de bomba e um quarteirão de edifícios queimados, de forma que parece um dente oco. Termite. Está tudo curiosamente quieto e todos estão muito magros. Um pelotão de soldados vem marchando rua acima. São magros como ancinhos, e suas botas se arrastam. O sargento tem o bigode em forma de saca-rolhas e se mantém ereto como uma vareta, mas também é magro e tem uma tosse que quase o dilacera. Entre tosses, ele tenta gritar com eles no velho estilo de desfile. "Então, Jones! Levanta a cabeça! Por que fica olhando para o chão? Todas as pontas de cigarro foram recolhidas anos atrás". De repente, um acesso de tosse o pega. Ele tenta impedir, não consegue, dobra-se como uma régua e quase tosse as entranhas para fora. Seu rosto fica rosa e roxo, o bigode amolece e a água escorre dos olhos.

Consigo ouvir as sirenes de ataque aéreo soando e os alto-falantes berrando que nossas gloriosas tropas fizeram cem mil prisioneiros. Vejo as costas do último andar de um prédio em Birmingham e uma criança de 5 anos gritando e uivando por um pedaço de pão. E, de repente, a mãe não aguentou mais e gritou:

– Cale a matraca, seu filho da mãe! – e aí levanta o camisolão da criança e bate com força no seu traseiro, porque não tem pão e não vai haver pão. Eu vejo tudo isso. Vejo os cartazes e as filas de comida, e o óleo de rícino, os cassetetes de borracha e as metralhadoras cuspindo das janelas dos quartos.

Vai acontecer? Sei lá. Em alguns dias, é impossível acreditar. Em alguns dias, eu digo a mim mesmo que é só um medo levantado pelos jornais. Em alguns dias, sei, lá dentro de mim, que não há como escapar.

Quando desci perto de Charing Cross, os meninos anunciavam uma edição posterior dos jornais vespertinos. Havia mais baboseiras sobre o assassinato. PERNAS. DECLARAÇÃO DO CIRURGIÃO FAMOSO. Então, outro cartaz chamou minha atenção: CASAMENTO DO REI ZOG ADIADO. Rei Zog! Que nome é esse? É quase impossível acreditar que um cara com um nome assim não seja um preto retinto.

Mas exatamente naquele momento uma coisa estranha aconteceu. O nome do rei Zog – mas suponho que, como já tinha visto o nome várias vezes naquele dia, estava misturado com algum som no trânsito ou com o cheiro de esterco de cavalo ou algo assim – tinha despertado lembranças em mim.

O passado é uma coisa curiosa. Está com você o tempo todo. Suponho que nunca passe uma hora sem que você pense em coisas que aconteceram há dez ou vinte anos e, ainda assim, na maioria das vezes, não é real, é apenas um conjunto de fatos que você viu, como um monte de coisas em um livro de História. Então, alguma visão, som ou cheiro, especialmente o cheiro, o desperta, e o passado não apenas volta para você, você realmente está NO passado. Foi assim nesse momento.

Eu estava de volta à igreja paroquial em Lower Binfield, e isso foi há trinta e oito anos. Suponho que, pelo cenário, eu ainda estava caminhando pelo Strand, gordo e com 45 anos, com dentes postiços e um chapéu-coco. Mas dentro de mim eu era Georgie Bowling, de 7 anos, filho mais novo de Samuel Bowling, comerciante de milho e sementes, da 57 High Street, Lower Binfield. E era domingo de manhã, e eu consegui sentir o cheiro da igreja. Como eu podia sentir o cheiro! Você conhece o cheiro das igrejas, um tipo de cheiro peculiar, úmido, empoeirado, decadente e adocicado. Há um toque de óleo de vela nele, e talvez um cheiro de incenso e um rastro de ratos, e nas manhãs de domingo é um pouco coberto por sabonete amarelo e vestidos de sarja, mas predominantemente é aquele cheiro doce, empoeirado e mofado que é como o cheiro de morte e vida misturados. São cadáveres em pó, na verdade.

Naquela época, eu tinha um metro e vinte de altura. Eu estava de pé na almofada para ver por cima do banco da frente e podia sentir o vestido de sarja preto de mamãe embaixo da minha mão. Também podia sentir minhas meias puxadas até os joelhos – costumávamos usá-las assim – e a gola Eton que eles costumavam abotoar no meu pescoço nas manhãs de domingo. E eu podia ouvir o chiado do órgão e duas vozes enormes berrando o salmo. Em nossa igreja havia dois homens que lideravam a cantoria; na verdade, cantavam tanto que ninguém mais tinha muita chance. Um era Shooter, o peixeiro, e o outro era o velho Wetherall, o marceneiro e coveiro. Costumavam sentar-se frente a frente em cada lado da nave, nos bancos mais próximos do púlpito. Shooter era um homem baixo e gordo com um rosto muito rosado e suave, um nariz grande, bigode caído e um queixo que meio que despencava sob a boca. Wetherall era bem diferente. Era um velho demônio grande, magro e poderoso, de cerca de 60 anos, com um rosto semelhante à cabeça da morte e o cabelo grisalho crespo de pouco mais de um centímetro de comprimento em toda a cabeça. Nunca vi um homem vivo que se parecesse tanto com um esqueleto. Dava para ver cada linha do crânio naquele rosto, a pele parecia um pergaminho e a grande mandíbula em forma de lanterna cheia de dentes amarelos se movia para cima e para baixo, como a mandíbula de um esqueleto em um museu de anatomia. E, no entanto, com toda a sua magreza, parecia forte como um touro, como se fosse viver até os 100 anos e fazer caixões para todos na igreja antes de morrer. As vozes também eram bem diferentes.

Shooter soltava uma espécie de grave desesperado e agonizante, como se alguém tivesse uma faca em sua garganta e ele estivesse dando seu último grito de socorro. Mas Wetherall tinha um som tremendo, turbulento e estrondoso que acontecia internamente nele, como enormes barris sendo rolados de um lado para outro no subsolo. Por mais som que ele emitisse, sempre se saberia que tinha muito mais guardado. As crianças apelidaram-no de Barrigarroncante.

Eles costumavam ter uma espécie de efeito antifonal, especialmente nos salmos. Era sempre Wetherall quem dava a última palavra. Acho que realmente eram amigos na vida privada, mas, do jeito de criança, eu costumava imaginar que eram inimigos mortais e tentavam acabar um com o outro aos gritos. Shooter rugia "O Senhor é meu pastor", e então Wetherall chegava com "E nada, nada me faltará", afogando-o completamente. Sempre era possível saber qual dos dois era o mestre. Eu costumava aguardar ansiosamente aquele salmo que falava sobre Siom, rei dos Amorreus, e Ogue, rei de Basã (era disso que o nome do rei Zog me lembrava). Shooter começava com "Siom, rei dos Amorreus", então, talvez por meio segundo, seria possível ouvir o resto da congregação cantando o "e", e então o enorme baixo de Wetherall viria como um maremoto e engoliria todos com "Ogue, o rei de Basã". Eu gostaria de poder fazer você ouvir o tremendo barulho de barril subterrâneo que conseguia usar na palavra "Ogue". Até costumava modular o "gue" da palavra, de modo que, quando eu era muito pequeno, olhava de um lado para o outro, pensando que ele dizia "Olhe, o rei de Basã". Mais tarde, porém, quando acertei os nomes, formei uma imagem em minha mente de Siom e Ogue. Eu os via como um par daquelas grandes estátuas egípcias das quais eu tinha visto fotos na enciclopédia barata, enormes estátuas de pedra de nove metros de altura, sentadas em seus tronos frente a frente, com as mãos nos joelhos e um leve sorriso misterioso no rosto.

Como voltou tudo para mim! Aquele sentimento peculiar – era apenas um sentimento, não dava para descrever como uma atividade – que chamávamos de "Igreja". O cheiro adocicado de cadáver, o farfalhar dos vestidos de domingo, o chiado do órgão e as vozes estrondosas, o ponto de luz do orifício da janela subindo lentamente pela nave. De alguma forma, os adultos poderiam dizer que esse espetáculo extraordinário era necessário. Considerávamos natural, assim como aceitávamos a Bíblia, da qual recebíamos grandes doses naqueles dias. Havia textos em todas as paredes, e sabíamos de cor capítulos inteiros do Antigo Testamento. Mesmo agora, minha cabeça está cheia de partes da Bíblia. E os filhos de Israel tornaram a fazer o que era mau aos olhos do Senhor. E Aser em suas enseadas ficou. Seguiu-os desde Dã até chegar a Bersebá. Feriu-o sob a quinta costela, de modo que ele morreu. Ninguém entendia, nem se tentava nem se queria, era só uma espécie de remédio, uma coisa de gosto esquisito que tínhamos que engolir e sabia que era de alguma forma necessária. Uma lenga-lenga extraordinária sobre pessoas com nomes como Simei e Nabucodonosor e Aitofel e Hasbadadá; pessoas com roupas compridas e rígidas e barbas assírias, montando em camelos e apeando deles entre templos e cedros e fazendo coisas extraordinárias. Sacrificando oferendas queimadas, andando em fornalhas ardentes, sendo pregadas em cruzes, sendo engolidas por baleias. E tudo misturado com o cheiro adocicado de cemitério e os vestidos de sarja e o chiado do órgão.

Esse foi o mundo para o qual voltei quando vi o cartaz sobre o rei Zog. Por um momento, não lembrei apenas, eu estava DENTRO. É claro que essas impressões não duram mais que alguns segundos. Um momento depois, foi como se eu tivesse aberto os olhos de novo com 45 anos, e havia um engarrafamento no Strand. Mas isso havia deixado uma espécie de efeito colateral. Às vezes, quando se sai de uma linha de pensamento, sente como se estivesse saindo de águas profundas, mas dessa vez era o contrário, era como se fosse em 1900 que eu estivesse respirando ar de verdade. Mesmo agora, com meus olhos abertos, por assim dizer, com todos aqueles malditos idiotas indo e vindo, e os cartazes e o fedor de gasolina e o rugido dos motores, pareciam-me menos reais do que a manhã de domingo em Lower Binfield, trinta e oito anos atrás.

Joguei fora meu charuto e caminhei lentamente. Podia sentir o cheiro de cadáver. Por assim dizer, posso sentir o cheiro agora. Estou de volta a Lower Binfield, no ano de 1900. Ao lado do cocho para cavalos no mercado, o cavalo do carregador está com seu embornal. Na loja de doces da esquina, a Mãe Wheeler está pesando um pouquinho de trufas de conhaque. A carruagem de Lady Rampling está passando, com o criado de libré sentado atrás com suas ceroulas e braços cruzados. Tio Ezekiel está amaldiçoando Joe Chamberlain. O sargento de recrutamento, de jaquetão escarlate, macacão azul justo e chapéu de gala, marcha de um lado para o outro, torcendo o bigode. Os bêbados estão vomitando no quintal atrás do George. Vicky está em Windsor, Deus está no céu, Cristo está na cruz, Jonas na baleia, Sadraque, Mesaque e Abednego estão na fornalha ardente, e Siom, rei dos Amorreus, e Ogue, o rei de Basã, estão sentados em seus tronos, olhando uns para os outros – sem fazer nada exatamente, apenas existindo, mantendo seu lugar designado, como um cavalete de lareira, ou o Leão e o Unicórnio.

Isso desapareceu para sempre? Não sei ao certo. Mas digo que era um bom mundo para se viver. Eu pertenço a ele. Você também.

PARTE 2

PARTE 2

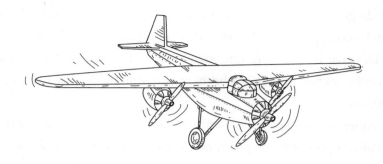

CAPÍTULO 1

O mundo de que me lembrei por instantes quando vi o nome do rei Zog no cartaz era tão diferente do mundo em que vivo agora que pode ser um pouco difícil de acreditar que algum dia pertenci a ele.

Suponho que a esta altura você tenha uma espécie de imagem minha na cabeça – um sujeito gordo de meia-idade com dentes postiços e rosto vermelho – e, inconscientemente, imaginou que eu era assim quando estava no berço. Mas quarenta e cinco anos é muito tempo e, embora algumas pessoas não mudem e se desenvolvam, outras mudam. Eu mudei muito e tive meus altos e baixos, principalmente altos. Pode parecer estranho, mas meu pai provavelmente ficaria muito orgulhoso de mim se pudesse me ver agora. Acharia maravilhoso que um filho tivesse um carro e morasse em uma casa com banheiro. Mesmo agora estou um pouco acima da minha origem, e outras vezes alcancei níveis com os quais nunca deveríamos ter sonhado naqueles velhos tempos antes da guerra.

Antes da guerra! Eu me pergunto quanto tempo vamos continuar dizendo isso. Quanto tempo levará para a resposta ser "Qual guerra?". No meu caso, a Terra do Nunca em que as pessoas pensam quando dizem "antes da guerra" pode ser quase antes da Guerra dos Bôeres. Eu nasci em 1893 e consigo até me lembrar da eclosão da Guerra dos Bôeres, por causa da briga de primeira que meu pai e o tio Ezequiel tiveram sobre isso. Tenho várias outras lembranças que datam de cerca de um ano antes disso.

A primeira coisa de que me lembro é do cheiro da palha do sanfeno. A gente subia a passagem de pedra que levava da cozinha à loja, e o cheiro de sanfeno ficava mais forte. Minha mãe colocava um portão de madeira na entrada para impedir que Joe e eu (Joe era meu irmão mais velho) entrássemos na loja. Ainda me lembro de estar ali segurando as barras, e o cheiro de sanfeno misturado ao cheiro úmido de gesso que pertencia à passagem. Só anos depois é que de alguma forma consegui quebrar o portão e entrar na loja quando ninguém estava lá. Um camundongo que estava tentando chegar às prateleiras de farinha, de repente, saltou e correu entre meus pés. Estava bastante branco de farinha. Deve ter acontecido quando eu tinha cerca de 6 anos.

Quando se é muito jovem, parece que de repente se torna consciente de coisas que estão sob o nariz há muito tempo. As coisas ao redor entram na mente uma de cada vez, mais ou menos como quando a pessoa acorda. Por exemplo, só quando eu tinha quase 4 anos que percebi de repente que tínhamos um cachorro. Nailer era seu nome. Um velho terrier inglês branco, raça que sumiu hoje em dia. Eu o encontrei embaixo da mesa da cozinha e, de alguma forma, eu parecia saber, só tendo entendido naquele momento, que ele nos pertencia e que seu nome era Nailer. Da mesma forma, um pouco antes, descobri que além do portão, no final do corredor, havia um lugar de onde vinha o cheiro de sanfeno. E a própria loja, com as balanças enormes e as medidas de madeira e a pá de lata, e as letras brancas na vitrine, e o dom-fafe na gaiola – que não dava para ver muito bem nem da calçada, porque a vitrine estava sempre empoeirada –, todas essas coisas se encaixaram em minha mente uma a uma, como partes de um quebra-cabeça.

Um pouco de ar, por favor

O tempo passa, você fica mais forte das pernas e, aos poucos, começa a dominar a geografia. Suponho que Lower Binfield fosse como qualquer outra cidade mercantil com cerca de dois mil habitantes. Ficava em Oxfordshire – eu continuo dizendo FICAVA, perceba, embora o lugar ainda exista –, a cerca de oito quilômetros do Tâmisa. Ficava em um pequeno vale, com uma ondulação baixa de colinas entre ela e o Tâmisa, e colinas mais altas atrás. No topo das colinas havia bosques em uma espécie de massa azul-escura, entre as quais se podia ver uma grande casa branca com uma colunata. Essa era a Casa Binfield ("O Salão", como todo mundo a chamava), e o topo da colina era conhecido como Upper Binfield, embora não tivesse nenhuma vila lá havia cem anos ou mais. Eu devia ter quase 7 anos quando percebi a existência de Binfield House. Quando você é muito pequeno, não olha para o longe. Mas, naquela época, eu conhecia cada centímetro da cidade, que tinha a forma de uma cruz com o mercado no meio. Nossa loja ficava na High Street, um pouco antes do mercado, e, na esquina, ficava a doceria da senhora Wheeler, onde se gastava meio centavo quando se tinha um. Mãe Wheeler era uma bruxa velha e suja, e as pessoas suspeitavam de que ela chupava o licor das balinhas e o devolvia para a garrafa, embora isso nunca tenha sido provado. Mais abaixo ficava a barbearia com o anúncio dos cigarros Abdulla – aquele com os soldados egípcios, e curiosamente usam o mesmo anúncio até hoje – e o cheiro forte e inebriante de pós-barba e tabaco tipo latakia. Atrás das casas era possível ver as chaminés da cervejaria. No meio da praça do mercado ficava o cocho de pedra, e sobre a água sempre havia uma fina camada de poeira e palha.

Antes da guerra, e especialmente antes da Guerra dos Bôeres, era verão o ano todo. Sei muito bem que isso é um delírio. Estou apenas tentando dizer como as coisas voltam para mim. Se fecho os olhos e penso em Lower Binfield antes de ter, digamos, 8 anos, é sempre do verão que me lembro. Ou é do mercado na hora do almoço, com uma espécie de silêncio empoeirado e sonolento sobre tudo, e o cavalo do carregador com o nariz bem enfiado no embornal, mastigando. Ou é uma tarde quente nos grandes prados verdejantes da cidade. Ou está quase anoitecendo na alameda atrás dos loteamentos, e há um cheiro de fumo de cachimbo e dos goivos pairando através da sebe. Mas, em certo sentido, lembro-me de estações diferentes, porque todas as minhas lembranças estão ligadas a coisas para comer, que variavam em diferentes épocas do ano. Especialmente as coisas encontradas geralmente nas sebes. Em julho havia amoras, mas são muito raras, e as amoras estavam ficando vermelhas o suficiente para comer. Em setembro, havia abrunhos e avelãs. As melhores avelãs estavam sempre além do alcance. Mais tarde, havia amêndoas de faia e maçãs silvestres. Depois, havia o tipo de comida secundária que costumávamos comer quando não havia nada melhor acontecendo. Bagas de espinheiro, mas não são muito bons, e cinorródio, que têm um gosto agradável se você limpar os pelinhos. Angélica é boa no início do verão, especialmente quando se está com sede, assim como os caules de vários tipos de grama. Depois vêm a vinagreira, que fica boa com pão com manteiga, e nozes de nogueira-branca, e uma espécie de trevo de madeira com gosto ácido. Mesmo as sementes de tanchagem são melhores do que nada quando você está muito longe de casa e com muita fome.

 Joe era dois anos mais velho que eu. Quando éramos muito pequenos, minha mãe costumava pagar a Katie Simmons dezoito pence por semana para nos levar para passear à tarde. O pai de Katie trabalhava na cervejaria e tinha catorze filhos, de modo que a família estava sempre em busca de fazer bicos. Tinha apenas 12 anos quando Joe tinha 7 e eu 5, e seu nível mental não era muito diferente do nosso. Costumava me arrastar pelo braço e me chamar de "Bebê", e tinha autoridade suficiente sobre nós para evitar que fôssemos atropelados por pequenas carruagens ou perseguidos por touros, mas, até onde a conversa ia, estávamos quase em pé de igualdade. Costumávamos fazer longas caminhadas – sempre, é claro, colhendo e comendo coisas por todo o caminho –, descendo a alameda passando pelos lotes, passando por Roper's Meadows e descendo até a

Fazenda do Moinho, onde havia uma lagoa com tritões e pequenas carpas (Joe e eu costumávamos pescar lá quando éramos um pouco mais velhos), e voltávamos pela Upper Binfield Road para passar pela loja de doces que ficava na periferia da cidade. Essa loja estava em um estado tão ruim que qualquer pessoa que a comprasse faliria e, até onde eu sabia, foi três vezes uma confeitaria, uma vez uma mercearia e uma vez uma oficina de bicicletas, mas causava um fascínio peculiar nas crianças. Mesmo quando não tínhamos dinheiro, íamos lá colar o nariz na janela. Katie não se opunha nem um pouco em dividir seu dinheiro para os doces e não brigava por sua parte. Era possível comprar coisas que valiam a pena por pouco dinheiro naquela época. Cento e vinte gramas da maioria dos doces custava um centavo. E havia até um negócio chamado Mistura Paraíso, a maioria de doces quebrados de outros potes, que custava seis. Depois, havia as Fitas Doces, que tinham um metro de comprimento e não podia ser comido em meia hora. Doces em forma de ratinhos e porcos custavam oito por um centavo. Assim como as pistolas de alcaçuz, a pipoca custava meio centavo por um saco grande, e o pacote premiado – que continha vários tipos de doces, um anel de ouro e às vezes um apito – custava um centavo. Você não vê pacotes premiados hoje em dia. Muitos dos tipos de doces que comíamos naquela época acabaram. Havia uma espécie de doce branco achatado com lemas estampados, e também uma espécie de coisa rosada e pegajosa em uma caixa oval de fósforo com uma colherzinha de lata para comê-la, que custava meio centavo. Os dois desapareceram. O mesmo aconteceu com as sementes de cominho confeitadas e os cachimbos de chocolate e palitos de fósforo de açúcar, e até mesmo os granulados coloridos você quase nunca vê. Granulados coloridos eram uma ótima opção quando se tinha pouco dinheiro. E quanto aos Centavo Monsters? Alguém já viu um Centavo Monster hoje em dia? Era uma garrafa enorme, contendo mais de um litro de limonada com gás, tudo por um centavo. Essa é outra coisa que a guerra matou de uma vez por todas.

Sempre parece verão quando olho para trás. Posso sentir a grama ao meu redor, tão alta quanto eu, e o calor saindo da terra. E a poeira no caminho e a luz quente esverdeada passando pelos ramos de avelaneira. Posso ver nós três caminhando, comendo coisas da cerca viva, com Katie puxando meu braço e dizendo:

– Vamos, Bebê! – E às vezes gritando para Joe: – Joe! Volte aqui neste minuto! Você vai ver uma coisa!

Joe era um menino robusto com cabeça grande e protuberante e panturrilhas enormes, o tipo de menino que está sempre aprontando algo perigoso. Aos sete já vestia calças curtas, com as meias pretas grossas puxadas até o joelho e as botas pesadas que os meninos tinham de usar naquela época. Eu ainda estava de sobrecasaca – uma espécie de macacão holandês que mamãe costumava fazer para mim. Katie usava uma paródia horrível e esfarrapada de um vestido de adulto que passava de irmã para irmã em sua família. Usava um chapéu ridículo com as marias-chiquinhas penduradas atrás dele, uma saia longa e arrastada, que deixava um rastro no chão, e botas grosseiras com os saltos gastos. Ela era pequenina, não muito mais alta que Joe, mas não era ruim em "cuidar" de crianças. Em uma família como a dela, uma criança está "cuidando" de outras crianças assim que desmama. Às vezes, tentava ser adulta e feminina, e tinha um jeito de interromper as pessoas com um provérbio que, para ela, era algo irresponsível. Se você dissesse "Não me importo", ela responderia imediatamente:

> *Não me importo foi feito para se importar,*
> *Não me importo foi enforcado,*
> *Não importa parou na panela*
> *E fervido até ficar acabado.*

Ou, se você a chamasse de nomes feios, seria "Palavras duras não quebram ossos", ou, quando você se gabava, "O orgulho vem antes da queda".

Foi muito verdadeiro um dia, quando eu estava me pavoneando, fingindo ser um soldado, e caí no esterco de vaca. A família dela vivia em um buraco de rato pequeno e imundo na rua miserável atrás da cervejaria. O lugar fervilhava de crianças como uma espécie de animais daninhos. A família inteira conseguiu evitar a ida à escola, o que era bastante fácil de fazer naquela época, e começou a fazer serviços e bicos assim que aprendiam a andar. Um dos irmãos mais velhos pegou um mês por roubar nabos. Ela parou de nos levar para passear um ano depois, quando Joe tinha 8 anos e estava ficando difícil demais para uma garota aguentar. Ele descobriu que na casa de Katie eles dormiam cinco em uma cama e costumava a zombar dela sobre isso.

Pobre Katie! Teve seu primeiro filho quando tinha 15 anos. Ninguém sabia quem era o pai, e provavelmente nem Katie sabia ao certo. A maioria das pessoas acredita que foi um dos irmãos. O pessoal do abrigo levou o bebê, e Katie começou a trabalhar em Walton. Algum tempo depois, ela se casou com um funileiro, o que, mesmo para os padrões de sua família, era um fracasso. A última vez que a vi foi em 1913. Eu estava pedalando por Walton e passei por alguns barracos de madeira horríveis ao lado da linha férrea, com cercas em volta feitas de varas de barril, onde os ciganos costumavam acampar em certas épocas do ano, quando a polícia deixava. Uma mulher enrugada, com o cabelo solto e um rosto esfumado, aparentando ter pelo menos 50 anos, saiu de uma das cabanas e começou a sacudir um tapete de trapos. Era Katie, que devia ter 27 anos.

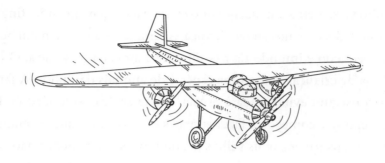

CAPÍTULO 2

Quinta-feira era dia de mercado. Sujeitos com rostos redondos e vermelhos como abóboras e aventais sujos e enormes botas cobertas de esterco de vaca seco, carregando longos galhos cor de avelã, costumavam levar seus animais ao mercado cedinho. Durante horas, havia um alvoroço terrível: cachorros latindo, porcos guinchando, caras em carroças de comerciantes que queriam passar pela confusão estalando seus chicotes e xingando, e todos que tinham alguma coisa a ver com o gado gritando e batendo varas. Sempre havia um grande barulho quando traziam um touro para o mercado. Mesmo com aquela idade, me ocorreu que a maioria dos touros eram brutos inofensivos e obedientes à lei que só queriam chegar a suas baias em paz, mas um touro não seria considerado um touro se metade da cidade não tivesse que sair e persegui-lo. Às vezes, algum animal aterrorizado, geralmente uma novilha quase adulta, costumava se soltar e disparar por uma rua lateral, e então qualquer um que estivesse no caminho ficava no meio da rua e balançava os braços para trás como as velas de um moinho de vento gritando:

– Uôa! Uôa!

Era para ter uma espécie de efeito hipnótico em um animal e certamente o assustava.

No meio da manhã, alguns dos fazendeiros entravam na loja e passavam amostras de sementes pelos dedos. Na verdade, papai fazia poucos negócios com os fazendeiros, porque não tinha uma carroça de entrega e não conseguia dar um crédito de longo prazo. Na maioria das vezes, ele fazia negócios um tanto insignificantes, ração para aves e forragem para os cavalos dos comerciantes, e assim por diante. O velho Brewer, da Fazenda do Moinho, que era um velho desgraçado e mesquinho com barba grisalha, costumava ficar lá por meia hora, dedilhando amostras de milho de galinha e deixando-as cair em seu bolso de uma maneira distraída, depois do que, claro, ele finalmente conseguia fugir sem comprar nada. À noite, os bares ficavam cheios de bêbados. Naquela época, a cerveja custava dois pence o litro e, ao contrário da cerveja de hoje, aquela tinha alguma substância. Durante toda a Guerra dos Bôeres, o sargento de recrutamento costumava ficar no bar de quatro tipos de cerveja do George, todas as quintas e sábados à noite, vestido com esmero e muito generoso com seu dinheiro. Às vezes, na manhã seguinte, você o via conduzir um grande e tímido rosto vermelho de um cara de fazenda que havia pegado o xelim quando o sargento estava bêbado demais para ver e que descobria de manhã que lhe custariam vinte libras para se livrar disso. As pessoas costumavam ficar na porta e balançar a cabeça quando os viam passar, quase como se fosse um funeral.

– Ora, ora! Alistado para soldado. Pense só! Um bom rapaz desses!

Isso apenas os chocava. Alistar-se para soldado, aos olhos deles, era o equivalente exato de uma garota indo para as ruas. A atitude deles em relação à guerra e ao Exército era muito curiosa. Tinham as boas e velhas noções inglesas de que os casacos vermelhos são a escória da terra e qualquer um que se juntasse ao Exército morreria com a bebida e iria direto para o inferno. Mas, ao mesmo tempo, eram bons patriotas, colavam bandeiras da Inglaterra nas janelas e consideravam um artigo de fé que os ingleses nunca tinham sido derrotados em batalha nem poderiam sê-lo. Naquela época, todo mundo, até mesmo os não conformistas, costumava cantar canções sentimentais sobre a fina linha vermelha e o menino soldado que morreu no campo de batalha distante. Esses meninos soldados sempre morriam "quando tiro e projétil estavam voando", eu lembro. Isso me intrigava quando criança. Tiros eu conseguia entender, mas produzia uma imagem estranha em minha mente pensar em projéteis de amêijoas voando pelo ar. Quando Mafeking foi liberada, as pessoas quase gritaram até arrancarem o telhado, e houve momentos em que acreditaram nas histórias sobre os bôeres jogando bebês para o alto e empalando-os com as baionetas. O velho Brewer ficou tão farto das crianças gritando "Kruuuger!"[1] atrás dele que, no final da guerra, ele raspou a barba. A atitude do povo em relação ao governo era realmente a mesma. Eram todos ingleses legítimos e juravam que Vicky era a melhor rainha que já existiu e os estrangeiros eram sujos, mas, ao mesmo tempo, ninguém pensava em pagar um imposto, nem mesmo uma licença para cães, se houvesse jeito de se esquivar disso.

Antes e depois da guerra, Lower Binfield era um eleitorado liberal. Durante a guerra, houve uma eleição parcial que os conservadores venceram. Eu era muito jovem para entender do que se tratava, só sabia que era conservador porque gostava mais das fitas azuis do que das vermelhas, e me lembro principalmente por causa de um homem bêbado que caiu com o nariz na calçada fora do George. Na agitação geral, ninguém reparou nele, e ele ficou ali durante horas ao sol quente com o sangue secando em volta dele, e, quando secou, ficou púrpura. Quando veio a eleição de 1906, eu tinha idade suficiente para entender mais ou menos, e dessa vez eu era liberal porque todo mundo era. As pessoas perseguiram o candidato conservador por oitocentos metros e o jogaram em um lago cheio de lentilha-d'água. As pessoas levavam a política a sério naquela época. Costumavam armazenar ovos podres semanas antes das eleições.

---

[1] Terceiro presidente da República da África do Sul, declarou guerra à Inglaterra em 1899, que durou até 1902. Tinha uma longa barba branca em 1900. (N.T.)

Um pouco de ar, por favor

Bem cedo na vida, quando eclodiu a Guerra dos Bôeres, lembro-me da grande briga entre meu pai e o tio Ezequiel. O tio Ezequiel tinha uma pequena loja de botas em uma das ruas paralelas à High Street e também fazia alguns consertos em botas. Era um pequeno negócio e tendia a diminuir, o que não importava muito, porque tio Ezequiel não era casado.

Era apenas meio-irmão e muito mais velho do que papai, vinte anos mais velho pelo menos, e, pelos quinze anos mais ou menos em que eu o conhecia, ele sempre parecia exatamente o mesmo. Ele era um velho de boa aparência, bastante alto, com cabelos brancos e os bigodes mais brancos que já vi – branco como penugem de cardo. Ele tinha um jeito de estapear o avental de couro e ficar em pé muito ereto – uma reação de curvar-se sobre o oponente, eu suponho – depois do que ele vociferava suas opiniões na sua cara, terminando com uma espécie de gargalhada fantasmagórica. Era um verdadeiro liberal do século XIX, do tipo que não só costumava perguntar o que Gladstone dizia em 1878, mas poderia lhe dar a resposta, e uma das poucas pessoas em Lower Binfield que manteve as opiniões durante todo o tempo de guerra. Estava sempre denunciando Joe Chamberlain e uma gangue de pessoas que ele chamava de "ralé de Park Lane". Posso ouvi-lo agora, tendo uma de suas discussões com papai.

– Eles e seu vasto Império! Para mim, não conseguem ir longe demais. Hehehe!

E então a voz do meu pai, um tipo de voz calma, preocupada, conscienciosa, voltando-se para ele com o fardo do homem branco e nossa merda aos pobres negros que esses bôeres tratavam como algo vergonhoso. Por uma semana ou mais, depois que tio Ezequiel revelou que ele era um pró-bôeres e um *Little Englander*, ou liberal, eles mal se falavam. Tiveram outra briga quando as histórias de atrocidade começaram. Meu pai estava muito preocupado com as histórias que ouvira e abordou o tio Ezequiel a respeito. *Little Englander* ou não, com certeza não acharia certo esses bôeres jogarem bebês para o alto e fincá-los com suas baionetas, mesmo que fossem somente bebês negros? Mas tio Ezequiel apenas riu na cara dele. Papai entendeu tudo errado! Não foram os bôeres que jogaram bebês para o alto, foram os soldados britânicos! Ele continuou me agarrando – eu devia ter uns 5 anos – para ilustrar.

– Eles os jogam para o alto e os espetam como sapos, estou dizendo! Do mesmo jeito que eu poderia jogar este jovem aqui!

E, então, ele me chacoalhou e quase me largou, e eu tive uma imagem vívida de mim mesmo voando e caindo na ponta de uma baioneta.

Meu pai era bem diferente do tio Ezequiel. Não sei muito sobre meus avós, eles já haviam morrido antes de eu nascer. Só sei que meu avô era sapateiro e tarde na vida se casou com a viúva de um semeador, foi assim que surgiu a loja. Era um trabalho que realmente não combinava com meu pai, embora ele conhecesse o negócio do avesso e sempre estivesse trabalhando. Exceto no domingo e muito ocasionalmente nas noites da semana, nunca me lembro dele sem farinha nas costas das mãos, nas rugas do rosto e no que restara do cabelo. Casou-se quando tinha 30 e poucos anos e devia ter quase 40 na minha primeira lembrança dele. Era um homem pequeno, uma espécie de homenzinho grisalho e quieto, sempre com camisas sem manga e avental branco e sempre parecendo empoeirado por causa da farinha. Tinha uma cabeça redonda, um nariz achatado, um bigode bastante espesso, óculos e cabelos cor de manteiga, da mesma cor que os meus, mas tinha perdido a maior parte e sempre estava enfarinhado. Meu avô havia se aprimorado bastante ao se casar com a viúva do semeador, e meu pai fora educado na Escola Walton de Alfabetização, para onde os fazendeiros e os comerciantes mais abastados mandavam os filhos, enquanto o tio Ezequiel gostava de se gabar de nunca ter estado na escola na vida e ter aprendido sozinho a ler com uma vela de sebo após o expediente. Mas ele era um homem de raciocínio muito mais rápido do que meu pai. Podia discutir com qualquer pessoa e costumava citar Carlyle e Spencer no quintal. Meu pai tinha uma mente lenta, nunca gostara de "aprender nos livros", como dizia, e seu inglês não era bom. Nas tardes de domingo, o único momento em que realmente pegava leve, ele se acomodava perto da lareira da sala para fazer o que chamava de uma "boa leitura" do jornal de domingo. Seu jornal favorito era *The People;* mamãe preferia o *News of the World*, que ela considerava ter mais assassinatos. Consigo vê-los agora. Uma tarde de domingo – verão, claro, sempre verão –, um cheiro de porco assado e verduras ainda pairando no ar. A mãe de um lado da lareira, começando a ler sobre o último assassinato, mas aos poucos adormecendo com a boca aberta, e o pai do outro, de chinelos e óculos, abrindo caminho lentamente pelos metros de impressões borradas. E a sensação suave do verão ao redor, o gerânio na janela, um estorninho arrulhando em algum lugar, e eu debaixo da mesa com meu jornal infantil, o *The Boy's Own Paper*, fazendo de conta que a toalha de mesa era uma tenda. Depois, no chá, enquanto mastigava rabanetes e cebolinhas, papai falava e ruminava sobre as coisas que vinha lendo, os incêndios, naufrágios, escândalos na alta sociedade, essas novas máquinas voadoras e o sujeito (percebo que até hoje ele aparece nos jornais de domingo uma vez a cada três anos) que foi engolido por uma baleia no Mar Vermelho e retirado três dias depois, vivo, mas alvejado pelo suco gástrico da baleia. Meu pai sempre foi um pouco cético em relação a essa história e às novas máquinas voadoras, mas, tirando isso, acreditava em tudo que lia. Até 1909, ninguém em Lower Binfield acreditava que os seres humanos aprenderiam a voar. A doutrina oficial era que, se Deus quisesse que voássemos, Ele nos teria dado asas. Tio Ezequiel não pôde deixar de replicar que, se Deus quisesse que andássemos como trens, Ele teria nos dado rodas, mas mesmo assim ele não acreditava nas novas máquinas voadoras.

    Só nas tardes de domingo, e talvez na única noite da semana em que ele passava no George para tomar meia cerveja, meu pai se concentrava nessas coisas. Outras vezes, ficava mais ou menos sobrecarregado pelos negócios. Não havia muito o que fazer, mas ele parecia estar sempre ocupado, fosse no palheiro atrás do quintal, lutando com sacos e fardos, fosse no tipo de cubículo empoeirado atrás do balcão da loja, adicionando cifras a um caderno com um toco de lápis. Era um homem muito honesto e prestativo, muito ansioso para fornecer coisas boas e não enganar ninguém, o que, mesmo naquela época, não era a melhor maneira de se fazer negócios. Teria sido o homem certo para algum pequeno trabalho oficial, um agente postal, por exemplo, ou chefe de uma estação rural. Mas não teve a coragem e a iniciativa para pedir dinheiro emprestado e expandir o negócio, nem a imaginação para pensar em novas linhas de vendas. Era típico que o único traço de imaginação que ele mostrou, a invenção de uma nova mistura de sementes para pássaros domésticos (se chamava Mistura do Bowling e era famosa em um raio de quase oito quilômetros), foi realmente devido ao tio Ezequiel. Tio Ezequiel até era apreciador de pássaros e tinha muitos pintassilgos em sua lojinha escura. Segundo ele, os pássaros domésticos perdem a cor devido à falta de variação em sua dieta. No quintal atrás da loja, o pai tinha um pequeno terreno no qual costumava cultivar cerca de vinte tipos de ervas sob uma rede de arame e costumava secá-las e misturar suas sementes com as sementes comuns de canário. Jackie, a dom-fafe que pendurava da vitrine, era para ser uma propaganda da Mistura do Bowling. Certamente, ao contrário da maioria dos dom-fafes em gaiolas, Jackie nunca ficou preta.

Mamãe era gorda desde que me lembro dela. Sem dúvida é dela que herdei minha deficiência na glândula pituitária, ou o que quer que faça você engordar.

Ela era uma mulher corpulenta, um pouco mais alta que o pai, com cabelos bem mais claros do que os dele e uma tendência a usar vestidos pretos. Mas, exceto aos domingos, nunca me lembro dela sem avental. Seria um exagero, mas não muito grande, dizer que nunca me lembro dela sem estar cozinhando. Quando você olha para trás, por um longo período, parece ver seres humanos sempre fixados em algum lugar especial e com alguma atitude característica. Parece que sempre fizeram exatamente a mesma coisa. Bem, assim como quando penso no pai, me lembro dele sempre atrás do balcão, com os cabelos bagunçados, escrevendo cifras com um toco de lápis que umedecia entre os lábios. E, assim como me lembro do tio Ezequiel, com seu bigode branco fantasmagórico, endireitando-se e batendo no avental de couro. Então, quando penso em mamãe, me lembro dela na mesa da cozinha, com os antebraços cobertos de farinha, desenrolando um pedaço de massa.

Você sabe o tipo de cozinha que as pessoas tinham naquela época. Um lugar enorme, bastante escuro e baixo, com uma grande viga atravessando o teto e um piso de pedra e porões embaixo. Tudo enorme, ou assim me parecia quando eu era criança. Uma grande pia de pedra que não tinha torneira, mas uma bomba de ferro, uma cômoda cobrindo uma parede e subindo até o teto, uma gigantesca fogueira que queimava meia tonelada por mês e só Deus sabe quanto tempo levava para virar pó. A mãe na mesa estendendo uma enorme massa. E eu rastejando por ali, brincando com feixes de lenha e pedaços de carvão e armadilhas de lata para escaravelho (tínhamos em todos os cantos escuros e costumavam ser iscados com cerveja) e, de vez em quando, subia na mesa para tentar pegar um pouco de comida. A mãe "não tolerava" comermos entre as refeições. Geralmente recebíamos a mesma resposta:

– Saia daqui agora! Não vai estragar o jantar. Seu olho é maior que sua barriga.

Muito ocasionalmente, porém, ela cortava uma fina tira de casca caramelada.

Eu gostava de ver mamãe enrolando massa. Sempre há um fascínio em ver alguém fazer um trabalho que realmente entende. Observe uma mulher – uma mulher que realmente sabe cozinhar, quero dizer – enrolando massa. Ela tem um ar peculiar, solene, introvertido, um tipo de ar satisfeito, como uma sacerdotisa celebrando um rito sagrado. E em sua mente, é claro, é exatamente o que ela é. A mãe tinha antebraços gordos, rosados e fortes, geralmente manchados de farinha. Quando estava cozinhando, todos os seus movimentos eram maravilhosamente precisos e firmes. Em suas mãos, batedeiras de ovo, picadores e rolos de macarrão faziam exatamente o que deviam fazer. Quando nós a víamos cozinhar, sabíamos que ela estava no mundo dela, entre coisas que ela realmente entendia. Exceto pelos jornais de domingo e um pouco de fofoca ocasional, o mundo exterior realmente não existia para ela. Embora lesse com mais facilidade do que papai e, ao contrário dele, costumava ler romances e, também, jornais, era incrivelmente ignorante. Percebi isso quando tinha 10 anos. Ela certamente não conseguiria dizer a você se a Irlanda ficava a leste ou a oeste da Inglaterra, e eu duvido que em qualquer época até a eclosão da Grande Guerra ela poderia ter lhe contado quem era o primeiro-ministro. Além disso, não tinha o menor desejo de saber essas coisas. Mais tarde, quando li livros sobre os países orientais onde praticam a poligamia e os haréns secretos onde as mulheres são trancadas com eunucos negros montando guarda para elas, eu costumava pensar como mamãe ficaria chocada se tivesse ouvido falar disso. Quase consigo ouvir a voz dela, "Ora essa! Trancando as esposas assim! IMAGINE!". Não que ela soubesse o que era um eunuco. Mas, na realidade, viveu sua vida em um espaço que deve ter sido tão pequeno e quase tão privado quanto uma zenana comum. Mesmo em nossa casa, havia partes onde ela nunca havia posto os pés. Nunca entrava no palheiro atrás do quintal e muito raramente na loja. Acho que nunca me lembro dela servindo um cliente. Não saberia onde qualquer uma das coisas era guardada e, até que fossem moídas em farinha, provavelmente não sabia a diferença entre trigo e aveia. Por que deveria? A loja era o negócio do papai, era "trabalho de homem", e, mesmo sobre o dinheiro, ela não tinha muita curiosidade. Seu trabalho, "o trabalho da mulher", era cuidar da casa, das refeições, da lavanderia e dos filhos. Teria um ataque se visse meu pai ou qualquer outra pessoa do sexo masculino tentando pregar um botão para si mesmo.

    No que diz respeito às refeições e assim por diante, a nossa era uma daquelas casas onde tudo funciona como um relógio. Ou não, não como um relógio, o que sugere algo mecânico. Era mais como uma espécie de processo natural. Sabíamos que o café da manhã estaria na mesa de manhã da mesma forma que sabíamos que o sol nasceria. Durante toda a vida, mamãe foi para a cama às nove e levantava-se às cinco, e ela teria achado isso vagamente perverso – meio decadente, estrangeiro e aristocrático – ficar até tarde acordado ou dormindo. Embora não se importasse de pagar a Katie Simmons para levar Joe e a mim para passear, nunca toleraria a ideia de ter uma mulher para ajudar nos trabalhos domésticos. Acreditava firmemente que uma empregada sempre varre a sujeira para baixo da cômoda. Nossas refeições estavam sempre prontas na hora. Refeições enormes – carne cozida e bolinhos, rosbife e pãezinhos Yorkshire, carneiro cozido e alcaparras, cabeça de porco, torta de maçã, bolinho com passas e rocambole – dávamos graças antes e depois. As velhas ideias sobre a criação de filhos ainda se mantinham, embora estivessem se apagando rapidamente. Em teoria, as crianças ainda eram espancadas e colocadas para dormir com pão e água, e certamente você estava sujeito a ser mandado embora da mesa se fizesse muito barulho ao comer, ou se engasgasse ou recusasse algo que era "bom para você" ou "respondesse". Na prática, não havia muita disciplina em nossa família, e dos dois a mãe era mais firme. O pai, embora sempre falasse "Poupe a vara e estrague a criança", era realmente muito leve conosco, especialmente com Joe, que foi um caso difícil desde o início. Ele sempre "daria" uma boa surra a Joe e costumava nos contar histórias, que agora acredito serem mentiras, sobre as surras terríveis que seu pai costumava lhe dar com uma tira de couro, mas nunca deu em nada. Aos 12 anos, Joe era forte demais para que mamãe o colocasse de joelhos, e depois disso nada mais acontecia com ele.

Naquela época, ainda era considerado adequado os pais dizerem "não" aos filhos o dia todo. Era comum ouvir um homem se gabar de que "tiraria a vida" do filho se o pegasse fumando, roubando maçãs ou roubando o ninho de um pássaro. Em algumas famílias, essas surras realmente aconteciam. O velho Lovegrove, o seleiro, pegou seus dois filhos, brutamontes de 16 e 15 anos, fumando no galpão do jardim e os espancou de modo que era possível ouvir por toda a cidade. Lovegrove era um fumante inveterado. As surras pareciam nunca surtir efeito, todos os meninos roubavam maçãs, roubavam ninhos de passarinhos e, mais cedo ou mais tarde, aprendiam a fumar, mas ainda circulava a ideia de que as crianças deviam ser maltratadas. Praticamente tudo que valia a pena fazer era proibido, pelo menos em teoria. Segundo minha mãe, tudo o que um menino quer fazer é "perigoso". Nadar era perigoso, subir em árvores era perigoso, assim como escorregar, jogar bola de neve, se pendurar atrás de carroças, usar estilingues e lancinhas e até pescar. Todos os animais eram perigosos, exceto Nailer, os dois gatos e Jackie, a dom-fafe. Cada animal tinha métodos especiais reconhecidos para atacar as pessoas. Cavalos mordiam, morcegos entravam nos cabelos, tesourinhas entravam nos ouvidos, cisnes quebravam sua perna com um golpe de suas asas, touros jogavam as pessoas longe e cobras "picavam". Todas as cobras picavam, segundo mamãe, e quando citei a enciclopédia barata para dizer que não picavam, mas mordiam, ela apenas me disse para não responder para ela. Lagartos, vermes lentos, sapos, rãs e tritões também picavam. Todos os insetos picavam, exceto moscas e besouros cascudos. Praticamente todos os tipos de comida, exceto a comida que se comia nas refeições, eram venenosas ou "ruins para você". Batatas cruas eram um veneno mortal, assim como cogumelos, a menos que você os comprasse na mercearia. Groselhas cruas causavam cólicas, e framboesas cruas causavam erupções na pele. Caso se tomasse banho depois de uma refeição, se morria de cãibra, um corte entre o polegar e o indicador deixava a pessoa travada, e lavar as mãos na água na qual ovos eram fervidos fazia brotar verrugas. Quase tudo na loja era venenoso, motivo pelo qual mamãe colocou o portão na entrada. Ração para gado era venenoso, assim como milho de galinha, e também sementes de mostarda e especiarias de frango Karswood. Doces faziam mal e comer entre as refeições fazia mal, embora, curiosamente, houvesse certos tipos de comida entre as refeições que mamãe sempre permitia. Quando estava fazendo geleia de ameixa, costumava nos deixar comer o melado que era retirado de cima, e nos empanturrávamos com ele até enjoar. Embora quase tudo no mundo fosse perigoso ou venenoso, havia certas coisas que tinham virtudes misteriosas. Cebola crua era a cura para quase tudo. Uma meia amarrada em volta do pescoço era a cura para dor de garganta. O enxofre na água potável de um cachorro agia como um tônico, e a velha tigela de Nailer atrás da porta dos fundos sempre continha um torrão de enxofre que permanecia ali ano após ano, sem se dissolver.

    Costumávamos tomar chá às seis. Às quatro, mamãe geralmente terminava o serviço doméstico e, entre as quatro e as seis, tomava uma xícara de chá em silêncio e "lia o jornal", como dizia. Na verdade, não costumava ler o jornal, exceto aos domingos. Os jornais da semana só traziam as notícias do dia, e só ocasionalmente acontecia um assassinato. Mas os editores dos jornais de domingo perceberam que as pessoas realmente não se importam se seus assassinatos eram recentes e, quando não havia nenhum novo assassinato em mãos, misturavam um antigo, às vezes tão antigo quanto do doutor Palmer e senhora Manning. Acho que mamãe pensava no mundo fora de Lower Binfield, principalmente como um lugar onde se cometiam assassinatos. Os assassinatos exerciam um fascínio terrível sobre ela, porque, como costumava dizer, ela simplesmente não sabia como as pessoas podiam ser tão perversas. Cortando a garganta de suas esposas, enterrando seus pais sob o chão de cimento, jogando bebês em poços! Como alguém poderia FAZER tais coisas? O susto de Jack, o Estripador, acontecera na época em que papai e mamãe se casaram, e as grandes venezianas de madeira que costumávamos fechar nas vitrines todas as noites datavam dessa época. As venezianas estavam se abrindo, a maioria das lojas da High Street não as tinha, mas mamãe se sentia segura atrás delas. O tempo todo, dizia ela, tinha a terrível sensação de que Jack, o Estripador, estava escondido em Lower Binfield. O caso Crippen – mas isso foi anos depois, quando eu estava quase crescido – a aborreceu muito. Eu posso ouvir a voz dela agora. "Estripou a pobre mulher dele e a enterrou no porão de carvão! IMAGINE! O que eu faria com aquele homem se o pegasse!" E, curiosamente, quando ela pensava na terrível maldade daquele pequeno médico americano que esquartejou sua esposa (e fez um trabalho muito bom tirando todos os ossos e jogando a cabeça no mar, se bem me lembro), as lágrimas lhe vinham aos olhos.

George Orwell

Mas o que ela lia principalmente nos dias de semana era *Hilda's Home Companion*. Naquela época, fazia parte da mobília de qualquer casa como a nossa. Na verdade, isso ainda existe, embora tenha ficado um pouco jogado para o lado pelos jornais femininos mais simples que surgiram desde a guerra. Dei uma olhada em uma edição outro dia. Mudou, mas menos do que a maioria das coisas. Ainda existem as mesmas enormes histórias em série que duram seis meses (e tudo dá certo no final com flores de laranjeira a seguir), e as mesmas Dicas de Casa, e os mesmos anúncios de máquinas de costura e remédios para pernas ruins. Em princípio, são a impressão e as ilustrações que mudaram. Naquela época, a heroína tinha que se parecer com um *timer* de ovos, e agora precisa se parecer com um cilindro. Mamãe lia devagar e acreditava em tirar seus três centavos do *Hilda's Home Companion*. Sentada na velha poltrona amarela ao lado da lareira, com os pés na proteção de ferro e com o pequeno bule de chá forte fervendo no fogão, ela avançava continuamente de capa a capa, atravessava a série, os dois contos, as dicas para a família, os anúncios de creme Zam-Buk e as respostas aos leitores. O *Hilda's Home Companion* geralmente durava uma semana, e em algumas semanas ela nem mesmo o terminava. Às vezes, o calor do fogo ou o zumbido das moscas varejeiras nas tardes de verão a faziam cochilar, e, por volta das quinze para as seis, ela acordava com um tremendo sobressalto, olhando para o relógio na lareira, e depois começava um ensopado porque o chá ia atrasar. Mas o chá nunca atrasava.

Naquela época – até 1909, para ser exato –, papai ainda tinha dinheiro para pagar um menino de recados e costumava deixar a loja com ele e entrar para o chá com as costas das mãos cheias de farinhas. Então, a mãe parava de cortar fatias de pão por um momento e dizia:

– Se você der graças, pai.

E o pai, enquanto todos nós inclinávamos nossas cabeças sobre o peito, resmungava com reverência:

– Pelo que estamos prestes a receber. Senhor, que sejamos muito gratos. Amém.

Mais tarde, quando Joe já era um pouco mais velho, seria:
– VOCÊ dá graças hoje, Joe.

E Joe cantaria. Mãe nunca dava graças: tinha que ser alguém do sexo masculino.

Sempre havia moscas varejeiras zumbindo nas tardes de verão. A nossa casa não era uma casa com instalações sanitárias, poucas e preciosas casas em Lower Binfield eram. Suponho que a cidade continha quinhentas casas e que, certamente, não pode ter havido mais de dez com banheiros ou cinquenta com o que agora devemos descrever como um banheiro. No verão, nosso quintal sempre cheirava a latas de lixo. E todas as casas tinham insetos nelas. Tínhamos besouros cascudos nos lambris e grilos em algum lugar atrás do fogão da cozinha, além, é claro, das minhocas da loja. Naquela época, mesmo uma mulher orgulhosa de sua casa como mamãe não via nada contra os besouros cascudos. Eles faziam parte da cozinha tanto quanto a cômoda ou o rolo de massa. Mas havia insetos e insetos. As casas na rua ruim atrás da cervejaria, onde Katie Simmons morava, foram invadidas por insetos. Mamãe, ou qualquer uma das esposas dos lojistas, teria morrido de vergonha se tivesse insetos em casa. Na verdade, foi considerado adequado dizer que você nem mesmo conhecia um inseto de vista.

As grandes moscas azuis costumavam entrar pairando na despensa e pousar lentamente nas coberturas de arame sobre a carne. "Droga, moscas!", as pessoas costumavam dizer, mas as moscas eram um ato de Deus e, à parte as tampas de carne e os papéis para moscas, não se podia fazer muito a respeito. Eu disse, há pouco, que a primeira coisa de que me lembro é o cheiro de sanfeno, mas o cheiro de latas de lixo também é uma lembrança bem antiga. Quando penso na cozinha de mamãe, com chão de pedra e armadilhas para escaravelhos e a proteção de aço e o fogão de cabeceira preta, sempre pareço ouvir as varejeiras zunindo e sentir o cheiro da lata de lixo e, também, do velho Nailer, que tinha um cheiro muito forte de cachorro. E Deus sabe que há cheiros e sons piores. O que você preferiria ouvir: uma varejeira ou um avião bombardeiro?

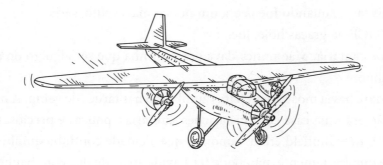

CAPÍTULO 3

Joe começou a frequentar a Escola Walton de Alfabetização dois anos antes de mim. Nenhum de nós a frequentou até os 9 anos. Significava um passeio de bicicleta de seis quilômetros e meio pela manhã e à noite. E mamãe estava com medo de nos deixar entrar no trânsito, que naquela época incluía poucos automóveis.

Durante vários anos, frequentamos a escola de damas mantida pela velha senhora Howlett. A maioria dos filhos dos lojistas ia para lá, para salvá-los da vergonha e do fracasso de ir ao colégio interno, embora todos soubessem que a Mãe Howlett era uma velha impostora e pior do que inútil como professora. Ela tinha mais de 70 anos, era muito surda, mal conseguia ver com os óculos, e tudo o que possuía em termos de equipamento era uma bengala, um quadro-negro, alguns livros de gramática com orelhas e algumas dezenas de pranchetas fedorentas. Podia simplesmente cuidar das meninas, mas os meninos simplesmente riam dela e faltavam às aulas sempre que lhes apetecia. Uma vez houve um escândalo horrível, porque um menino enfiou a mão no vestido de uma menina, coisa que não entendi na época. Mãe Howlett conseguiu abafar tudo. Quando se fazia algo particularmente ruim, a fórmula dela era "Vou contar a seu pai", e, em ocasiões muito raras, ela o fazia. Mas fomos bastante perspicazes para ver que ela não ousava fazer isso com muita frequência, e, mesmo quando ela batia em você com a bengala, era tão velha e desajeitada que era fácil desviar.

    Joe tinha apenas 8 anos quando entrou para um grupo de meninos durões que se autodenominavam Mão Negra. O líder era Sid Lovegrove, o filho mais novo do seleiro, que tinha cerca de 13 anos. E havia dois outros filhos de lojistas, um menino de recados da cervejaria e dois meninos da fazenda que, às vezes, conseguiam escapar do trabalho e sair com a gangue por um algumas horas. Os camponeses eram brutamontes que saíam com calças de veludo cotelê, com sotaques muito fortes e bastante desprezados pelo resto da turma, mas eram tolerados porque sabiam duas vezes mais sobre animais do que qualquer um dos outros. Um deles, apelidado de Vermelho, ocasionalmente até pegava um coelho nas mãos. Se via um caído na grama, costumava se jogar como uma águia de asas abertas. Havia grande distinção social entre os filhos dos lojistas e os filhos dos trabalhadores e camponeses, mas os meninos locais geralmente não prestavam muita atenção a isso até os 16 anos. A gangue tinha uma senha secreta e uma "provação", que incluía cortar o dedo e comer uma minhoca, e eles se anunciavam como sendo meliantes temíveis. Certamente conseguiram fazer confusão, quebravam janelas, perseguiam vacas, arrancavam as aldravas das portas e roubavam frutas às sacas. Às vezes, no inverno, conseguiam emprestar dois furões e saíam à caça, quando os fazendeiros permitiam. Todos tinham estilingues e lancinhas e sempre economizavam para comprar uma pistola de salão, que naquela época custava cinco xelins, mas as economias nunca ultrapassaram três pence. No verão, costumavam pescar e fazer ninhos de pássaros. Quando Joe estava na casa da senhora Howlett, costumava matar aula pelo menos uma vez por semana e, mesmo na Escola de Alfabetização, conseguia fazer isso a cada quinze dias. Havia um menino na Escola de Alfabetização, filho de um leiloeiro, que copiava qualquer caligrafia e, por um centavo, falsificava uma carta de sua mãe dizendo que você tinha estado doente no dia anterior. Claro que eu estava louco para me juntar ao Mão Negra, mas Joe sempre me impedia, dizendo que eles não queriam nenhuma criança maldita saindo com eles.

Era a ideia de ir pescar que realmente me atraía. Aos 8 anos, ainda não tinha pescado, exceto com uma rede de um centavo, com a qual às vezes era possível pegar um esgana-gata. Minha mãe sempre teve medo de nos deixar chegar perto da água. Ela "proibia" a pesca, como os pais naquela época "proibiam" quase tudo, e eu ainda não tinha percebido que os adultos não enxergavam além. Mas a ideia de pescar me deixava louco de empolgação. Muitas vezes, eu passava pela lagoa na Fazenda do Moinho e observava a pequena carpa se aquecendo na superfície, e às vezes sob o salgueiro na esquina, uma grande carpa em forma de diamante que, aos meus olhos, parecia enorme – quinze centímetros de comprimento, suponho – de repente subiria à superfície, engoliria uma larva e afundaria novamente. Passei horas com o nariz colado à janela do Wallace's, na High Street, onde eram vendidos equipamentos de pesca, armas e bicicletas. Eu costumava ficar acordado nas manhãs de verão, pensando nas histórias que Joe me contava sobre pesca, como se misturava pasta de pão, como a boia dá uma sacudidela e mergulha e se sente a vara dobrando-se e os peixes puxando a linha. Será que adianta falar sobre isso, eu me pergunto – sobre o tipo de encantamento que peixes e equipamentos de pesca têm aos olhos de uma criança? Algumas crianças pensam o mesmo em relação a armas e tiros, outras a respeito de motos, aviões ou cavalos. Não é algo que se possa explicar ou racionalizar, é apenas magia. Certa manhã – era junho e eu devia ter 8 anos – eu sabia que Joe ia matar aula e sair para pescar, e decidi acompanhá-lo. De alguma forma, Joe adivinhou o que eu estava pensando e começou a me aborrecer enquanto nos vestíamos.

– Muito bem, jovem George! Não pense que vai acompanhar a gangue hoje. Você fica em casa.

– Não, eu não. Não pensei em nada disso.

– Sim, pensou! Pensou que ia com a gangue.
– Não pensei!
– Sim, pensou!
– Não pensei!
– Sim, você pensou. Você fica em casa. Não queremos nenhuma criança maldita por perto.

Joe acabara de aprender a palavra "maldito" e sempre a usava. O pai ouviu-o uma vez e jurou que arrancaria a vida de Joe, mas, como sempre, não o fez. Depois do café da manhã, Joe começou a andar de bicicleta, com sua mochila e seu boné da Escola de Alfabetização, cinco minutos mais cedo, como sempre fazia quando pretendia matar a aula, e, quando chegou a hora de eu ir para a casa da Mãe Howlett, escapei e me escondi na pista atrás dos loteamentos. Eu sabia que a gangue estava indo para o lago da Fazenda do Moinho, e eu os seguiria mesmo se me assassinassem por isso. Provavelmente me dariam uma surra e, provavelmente, eu não voltaria para a casa para jantar, e então mamãe saberia que matei as aulas e eu levaria outra surra, mas não me importava. Estava desesperado para ir pescar com a gangue. Também fui astuto. Dei a Joe tempo para fazer um desvio e chegar à Fazenda do Moinho pela estrada, e então segui pela faixa e contornei os prados do outro lado da cerca viva, de modo que cheguei ao lago antes de a gangue me ver. Era uma manhã maravilhosa de junho. Os ranúnculos estavam na altura do meu joelho. Uma rajada de vento agitava o topo dos olmos, e as grandes nuvens verdes de folhas eram macias e belas como seda. E eram nove da manhã, eu tinha 8 anos, e ao meu redor era o início do verão, com grandes sebes emaranhadas onde as roseiras selvagens ainda estavam floridas, e pedaços de nuvem branca e macia flutuavam no alto, e ao longe havia colinas baixas e as massas de um azul escuro em volta de Upper Binfield. E não dei a mínima para nada disso. Só pensava na lagoa verde, nas carpas e na turma com seus anzóis, linhas e pasta de pão. Era como se estivessem no paraíso e tivesse que me juntar a eles. Logo consegui me esgueirar até eles – quatro deles, Joe e Sid

Lovegrove e o menino de recados e o filho de outro lojista, Harry Barnes, acho que era o nome dele.

Joe se virou e me viu.

– Minha nossa! – disse ele. – É o garoto.

Ele se aproximou de mim como um gato vira-lata que vai começar uma briga.

– Ora essa, você veio! O que eu lhe disse? Volta pr'a casa bem rápido.

Joe e eu tínhamos a mania de juntar palavras quando estávamos nervosos. Eu me afastei dele.

– Não vou voltar pr'a casa.

– Sim, você vai.

– Puxe a orelha dele, Joe – disse Sid. – Não queremos crianças por perto.

– Você já está indo pr'a casa? – disse Joe.

– Não.

– Certo, garoto! Certinho!

Então, ele começou a me aborrecer. No minuto seguinte, estava me perseguindo, me pegando com um beliscão após o outro. Mas não fugi da lagoa, corri em círculos. Logo ele me pegou e me derrubou, então se ajoelhou em meus braços e começou a puxar minhas orelhas, que era sua tortura favorita e que eu não suportava. Eu estava chorando a essa altura, mas ainda não desistiria e prometeria ir para casa. Queria ficar e ir pescar com a turma. E, de repente, os outros se viraram a meu favor e disseram a Joe para se levantar do meu peito e me deixar ficar se eu quisesse. Por fim, eu fiquei.

Os outros tinham alguns ganchos, linhas, flutuadores e um pedaço de pasta de pão em um trapo, e todos nós cortamos galhos de salgueiro da árvore no canto da lagoa. A casa da fazenda ficava a apenas duzentos metros de distância, e era preciso ficar fora de vista, porque o velho Brewer gostava muito de pescar. Não que isso fizesse diferença para ele, só usava a lagoa para dar água ao gado, mas odiava meninos. Os outros ainda tiveram inveja de mim e ficavam me dizendo para sair da luz e me lembrando que eu era apenas uma criança e não sabia nada sobre pesca. Disseram que eu estava fazendo tanto barulho que assustaria todos os peixes, embora na verdade eu estivesse fazendo cerca da metade do barulho do que qualquer outra pessoa ali. Finalmente, eles não me deixaram sentar ao lado deles e me mandaram para outra parte da lagoa, onde a água era mais rasa e não havia tanta sombra. Disseram que uma criança como eu sempre jogaria água e espantaria os peixes. Era uma parte podre da lagoa, uma parte aonde normalmente nenhum peixe chegaria. Eu sabia. Eu parecia saber, por uma espécie de instinto, os lugares onde um peixe ficaria.

Ainda assim, eu estava pescando no fim das contas. Estava sentado na margem da grama com a vara nas mãos – com as moscas zumbindo ao redor e o cheiro de hortelã selvagem capaz de derrubar uma pessoa –, observando o vermelho flutuar na água verde, e eu estava feliz como pinto no lixo, embora as marcas de lágrimas misturadas à sujeira ainda estivessem por todo o meu rosto.

Deus sabe quanto tempo ficamos sentados lá. A manhã estendia-se cada vez mais, e o sol ficou cada vez mais alto e ninguém teve uma fisgada. Era um dia quente e calmo, claro demais para pescar. Os flutuadores caíam na água sem tremer. Era possível ver o fundo da água como se estivesse olhando para uma espécie de vidro verde-escuro. Lá fora, no meio da lagoa, era possível ver os peixes caídos logo abaixo da superfície, tomando sol e, às vezes, nas ervas daninhas, perto da lateral, uma salamandra vinha deslizando para cima e parava ali com os dedos nas ervas daninhas e o nariz recém-saído da água. Mas os peixes não estavam fisgando. Os outros gritavam que tinham recebido uma fisgada, mas sempre era mentira. E o tempo se estendia, se estendia, e ficou cada vez mais quente, e as moscas comiam a gente vivo, e a hortelã selvagem sob o banco cheirava como a confeitaria da Mãe Wheeler. Eu estava ficando cada vez mais faminto, ainda mais porque não sabia ao certo de onde vinha meu jantar. Mas fiquei imóvel como um rato, sem tirar os olhos do flutuador. Os outros me deram um pedaço de isca do tamanho de uma bola de gude, me dizendo que isso teria que servir para mim, mas por um longo tempo eu nem ousei voltar a iscar meu anzol, porque, toda vez que eu puxava minha linha, eles juravam que eu estava fazendo barulho suficiente para assustar todos os peixes em um raio de oito quilômetros.

Suponho que devíamos estar lá havia cerca de duas horas quando, de repente, meu flutuador estremeceu. Eu sabia que era um peixe. Deve ter sido um peixe que estava passando por acidente e viu minha isca. Não há como confundir o movimento que seu flutuador dá quando é uma fisgada real. É bem diferente da maneira como ele se move quando você torce sua linha por acidente. No momento seguinte, deu uma sacudida acentuada e quase afundou. Eu não consegui mais me segurar. Gritei para os outros:

– Fisgou aqui!

– Ratos! – gritou Sid Lovegrove, no mesmo instante.

Mas, no momento seguinte, não havia dúvida. O flutuador mergulhou, eu ainda podia vê-lo sob a água, meio vermelho escuro, e senti a vara puxar minha mão. Minha nossa, esse sentimento! A linha sacudindo e esticando e um peixe do outro lado dela! Os outros viram minha vara se dobrar e, no momento seguinte, todos jogaram as suas no chão e correram para mim. Dei um puxão incrível, e o peixe – um peixe enorme e prateado – veio voando pelo ar. No mesmo momento, todos nós gritamos de agonia. O peixe escorregou do anzol e caiu na hortelã sob a margem. Mas havia caído em águas rasas, onde não conseguia se virar, e por talvez um segundo ficou deitado de lado, indefeso. Joe se jogou na água, espirrando em nós todos, e agarrou-o com as duas mãos.

– Peguei ele! – ele gritou.

No momento seguinte, jogou o peixe na grama, e todos nos ajoelhamos ao redor dele. Como nos regozijamos! O pobre animal agonizante abria e fechava as guelras, e suas escamas brilhavam com todas as cores do arco-íris. Era uma carpa enorme, com pelo menos dezoito centímetros de comprimento, e devia pesar duzentos e cinquenta gramas. Como gritávamos para vê-la! Mas, no momento seguinte, foi como se uma sombra tivesse caído sobre nós. Olhamos para cima, e lá estava o velho Brewer parado diante de nós, com seu chapéu-coco alto – um daqueles chapéus que costumavam usar, que era uma mistura de cartola e chapéu-coco – e suas polainas de couro e um grosso galho de avelã na mão.

De repente, nos encolhemos como perdizes quando há um falcão lá em cima. Ele olhou de um para o outro. Tinha uma boca velha e perversa, sem dentes, e, como havia raspado a barba, seu queixo parecia um quebra-nozes.

– O que vocês, rapazes, estão fazendo aqui?– perguntou ele.

Não havia muita dúvida sobre o que estávamos fazendo. Ninguém respondeu.

– Estou sabendo que vocês vêm pescar na minha lagoa! – rugiu ele de repente e, no momento seguinte, estava sobre nós, golpeando em todas as direções.

A Mão Negra se separou e fugiu. Deixamos para trás todas as varas e também o peixe. O velho Brewer nos perseguiu até a metade do prado. Suas pernas eram rígidas, e ele não conseguia se mover rápido, mas deu alguns bons golpes antes que estivéssemos fora de seu alcance. Nós o deixamos no meio do campo, gritando atrás de nós que ele sabia todos os nossos nomes e contaria aos nossos pais. Eu estava na parte de trás, e a maioria das pancadas recaiu sobre mim. Eu tinha alguns vergões vermelhos feios nas panturrilhas quando chegamos ao outro lado da cerca.

Passei o resto do dia com a turma. Eles não haviam decidido se eu era realmente um membro ainda, mas, por enquanto, me toleravam. O garoto de recados, que tivera a manhã de folga sob algum pretexto mentiroso, teve de voltar para a cervejaria. O resto de nós deu uma caminhada longa, sinuosa e difícil, o tipo de caminhada que os meninos fazem quando estão fora de casa o dia todo e especialmente, quando estão fora sem permissão. Foi a primeira caminhada de menino de verdade que fiz, bem diferente das caminhadas que costumávamos fazer com Katie Simmons. Nós comemos em uma vala seca na periferia da cidade, cheia de latas enferrujadas e erva-doce selvagem. Os outros me deram pedaços da sua comida, e Sid Lovegrove tinha um centavo, então alguém foi buscar um Centavo Monster que dividimos entre nós. Estava muito quente, a erva-doce cheirava muito forte, e o gás do Centavo Monster nos fez arrotar. Depois, vagamos pela estrada empoeirada e branca para Upper Binfield, a primeira vez que estive assim, creio, e entramos na floresta de faias com os tapetes de folhas mortas e os grandes troncos lisos que vão até o céu, de forma que os pássaros nos galhos superiores pareciam pontos. Era possível ir aonde se quisesse na floresta naquela época. A Casa Binfield estava fechada, eles não criavam mais faisões e, na pior das hipóteses, só se encontraria um carroceiro com um carregamento de madeira. Havia uma árvore serrada, e os anéis do tronco pareciam um alvo, e atiramos neles com pedras. Em seguida, os outros atiraram em pássaros com seus estilingues, e Sid Lovegrove jurou que tinha acertado um tentilhão e ele ficou cravado em uma forquilha da árvore. Joe disse que estava mentindo, e eles discutiram e quase brigaram. Então, descemos para uma depressão cheia de camadas de folhas mortas e gritamos ao ouvir o eco. Alguém gritou um palavrão, e depois repetimos todos os palavrões que conhecíamos, e os outros zombaram de mim porque eu só sabia três. Sid Lovegrove disse que sabia como os bebês nasciam e era igual aos coelhos, exceto que o bebê saía do umbigo da mulher. Harry Barnes começou a esculpir a palavra ------- em uma árvore de faia, mas cansou depois das duas primeiras letras. Depois demos uma volta pelo chalé da Casa Binfield. Corria o boato de que em algum lugar no terreno havia um lago com peixes enormes, mas ninguém jamais ousou entrar porque o velho Hodges, o guardião da pousada que era uma espécie de zelador, estava "mal" com os meninos.

Ele estava cavando em sua horta ao lado da cabana quando passamos. Nós o afrontamos por cima da cerca até que ele nos expulsou, e então fomos para a Walton Road e enfrentamos os carroceiros, permanecendo do outro lado da cerca para que eles não pudessem nos alcançar com seus chicotes. Ao lado da Walton Road, havia um lugar que tinha sido uma pedreira e depois um depósito de lixo e, finalmente, foi coberto por arbustos de amora-preta. Havia grandes montes de latas velhas e enferrujadas, quadros de bicicletas, panelas com buracos e garrafas quebradas com mato crescendo por toda parte. E passamos quase uma hora e ficamos sujos da cabeça aos pés desbravando mourões de ferro, porque Harry Barnes jurou que o ferreiro em Lower Binfield pagaria seiscentos pence por saca de ferro velho. Então, Joe encontrou um ninho de tordo morto, com filhotes meio crescidos em um arbusto de amora-preta. Depois de muita discussão sobre o que fazer com eles, tiramos os pintinhos, atiramos neles com pedras e finalmente os pisamos. Havia quatro deles, e cada um de nós tinha um para pisar. Já estava quase na hora do chá. Sabíamos que o velho Brewer cumpriria sua palavra e que havia um esconderijo à nossa frente, mas estávamos ficando com muita fome para ficar fora por muito mais tempo. Finalmente voltamos para casa, com mais uma tarefa no caminho, porque, quando estávamos passando pelos lotes, vimos um rato e o perseguimos com galhos, e o velho Bennet, o chefe da estação, que trabalhava em seu lote todas as noites e tinha muito orgulho disso, veio atrás de nós com uma raiva dilacerante porque nós pisamos em seu canteiro de cebolas.

Eu tinha caminhado dezesseis quilômetros e não estava cansado. O dia todo segui a gangue e tentei fazer tudo que faziam, e eles me chamavam de "a criança" e me esnobavam o máximo que podiam, mas eu mais ou menos mantive minha promessa. Tive um sentimento maravilhoso dentro de mim, um sentimento que você pode não conhecer a menos que o tenha, mas, se você for homem, terá em algum momento. Eu sabia que não era mais uma criança, finalmente era um garoto. E é uma coisa maravilhosa ser um garoto. Andar por aí onde os adultos não o podem pegar, perseguir ratos, matar pássaros e filhotes tímidos, afrontar carroceiros e gritar palavrões. É uma espécie de sentimento forte e crescente, um sentimento de saber tudo e não temer nada, e está tudo relacionado a quebrar regras e matar coisas. As estradas empoeiradas e brancas, a sensação de suor quente das roupas, o cheiro de erva-doce e hortelã selvagem, os palavrões, o fedor azedo do depósito de lixo, o gosto de limonada com gás e o gás que fazia arrotar, o pisar nos pássaros novos, a sensação do peixe se debatendo na linha – tudo fazia parte. Graças a Deus sou um homem, porque nenhuma mulher jamais teve esse sentimento.

Resoluto, o velho Brewer mandou avisar a todos. Papai parecia muito sombrio, pegou uma tira de couro da loja e disse que "mataria" Joe. Mas meu irmão lutou, gritou e chutou e deu alguns golpes nele. Contudo, ele apanhou de bengala do diretor da Escola de Alfabetização, no dia seguinte. Eu tentei lutar também, mas era pequeno o bastante para mamãe me pegar, e ela me bateu com a tira. Então, tive que me esconder três vezes naquele dia, uma vez do Joe, uma do velho Brewer e uma da mamãe. No dia seguinte, a turma decidiu que eu não era realmente um deles, que teria que passar pela "provação" (uma palavra que eles aprenderam nas histórias dos índios vermelhos). Insistiam muito que era preciso morder a minhoca na frente deles. Além disso, como eu era o mais novo e eles estavam com inveja por eu ter sido o único que pegou alguma coisa, todos eles concordaram que o peixe que eu peguei não era, de fato, um dos grandes. De modo geral, a tendência dos peixes, quando as pessoas falam sobre eles, é ficar cada vez maiores, mas esse foi ficando cada vez menor, até que, ao ouvir os outros falarem, você pensaria que não era maior que um vairão.

Mas não importava. Eu pesquei. Eu tinha visto o flutuador mergulhar na água e senti o peixe puxar a linha, e, por mais mentiras que eles contassem, não podiam tirar isso de mim.

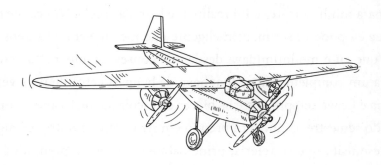

CAPÍTULO 4

Nos sete anos seguintes, dos 8 aos 15, o que mais me lembro é de pescar.

Não pense que não fiz mais nada. É apenas que, quando olhamos para trás por um longo período, certas coisas parecem inchar até ofuscar todo o resto. Saí da casa da Mãe Howlett e fui para a Escola de Alfabetização, com uma bolsa de couro e um boné preto com listras amarelas, e ganhei minha primeira bicicleta e, muito tempo depois, minhas primeiras calças compridas. Minha primeira bicicleta foi de roda fixa – as bicicletas de roda livre eram muito caras. Quando você descia a colina, você colocava os pés nos apoios dianteiros e deixava os pedais girar zunindo. Essa foi uma das vistas características do início do século XIX – um menino descendo uma ladeira com a cabeça para trás e os pés no ar. Fui para a Escola de Alfabetização tremendo de medo, por causa das histórias terríveis que Joe me contara sobre o velho Whiskers (seu nome era Wicksey), o diretor. Que certamente era um homenzinho de aparência horrível, com um rosto de lobo, e, no fundo da grande sala de aula, tinha uma caixa de vidro com bengalas, que às vezes tirava e agitava no ar de uma maneira assustadora.

Mas, para minha surpresa, fui realmente bem na escola. Nunca me ocorreu que eu pudesse ser mais inteligente que Joe, que era dois anos mais velho que eu e me intimidava desde que conseguia andar. Na verdade, Joe era um completo idiota, apanhava de bengala cerca de uma vez por semana e ficava sempre entre os piores da escola até os 16 anos. Em meu segundo semestre, ganhei um prêmio em Aritmética e outro em alguma coisa esquisita que se referia, principalmente, à flores prensadas e era conhecida pelo nome de Ciência. E, quando eu tinha 14 anos, Whiskers falava de bolsas de estudo e sobre a Reading University. Meu pai, que tinha ambições para mim e Joe naquela época, estava muito ansioso para que eu fosse para a "faculdade". Circulou por aí a ideia de que eu seria professor, e Joe, leiloeiro.

Mas não tenho muitas lembranças relacionadas à escola. Quando me misturei com caras das classes superiores, como fiz durante a guerra, fiquei impressionado com o fato de que eles nunca superam os testes horríveis que fazem nas escolas públicas. Ou isso os torna completamente estúpidos ou passam o resto das vidas lutando contra esse fato. Não era assim com os meninos de nossa classe, filhos de lojistas e fazendeiros. As pessoas eram mandadas para a Escola de Alfabetização e ficavam lá até os 16 anos só para mostrar que não eram proletários, mas a escola era, em princípio, um lugar do qual se queria fugir. Não tínhamos nenhum sentimento de lealdade, nenhum sentimento bobo sobre as velhas pedras cinzentas (e ERAM velhas, com certeza, a escola tinha sido fundada pelo cardeal Wolsey), e não havia gravata no uniforme, nem mesmo uma canção escolar. Passávamos metade dos feriados consigo mesmo, porque os esportes não eram obrigatórios e, com frequência, os negligenciávamos. Jogávamos futebol e, embora fosse considerado adequado jogar críquete de uniforme, usávamos camisa e calças normais. O único jogo com que eu me importava era o taco, que costumávamos jogar no pátio de cascalho durante o intervalo, com bastões feitos de caixa e uma bola comum.

Um pouco de ar, por favor

Mas eu me lembro do cheiro da grande sala de aula, um cheiro de tinta e poeira e botas de couro. E das pedras do pátio, que era um bloco de montagem e usada para afiar facas. E da pequena padaria em frente, onde vendiam uma espécie de pão de Chelsea, duas vezes maior que o pão de Chelsea que se compra hoje em dia, que se chamava Lardy Busters e custava meio centavo. Eu fiz todas as coisas que você faz na escola. Risquei meu nome em uma mesa e apanhei de bengala por isso – sempre se era punido quando pego, mas era regra riscar o nome. E sujei os dedos com tinta, roí minhas unhas, fiz dardos com porta-canetas, brinquei com bolinhas de gude, contei histórias picantes, aprendi a me masturbar, a infernizar o velho Blowers, o professor inglês, e a assustar o pequeno Willy Simeon, o filho do agente funerário, que era idiota e acreditava em tudo que se dissesse a ele. Nosso truque favorito era mandá-lo às lojas para comprar coisas que não existiam. Os artigos: um punhado de selos de um centavo, o martelo de borracha, a chave de fenda para canhotos, o pote de tinta listrada – o pobre Willy caía em todos eles. Certa tarde, nos divertimos muito, colocando-o numa banheira e dizendo-lhe para se levantar pelas alças. Acabou em um asilo, o pobre Willy. Mas era nas férias que se vivia de verdade.

Havia coisas boas para fazer naquela época. No inverno, pegávamos emprestados dois furões – mamãe nunca deixava que Joe e eu mantivéssemos em casa "coisas fedorentas e desagradáveis", como ela os chamava – e íamos para as fazendas e pedíamos licença para caçar ratos. Às vezes, eles deixavam, às vezes nos diziam para sumir e que éramos mais arteiros que os ratos. Mais tarde, no inverno, seguiríamos a debulhadora e ajudaríamos a matar os ratos enquanto ela passava a colheita para sacas. Deve ter sido no inverno de 1908, o Tâmisa inundou e depois congelou e houve patinação por semanas a fio, e Harry Barnes quebrou a clavícula no gelo. No início da primavera, fomos atrás de esquilos com varas com chumbo nas pontas e, mais tarde, íamos atrás de ninhos de pássaros. Tínhamos uma teoria de que os pássaros não conseguem contar, e está tudo bem se você deixar um ovo, mas éramos feras cruéis e às vezes simplesmente derrubávamos o ninho e pisoteávamos os ovos ou filhotes. Havia outro jogo quando os sapos estavam desovando. Costumávamos pegar sapos, enfiar a bomba de bicicleta em suas nádegas e enchê-los até explodirem. Os meninos são assim, não sei por quê. No verão, costumávamos andar de bicicleta pela represa Burford e nos banhar. Wally Lovegrove, o jovem primo de Sid, morreu afogado em 1906. Ele se enroscou nas plantas do fundo da represa e, quando os ganchos de arrasto trouxeram seu corpo à superfície, seu rosto estava totalmente preto.

Mas pescar era o que havia de real. Fomos muitas vezes à velha lagoa do Brewer e pegamos carpas e tencas minúsculas de lá. E, uma vez, uma enguia colossal, e havia outros lagos ao lado de pastagens com peixes, que ficavam a curta distância nas tardes de sábado. Mas, depois de comprarmos bicicletas, começamos a pescar no Tâmisa, na represa Burford. Parecia mais adulto do que pescar em lagos de pastagens. Não havia fazendeiros perseguindo você, e há peixes enormes no Tâmisa – embora, pelo que eu saiba, ninguém jamais tenha pegado um.

É estranho, o sentimento que eu tinha por pescar – e ainda tenho, de verdade. Não posso me chamar de pescador. Nunca na minha vida peguei um peixe de sessenta centímetros de comprimento, e já faz trinta anos que não pego uma vara nas mãos. No entanto, quando olho para trás, toda a minha infância dos 8 aos 15 anos parece ter girado em torno dos dias em que íamos pescar. Cada detalhe ficou claro na minha memória. Lembro-me de dias e de peixes individuais, não existe um lago ou um remanso que eu não possa enxergar se fechar os olhos e pensar. Poderia escrever um livro sobre técnicas de pesca. Quando éramos crianças, não tínhamos muito o que fazer, tudo custava muito caro, e a maior parte de nossos três pence por semana (que era a mesada usual naquela época) acabava em doces e pães. Crianças muito pequenas geralmente pescam com um alfinete entortado, que é muito cego para ser útil. Mas é possível fazer um anzol muito bom (embora é claro que não tenha farpa) dobrando uma agulha na chama de uma vela com um alicate. Os rapazes da fazenda sabiam como trançar crina de cavalo para que ficasse quase tão boa quanto tripa, e dava para pegar um peixe pequeno em uma única crina. Mais tarde, começamos a ter varas de pescar de dois xelins e até mesmo molinetes. Deus, quantas horas passei olhando pela janela do Wallace! Mesmo os revólveres e pistolas de salão não me emocionaram tanto quanto o equipamento de pesca. E a cópia do catálogo de Gamage que peguei em algum lugar, em um depósito de lixo, acho, que estudei como se fosse a Bíblia! Mesmo agora eu poderia lhe dar todos os detalhes sobre substituto das tripas, linhas de pesca, ganchos de Limerick, batedores e removedores de anzol, carretilhas de Nottingham e Deus sabe quantas outras tecnicalidades.

Então, havia os tipos de isca que costumávamos usar. Em nossa loja havia sempre muitas larvas de farinha, que eram boas, mas não muito boas. Moscas eram melhores. Era preciso implorar para o velho Gravitt, o açougueiro, para nos dar algumas, e a turma costumava tirar a sorte ou par ou ímpar para decidir quem deveria ir e pedir, porque Gravitt geralmente não gostava muito disso. Era um velho demônio grande, de rosto áspero e voz de mastim, e, quando berrava, como geralmente fazia quando falava com meninos, todas as facas e aços em seu avental azul retiniam. Entrávamos com uma lata de melaço vazia na mão, ficávamos por ali até que todos os clientes saíssem e então dizíamos com muita humildade:

– Por favor, senhor Gravitt, o senhor tem alguma larva hoje?

Geralmente ele rugia:

– O quê? Larvas? Larvas na minha loja! Não vejo uma coisa dessas faz anos. Acha que tenho mosquitos na minha loja?

Ele tinha, é claro. Estavam por toda parte. Ele costumava pegá-las com uma tira de couro na ponta de uma vara, com a qual podia alcançar distâncias enormes e transformar uma mosca em pasta. Às vezes, saíamos sem nenhuma larva, mas, via de regra, ele gritava atrás de você assim que você estivesse indo:

– Espere! Vá até o quintal e dê uma olhada. Talvez consiga encontrar uma ou duas se procurar com cuidado.

Dava para encontrá-las em pequenos grupos em todo canto. O quintal de Gravitt cheirava a campo de batalha. Naquela época, os açougueiros não tinham geladeiras. As larvas vivem mais tempo se forem mantidas em serragem.

Larvas de vespa são boas, embora seja difícil fazê-las grudar no anzol, a menos que você as cozinhe primeiro. Quando alguém encontrava um ninho de vespas, saíamos à noite, jogávamos terebintina nele e tapávamos o buraco com lama. No dia seguinte, as vespas estariam todas mortas e você poderia cavar o ninho e pegar as larvas. Uma vez algo deu errado, jogamos a terebintina, mas erramos o buraco ou algo assim, e, quando tiramos a tampa, as vespas, que haviam ficado fechadas a noite toda, saíram todas juntas rapidamente. Não ficamos muito feridos, mas era uma pena que não houvesse ninguém por perto com um cronômetro. Gafanhotos são praticamente a melhor isca que existe, especialmente para pegar cavala. Você os enfia no gancho de uma vez e apenas os balança de um lado para o outro na superfície – "rodadinha", como eles chamam. Mas você nunca consegue mais do que dois ou três gafanhotos de uma vez. As varejeiras-verdes, que também são difíceis de pegar, são a melhor isca para a caça, especialmente em dias claros. Você quer colocá-las vivas no anzol, para que se mexam. Uma cavala pode até fisgar uma vespa, mas é um trabalho delicado colocar uma vespa viva no anzol.

Deus sabe quantas outras iscas havia. Pasta de pão que você faz espremendo água no pão branco em um pano. Depois, há pasta de queijo e pasta de mel e pasta com sementes de anis. Trigo cozido não é ruim para pardelhas-dos-alpes. Minhocas são boas para gobiões. Você as encontra em montes de esterco muito velhos. E também encontra outro tipo de verme chamado minhoca vermelha, que é listrada e cheira a tesourinha, e é uma isca muito boa para perca. Minhocas comuns também são boas para pescas. Precisa colocá-las no musgo para mantê-las frescas e vivas. Se você tentar mantê-las na terra, elas morrem. Essas moscas marrons que você encontra no esterco de vaca são muito boas para pardelhas-dos-alpes.

Dá para pegar cavala com cereja, é o que dizem, e já vi uma pardelha-dos-alpes pega com uma groselha dentro de um pãozinho.

Naquela época, de 16 de junho (quando começa a temporada de pesca de rio) até o meio do inverno, não era comum eu ficar sem uma lata de minhocas ou de larvas no bolso. Tive algumas brigas com mamãe por causa disso, mas no fim ela cedeu e tirou a pesca da lista de proibições, e meu pai me deu uma vara de pescar de dois xelins no Natal de 1903. Joe mal tinha 15 anos quando começou a ir atrás de meninas e, a partir de então, raramente saía para pescar, o que ele dizia ser brincadeira de criança. Mas havia cerca de meia dúzia de outros que eram tão loucos por pesca quanto eu. Minha nossa, aqueles dias de pesca! As tardes quentes e pegajosas na sala de aula quando estava esparramado em minha mesa – com a voz do velho Blowers reclamando de predicados e subjuntivos e cláusulas relativas – e tudo o que estava em minha mente é o remanso perto da represa Burford e da lagoa verde sob os salgueiros com as carpas deslizando para lá e para cá. E então a incrível corrida de bicicleta depois do chá, até Chamford Hill e rio abaixo para pescar uma hora antes de escurecer. A noite tranquila de verão, o leve respingo da represa, o ondular na água onde os peixes estão subindo, os mosquitos comendo você vivo, os cardumes de carpa fervilhando em volta do seu anzol sem fisgar. E o tipo de paixão com que observávamos as costas pretas dos peixes enxameando em volta, esperando e rezando (sim, literalmente rezando) para que um deles mudasse de ideia e agarrasse sua isca antes que escurecesse demais. E então era sempre "Vamos ficar mais cinco minutos", e, em seguida, "Só mais cinco minutos", até que, no final, tínhamos que levar nossas bicicletas até a cidade, porque Towler, o policial, estava rondando e você poderia ser levado por pedalar à noite. E, às vezes, nas férias de verão, quando saíamos para aproveitar o dia com ovos cozidos, pão com manteiga e uma garrafa de limonada, pescávamos e tomávamos banho, depois pescávamos de novo e, ocasionalmente, pegávamos alguma coisa. À noite, voltávamos para casa com as mãos imundas, com tanta fome que comíamos o que restava de sua pasta de pão, com três ou quatro carpas fedorentas embrulhadas no lenço. Minha mãe sempre se recusava a cozinhar os peixes que eu trouxe para casa. Ela jamais permitiria que comêssemos peixes de rio, exceto truta e salmão. "Coisas enlameadas e nojentas", ela os chamava. Os peixes de que mais me lembro são aqueles que não peguei. Principalmente o peixe monstruoso que sempre se via quando se passeava pela trilha nas tardes de domingo e não se tinha uma vara. Não havia pesca aos domingos, nem mesmo o Conselho de Preservação do Tâmisa permitia. Aos domingos, era preciso fazer o que se chamava "passeio agradável" em seu terno preto, grosso e a gola branca que cortava o pescoço. Foi num domingo que vi um peixe lúcio de um metro adormecido na água perto da margem e quase o acertei com uma pedra. E nas lagoas verdes à beira dos juncos, dava para ver uma truta passar. As trutas crescem muito, mas praticamente nunca são capturadas. Dizem que um dos verdadeiros pescadores do Tâmisa – os velhos com nariz de garrafa que se vê abafados no sobretudo, sentados em um banquinho de acampamento com uma vara de barata de seis metros em todas as estações do ano – abriria mão de bom grado de um ano de vida para pegar uma truta do Tâmisa. Não o culpo, entendo a situação deles, e melhor ainda, eu vi isso acontecer, no fim das contas.

Claro que outras coisas estavam acontecendo. Cresci sete centímetros em um ano, comprei minhas calças compridas, ganhei alguns prêmios na escola, fui para a catequese, contei histórias picantes, comecei a ler e tinha loucura por ratos brancos, madeiras entalhadas e selos postais. Mas é sempre da pesca de que me lembro. Os dias de verão, os prados planos, as colinas azuis ao longe, os salgueiros subindo pelo remanso e pelas lagoas como uma espécie de vidro verde profundo. Noites de verão, peixes pulando na água, noitibós espreitando em volta da sua cabeça, o cheiro de damas-da-noite e latakia síria. Não se engane com o que eu estou falando. Não estou tentando transmitir alguma daquelas coisas poéticas da infância. Sei que isso é tudo bobagem. O velho Porteous (um amigo meu, diretor de escola aposentado, falarei dele mais tarde) é ótimo com poesia infantil. Às vezes, lê para mim coisas assim nos livros. Wordsworth. Lucy Gray. Houve um tempo de prado, bosque e tudo isso. Nem é preciso dizer que ele não tem filhos. A verdade é que as crianças não são poéticas de forma alguma, são apenas animaizinhos selvagens, exceto que nenhum animal tem um quarto do egoísmo delas. Um menino não está interessado em prados, bosques e assim por diante. Nunca olha para uma paisagem, não dá a mínima para flores, e, a menos que elas o afetem de alguma forma, como ser comestível, ele não distingue uma planta da outra. Matar coisas – isso é o mais próximo da poesia que um menino tem. E, no entanto, o tempo todo existe aquela intensidade peculiar, o poder de desejar coisas que você não pode desejar quando é adulto e a sensação de que o tempo se estende muito adiante, e que tudo o que você está fazendo poderia continuar para sempre.

Eu era um menino bastante feio, com cabelos cor de manteiga que sempre ficavam curtos, exceto por um topete na frente. Não idealizo minha infância e, ao contrário de muitas pessoas, não desejo ser jovem novamente. A maioria das coisas com que eu costumava me importar não me causava nada além de um friozinho. Não me importo se nunca mais vir uma bola de críquete, e não daria três pence por cem quilos de doces. Mas ainda tenho, sempre tive, aquela sensação peculiar pela pesca. Você vai achar que é uma besteira, sem dúvida, mas na verdade tenho meio que o desejo de ir pescar mesmo agora, estando gordo, com 45 anos, dois filhos e uma casa no subúrbio. Por quê? Porque, por assim dizer, SOU sentimental com relação à minha infância – não minha infância particular, mas a civilização em que cresci e que agora, suponho, está quase no último suspiro. E a pesca é, de certa forma, típica dessa civilização. Assim que você pensa em pescar, pensa em coisas que não pertencem ao mundo moderno. A própria ideia de ficar sentado o dia todo sob um salgueiro ao lado de uma lagoa tranquila – e ser capaz de encontrar uma lagoa tranquila para sentar-se – pertence ao tempo antes da guerra, antes do rádio, antes dos aviões, antes de Hitler. Há uma espécie de paz até mesmo nos nomes dos peixes de rio. Pardelha-dos-alpes, escardínio-de--olho-vermelho, escalo, pargo, barbo, sargos, gobião, lúcio, cavala, carpa, tenca. São nomes sólidos. As pessoas que os escolheram não ouviam falar de metralhadoras, não viviam com medo de saques ou perdiam o tempo engolindo aspirinas, indo ao cinema e imaginando como se manter fora do campo de concentração.

Será que alguém ainda vai pescar hoje em dia? Em qualquer lugar a cento e cinquenta quilômetros de Londres, não há mais peixes para pescar. Alguns clubes de pesca sombrios se enfileiram ao longo das margens dos canais, e milionários vão pescar trutas em águas particulares ao redor de hotéis escoceses. Uma espécie de jogo esnobe de pegar peixes criados à mão com moscas artificiais. Mas quem ainda pesca em riachos, fossos ou bebedouros de vacas? Onde estão os peixes de rio ingleses agora? Quando eu era criança, todo lago e riacho tinha peixes. Agora todos os tanques estão drenados e, quando os riachos não estão envenenados com produtos químicos das fábricas, ficam cheios de latas enferrujadas e pneus de motocicleta.

Minha melhor lembrança de pescaria é sobre alguns peixes que nunca peguei. Isso é bastante normal, creio eu.

Quando eu tinha cerca de 14 anos, meu pai fez uma grande gentileza ao velho Hodges, o zelador da Casa Binfield. Eu esqueci o que era – deu a ele um remédio que curou suas aves dos vermes, ou algo assim. Hodges era um velho demônio rabugento, mas não esquecia uma boa ação. Um dia, um pouco depois, quando ele desceu à loja para comprar milho de galinha, me encontrou do lado de fora da porta e me parou com seu jeito rude. Tinha um rosto parecido com algo esculpido em um pedaço de raiz e apenas dois dentes, que eram castanho-escuro e muito longos.

– Ei, jovem! Pescador, não é?

– Sim.

– Achei que fosse. Escute, então. Se você quiser, pode trazer sua linha e tentar pescar na lagoa atrás do galpão. Há bastante sargo e xaréu lá. Mas não diga a ninguém que eu lhe disse. E não vá trazer algum daqueles outros molecotes, ou vou arrancar o couro deles.

Tendo dito isso, saiu mancando com seu saco de milho pendurado no ombro, como se achasse que tinha falado demais. No sábado seguinte, à tarde, pedalei até a Casa Binfield com os bolsos cheios de minhocas e moscas e procurei o velho Hodges no chalé. Naquela época, a Casa Binfield já estava vazia havia dez ou vinte anos. O senhor Farrel, o proprietário, não tinha dinheiro para morar ali e também não podia ou não queria deixar o lugar. Morou em Londres com a renda de suas fazendas e mandou a casa e os terrenos para os diabos. Todas as cercas estavam verdes e podres, o parque era uma massa de ervas daninhas, as plantações ficaram como uma selva, e mesmo os jardins voltaram a ser matagais, com apenas algumas roseiras retorcidas que indicavam onde estavam os canteiros. Mas era uma casa muito bonita, especialmente ao longe. Um lugar grande e branco com colunatas e janelas compridas, que foi construído, suponho, na época da rainha Anne por alguém que viajou pela Itália. Se eu fosse lá agora, provavelmente teria um certo prazer vagando pela desolação comum e pensando sobre a vida que costumava haver lá, e as pessoas que construíram tais lugares porque imaginaram que os dias bons durariam para sempre. Quando menino, eu não ligava para a casa ou para o terreno. Eu desentocava o velho Hodges, que tinha acabado de terminar seu jantar e estava um pouco mal-humorado, e pedia a ele que me mostrasse o caminho até a lagoa. Ficava a várias centenas de metros atrás da casa e toda envolta por bosques de faias, mas era uma lagoa de bom tamanho, quase cento e cinquenta metros de diâmetro. Era surpreendente. E mesmo naquela idade eu ficava espantado que lá, a dezenove quilômetros de Reading e nem a oitenta quilômetros de Londres, seria possível ter tamanha solidão. Dava para sentir a solidão de alguém que está às margens do rio Amazonas. A lagoa era totalmente circundada por enormes faias, que em um lugar desciam até a borda e eram refletidas na água. Do outro lado havia um gramado onde havia uma depressão com canteiros de hortelã selvagem e, em uma das extremidades da lagoa, uma velha casa de barcos de madeira apodrecia entre os juncos.

    A lagoa fervilhava de sargos, pequenos, com cerca de dez a quinze centímetros de comprimento. De vez em quando, era possível ver um deles se virar e brilhar em um marrom avermelhado sob a água. Também havia lúcios ali, e deviam ser grandes. Ninguém os via, mas, às vezes, um que estava se aquecendo no meio do mato se virava e mergulhava com um estalo, que era como um tijolo sendo jogado na água. Não adiantava tentar pegá-los, embora é claro que eu sempre tentasse cada vez que ia lá. Eu os provocava com carpas e vairões que pegava no Tâmisa e os mantinha vivos em uma jarra de geleia, ou, até mesmo, usando uma fiandeira feita de um pedaço de lata. Mas estavam fartos de comer peixes e não fisgavam e, de qualquer forma, teriam quebrado qualquer equipamento que eu possuísse. Nunca voltava da lagoa sem pelo menos uma dúzia de pequenos sargos. Às vezes, nas férias de verão, eu ficava lá o dia inteiro, com minha vara de pescar e um exemplar do *Chums* ou do *Union Jack* ou algo assim, e um pedaço de pão com queijo que mamãe preparava para mim. E eu pescava por horas e depois me deitava na grama e lia o *Union Jack*, e então o cheiro da minha pasta de pão e o *plop* de um peixe pulando em algum lugar me deixavam maluco novamente, e eu voltava para a água e tentava outra vez. E assim por diante, durante todo o dia de verão. E o melhor de tudo era ficar sozinho, totalmente sozinho, embora a estrada não ficasse a quinhentos metros de distância. Eu tinha idade suficiente para saber que é bom ficar sozinho, de vez em quando. Com as árvores ao redor, era como se a lagoa me pertencesse e nada jamais se mexesse, exceto os peixes rondando a água e os pombos passando por cima. No entanto, nos dois anos ou mais em que fui pescar lá, quantas vezes eu realmente fui, me pergunto? Não mais do que uma dúzia. Era uma viagem de bicicleta de cinco quilômetros de casa e durava pelo menos uma tarde inteira. E, às vezes, outras coisas apareciam, e, em outras, quando eu pretendia ir, chovia. Você sabe como as coisas acontecem.

    Uma tarde, os peixes não estavam fisgando, e comecei a explorar a lagoa mais distante da Casa Binfield. Havia um pouco de água que transbordava e o solo era pantanoso, e era preciso abrir caminho para atravessar uma espécie de selva de arbustos de amora silvestre e galhos que haviam caído das árvores. Andei cerca de cinquenta metros, e, de repente, apareceu uma clareira, e cheguei a outra lagoa que nunca soube que existia. Era uma pequena lagoa de não mais que vinte metros de largura, com os ramos que a pendiam sobre ela. Mas tinha uma água clara e era extremamente profunda. Dava para ver entre três a quatro metros e meio para dentro dela. Pendurei-me um pouco, aproveitando a umidade e o cheiro pantanoso e pútrido, do jeito que um garoto faz. E, então, vi algo que quase me fez desmaiar.

    Era um peixe enorme. Não exagero quando digo que era enorme. Era quase o comprimento do meu braço. Deslizava pela lagoa, no fundo da água, e então virou uma sombra e desapareceu na parte mais escura do outro lado. Senti como se uma espada tivesse me atravessado. Era, de longe, o maior peixe que eu já vi, vivo ou morto. Fiquei parado sem respirar e, por um momento, outra forma enorme e espessa deslizou pela água, depois outra e mais duas juntas. A lagoa estava cheia deles. Eram carpas, suponho. Possivelmente eram sargos ou tencas, mas mais provavelmente carpas. Sargos ou tencas não cresceriam tanto. Eu sabia o que tinha acontecido. Em algum momento, essa lagoa foi conectada com a outra, e então o riacho secou e a mata se fechou ao redor da lagoa menor, e ela, simplesmente, foi esquecida. É algo que acontece às vezes. Uma lagoa é esquecida de alguma forma, ninguém pesca nela por anos e décadas, e os peixes crescem até tamanhos monstruosos. Os brutamontes que eu estava observando podiam ter 100 anos. E nenhuma alma no mundo sabia sobre eles, exceto eu. Muito provavelmente, já fazia vinte anos que ninguém sequer olhava para a lagoa, e, provavelmente, até o velho Hodges e o administrador do senhor Farrel haviam esquecido sua existência.

Bem, você pode imaginar o que eu senti. Depois de um tempo, eu não conseguia nem suportar o tormento de assistir. Corri de volta para a outra lagoa e juntei minhas coisas de pesca. Não adiantava tentar pescar aqueles brutamontes colossais com o equipamento que eu tinha. Eles o quebrariam como se fosse um fio de cabelo. E eu não podia mais continuar pescando os sargos pequeninos. A visão da grande carpa me deu uma sensação no estômago, quase como se fosse vomitar. Peguei minha bicicleta e desci a colina correndo para casa. Era um segredo maravilhoso para um menino. Lá estavam o lago escuro escondido na floresta e os peixes monstruosos navegando em volta dele – peixes que nunca haviam sido pescados e que agarrariam a primeira isca que você lhes oferecesse. Era apenas uma questão de segurar uma linha forte o suficiente para segurá-los. Fiz todos os planos. Compraria o equipamento que os seguraria, mesmo se tivesse que roubar o dinheiro do caixa. De alguma forma, sabe-se lá deus como, eu conseguiria meia coroa e compraria um pedaço de linha de seda para pescar salmão e um pouco de tripas grossas ou linha comum e anzóis número 5. E voltaria com queijos, doces, pasta, larvas-da-farinha, minhocas vermelhas, gafanhotos e cada isca mortal que uma carpa poderia olhar. No sábado da tarde seguinte, eu voltaria e tentaria encontrá-los.

Mas aconteceu que nunca mais voltei. Nunca se volta. Nunca roubei o dinheiro do caixa, nunca comprei um pedaço de linha para pescar salmão ou tentei fisgar aquelas carpas. Quase imediatamente depois, algo apareceu para me impedir, mas, se não fosse isso, teria sido diferente. É assim que as coisas acontecem.

Um pouco de ar, por favor

Eu sei, é claro, que você acha que estou exagerando sobre o tamanho desses peixes. Provavelmente pensa que eram apenas peixes médios (com trinta centímetros de comprimento, digamos) e que incharam gradualmente na minha memória. Mas não é assim. As pessoas contam mentiras sobre os peixes que pescaram e ainda mais sobre os peixes que são fisgados e fogem, mas nunca peguei nenhum desses, nem tentei pegá-los, e não tenho motivo para mentir. Eu digo que eram enormes.

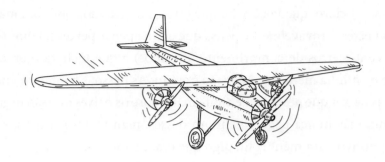

CAPÍTULO 5

Pescaria!

Aqui vou fazer uma confissão, ou melhor, duas. A primeira é que, quando olho para trás em minha vida, não posso dizer com sinceridade que qualquer coisa que já fiz me trouxe uma animação tão forte quanto pescar. Todo o resto foi um fracasso em comparação, até as mulheres. Não pretendo ser um daqueles homens que não se importam com as mulheres. Passei muito tempo perseguindo-as, e o faria mesmo agora, se tivesse chance. Mesmo assim, se você me desse a escolha de ter qualquer mulher que você queira mencionar, mas, digo, QUALQUER mulher, ou pegar uma carpa de cinco quilos, a carpa venceria todas as vezes. E a outra confissão é que, depois dos 16 anos, nunca mais pesquei.

Por quê? Porque é assim que as coisas acontecem. Porque nesta vida que nós levamos – não me refiro à vida humana em geral, quero dizer a vida nesta época em particular e neste país em particular –, não fazemos as coisas que queremos fazer. Não é porque estamos sempre trabalhando. Mesmo um lavrador ou um alfaiate judeu nem sempre está trabalhando. É porque existe algum demônio em nós que nos leva de um lado para outro em idiotices sem fim. Há tempo para tudo, exceto para as coisas que valem a pena. Pense em algo com que você realmente se importa. Em seguida, some hora por hora e calcule a fração de sua vida que você realmente gastou fazendo isso. E então calcule o tempo que você gastou em coisas como fazer a barba, andar de um lado para outro de ônibus, esperar na ferrovia, cruzamentos, trocar histórias picantes e ler jornais.

Depois dos 16 anos, não pesquei mais. Nunca parecia haver tempo. Eu estava no trabalho, estava perseguindo garotas, usando minhas primeiras botas de abotoar e meus primeiros colarinhos altos (e para os colarinhos de 1909 você precisava de um pescoço de girafa), estava fazendo cursos por correspondência de vendas e contabilidade e "aprimorando a minha mente". Os grandes peixes planavam na lagoa atrás da Binfield House. Ninguém sabia sobre eles, exceto eu. Estavam armazenados na minha mente; algum dia, talvez algum feriado bancário, eu voltaria e os pegaria. Mas nunca mais voltei. Havia tempo para tudo, exceto para isso. Curiosamente, o único momento entre aquela época e agora em que quase fui pescar foi durante a guerra.

Foi no outono de 1916, pouco antes de eu ser ferido. Tínhamos saído das trincheiras para uma aldeia atrás da linha de batalha e, embora fosse apenas setembro, estávamos cobertos de lama da cabeça aos pés. Como de costume, não sabíamos ao certo quanto tempo ficaríamos lá ou aonde iríamos depois. Felizmente, o oficial no comando estava um pouco lívido, com um toque de bronquite ou algo assim, e por isso não se preocupou em nos conduzir pelos desfiles habituais, inspeções de equipamentos, jogos de futebol, entre outras coisas que deveriam manter elevado o espírito das tropas quando estavam fora da linha. Passamos o primeiro dia esparramados em pilhas de palha nos celeiros onde ficávamos alojados e raspando a lama de nossas vestimentas, e, à noite, alguns dos caras começaram a fazer fila para se aproveitar de um par de prostitutas miseráveis e gastas que estavam instaladas em uma casa no final da aldeia. De manhã, embora fosse contra as ordens deixar a aldeia, consegui fugir e vagar pelas desolações medonhas que um dia foram campos. Era uma manhã úmida e invernal. Em volta, é claro, havia a sujeira medonha e escombros de guerra, o tipo de bagunça sórdida e imunda que é realmente pior do que um campo de batalha com cadáveres. Árvores com galhos arrancados, velhos buracos de balas que haviam se enchido parcialmente de novo, latas, cocô, lama, ervas daninhas, pedaços de arame farpado enferrujado com mato crescendo através deles. Você conhece a sensação quando saía da linha de batalha. Uma sensação de enrijecimento em todas as articulações e, por dentro, uma espécie de vazio, uma sensação de que nunca mais teria interesse em nada. Em parte, era medo e exaustão, mas principalmente tédio. Naquela época, ninguém viu nenhuma razão para que a guerra não durasse para sempre. Hoje, amanhã ou no dia seguinte, você estaria voltando para a linha, e talvez na próxima semana uma bomba explodiria, e você viraria carne moída, mas isso não era tão ruim quanto o horrível tédio da guerra se estendendo para sempre.

Eu estava vagando pela lateral de uma cerca viva quando encontrei um sujeito em nossa unidade de cujo sobrenome não me lembro, mas cujo apelido era Nobby. Era um sujeito de pele escura, desleixado, de aparência cigana. Um sujeito que, mesmo de uniforme, sempre dava a impressão de estar carregando dois coelhos roubados. Por profissão, era ambulante da parte leste de Londres, mas daqueles que ganham parte da vida colhendo lúpulo, pegando pássaros, caçando e, furtivamente, roubando frutas em Kent e Essex. Era um grande especialista em cães, furões, pássaros de gaiola, galos de briga e esse tipo de coisa. Assim que me viu, meneou a cabeça para mim. Ele tinha um jeito astuto e carregado de falar:

– Opa, George! – os caras ainda me chamavam de George, eu não era gordo naquela época. – George! Já viu aquele monte de choupos do outro lado do campo?

– Vi.

– Bem, tem uma lagoa do outro lado e está transbordando de peixes enormes.

– Peixes? Desembuche!

– Estou falando que está transbordando peixes. Percas. O melhor peixe em que eu botei a mão. Venha ver com seus olhos.

Caminhamos juntos pela lama. Com certeza, Nobby estava certo. Do outro lado dos choupos havia uma lagoa de aparência suja com margens arenosas. Obviamente, tinha sido uma pedreira e foi enchida com água. E estava fervilhando de percas. Dava para ver suas costas listradas de azul escuro deslizando por toda parte logo abaixo da água, e alguns deles deveriam pesar meio quilo. Suponho que em dois anos de guerra eles não foram perturbados e tiveram tempo para se multiplicar. Provavelmente você não pode imaginar o que a visão daquelas percas fez comigo. Era como se, de repente, elas tivessem me trazido à vida. É claro que havia apenas um pensamento em nossas mentes: como conseguir uma vara e uma linha.

– Minha nossa! – eu disse. – Vamos comer algumas dessas.

– Pode apostar que vamos para c------. Vamos voltar pra aldeia e pegar uns equipamentos.

– Tudo bem. Mas você precisa ficar de olho. Se o sargento ficar sabendo, vamos ser punidos.

– Ah, que se f---- o sargento. Podem me enforcar, matar e me esquartejar, se quiserem. Vou jantar alguns daqueles malditos peixes.

Não dá para saber o quanto estávamos alvoroçados para pegar aqueles peixes. Ou talvez dê, se você já esteve em uma guerra. Você conhece o tédio frenético da guerra e a maneira como qualquer um se agarra a quase qualquer tipo de diversão. Já vi dois caras brigar como demônios por metade de uma revista barata. Mas não é apenas isso. Era a ideia de escapar, talvez por um dia inteiro, para longe da atmosfera de guerra. Estar sentado sob os choupos, pescando percas, longe da unidade, longe do barulho, do fedor, dos uniformes, e oficiais, da saudação e da voz do sargento! A pesca é o oposto da guerra. Mas não tinha certeza se conseguiríamos. Foi esse pensamento que nos deixou com uma espécie de ansiedade. Se o sargento descobrisse, ele nos impediria, tão certo quanto dois mais dois são quatro, e qualquer um dos oficiais também, e o pior de tudo é que não havia como saber quanto tempo ficaríamos na aldeia. Podíamos ficar lá uma semana, podíamos partir em duas horas. Enquanto isso, não tínhamos nenhum tipo de equipamento de pesca, nem mesmo um alfinete ou um pedaço de barbante. Tínhamos que começar do zero. E a lagoa estava fervilhando de peixes! A primeira coisa foi uma vara. Uma varinha de salgueiro é melhor, mas é claro que não havia salgueiro em nenhum lugar daquele lado do horizonte. Nobby pegou um dos choupos e cortou um pequeno ramo que não era bom, mas era melhor do que nada. Laminou com o canivete até que se parecesse com uma vara de pescar, e então, a escondemos no mato perto da margem e conseguimos voltar furtivamente para a aldeia sem sermos vistos.

Em seguida, uma agulha para fazer um anzol. Ninguém tinha agulha. Um sujeito tinha algumas agulhas de cerzir, mas eram muito grossas e tinham pontas cegas. Não ousamos deixar ninguém saber o porquê de querermos aquilo, por medo de que o sargento ouvisse. Por fim, pensamos nas putas do final da aldeia. Com certeza tinham uma agulha. Quando chegamos lá, era preciso dar a volta pela porta dos fundos por um quintal sujo; a casa estava fechada, e as prostitutas dormiam um sono que sem dúvida mereciam. Batemos o pé, gritamos e batemos na porta até que, cerca de dez minutos depois, uma mulher gorda e feia de robe desceu e gritou conosco em francês. Nobby gritou com ela:

– Agulha! Agulha! Você tem uma agulha?

Claro que ela não sabia do que ele estava falando. Em seguida, Nobby tentou em seu dialeto inglês, que ele esperava que ela, como estrangeira, entendesse:

– Arrume agulha! Coser roupa! Igual a essa!

Ele fez gestos que deveriam representar costura. A prostituta o entendeu mal e abriu um pouco mais a porta para nos deixar entrar. Finalmente, nós a fizemos entender e pegamos uma agulha dela. Já era hora do jantar.

Depois do jantar, o sargento deu a volta no celeiro onde estávamos alojados à procura de homens para montar guarda. Conseguimos evitá-lo bem a tempo, passando por baixo de uma pilha de palha. Quando ele se foi, acendemos uma vela, aquecemos a agulha e conseguimos dobrá-la em uma espécie de anzol. Não tínhamos ferramentas, exceto canivetes, e queimamos os dedos de verdade. A próxima coisa era uma linha. Ninguém tinha nenhum fio, exceto de material grosso, mas finalmente encontramos um sujeito que tinha um carretel de linha de costura. Não quis entregá-la, e tivemos que trocar por um pacote inteiro de cigarros. O fio era muito fino, mas Nobby cortou em três pedaços, amarrou-os a um prego na parede e trançou-os cuidadosamente. Enquanto isso, depois de procurar por toda a aldeia, consegui encontrar uma rolha, cortei-a ao meio e enfiei um fósforo para fazê-la flutuar. Já era fim de tarde e escurecia.

Tínhamos o essencial agora, mas precisávamos de algumas tripas. Não parecia haver muita esperança de conseguir, até que pensamos no enfermeiro do hospital. A tripas para sutura cirúrgica não faziam parte do equipamento dele, mas era possível que ele pudesse ter algumas. Claro, quando perguntamos a ele, descobrimos que tinha um monte de tripas para sutura na mochila. Tinha afanado de algum grande hospital ou outro lugar. Trocamos outro pacote de cigarros por dez pedaços de tripa. Era uma coisa podre e quebradiça, em pedaços de cerca de quinze centímetros de comprimento. Depois de escurecer, Nobby os enxarcou até que estivessem flexíveis e os amarrou de ponta a ponta. Então agora tínhamos tudo – anzol, haste, linha, flutuador e tripas. Podíamos desenterrar minhocas de qualquer lugar. E a lagoa estava fervilhando de peixes! Uma enorme carpa listrada implorando para ser fisgada! Deitamo-nos para dormir com tanta ansiedade que nem tiramos as botas. Amanhã! Se pudéssemos chegar ao amanhã! Se a guerra nos esquecesse por apenas um dia! Decidimos que, assim que terminasse a chamada, juntaríamos tudo e ficaríamos fora o dia todo, mesmo que nos dessem a pior punição quando voltássemos.

Bem, espero que você possa adivinhar o resto. Na chamada, as ordens eram fazer as malas e estar prontos para marchar em vinte minutos. Marchamos catorze quilômetros pela estrada e depois pegamos os caminhões e partimos para outra parte do *front*. Quanto ao lago sob os choupos, nunca mais vi ou ouvi falar dele. Acho que foi envenenado com gás mostarda mais tarde.

Desde então, nunca mais pesquei. Nunca tive a chance. Houve o cessar da guerra, e então, como todo mundo, eu estava lutando por um emprego, e depois consegui um emprego, e o emprego me pegou. Eu era um jovem promissor em uma seguradora – um daqueles jovens empresários com mandíbulas firmes e boas perspectivas sobre os quais você costumava ler nos anúncios da Clark's College – e então fui rebaixado para o típico "cinco-a-dez-libras por semana" em uma casa geminada nos subúrbios. Essas pessoas não vão pescar, assim como os corretores da bolsa não vão colher flores. Não seria adequado. Eles têm outros passatempos.

Claro que tenho férias de quinze dias todo verão. Você conhece esse tipo de feriado. Margate, Yarmouth, Eastbourne, Hastings, Bournemouth, Brighton. Há uma ligeira variação, dependendo se estamos ou não com os bolsos cheios naquele ano. Com uma mulher como Hilda por perto, a principal característica de um feriado é uma aritmética mental interminável para decidir o quanto o dono da pensão está enganando você. Isso e dizer às crianças que não, eles não podem pegar mais um balde de areia. Alguns anos atrás, estávamos em Bournemouth. Numa bela tarde, descemos ao píer, que deve ter cerca de oitocentos metros de comprimento, e ao longo de todo o caminho, os homens pescavam com varas marítimas grossas, com sininhos na ponta e as linhas se estendendo por cinquenta metros mar adentro. É um tipo de pescaria enfadonho, e eles não estavam pegando nada. Ainda assim, estavam pescando. As crianças logo ficaram entediadas e pediram para voltar à praia. Hilda viu um cara enfiar uma lagarta no anzol e disse que isso a deixava enjoada, mas eu continuei vagando para cima e para baixo por mais algum tempo. E, de repente, houve um tremendo toque de um sino e um sujeito estava enrolando sua linha. Todos pararam para assistir. Claro, vieram a linha molhada e o pedaço de chumbo e, na ponta, um grande peixe achatado (uma solha, eu acho) pendurado e se contorcendo. O sujeito jogou-o nas tábuas do píer, e ele se debateu para cima e para baixo, todo molhado e reluzente, com o dorso cinza e verrugoso, a barriga branca e o cheiro fresco e salgado do mar. E algo meio que mudou dentro de mim.

Enquanto nos afastávamos, eu disse casualmente, apenas para testar a reação de Hilda:

– Estou pensando em pescar um pouco enquanto estivermos aqui.

– O quê? VOCÊ vai pescar, George? Mas você nem sabe pescar, não é?

– Ah, eu costumava ser um grande pescador – eu disse a ela.

Ela foi vagamente contra, como sempre, mas não tinha uma ideia bem formada, exceto que, se eu fosse pescar, ela não iria comigo para me ver colocar aquelas coisas nojentas e moles no anzol. Então, de repente, percebeu que, se eu fosse pescar, o que precisaria, vara e molinete e assim por diante, custaria cerca de uma libra. A vara sozinha custaria dez contos. Ficou irritada na mesma hora. Você não viu a velha Hilda quando se fala em desperdiçar dez contos. Ela explodiu comigo:

– IMAGINE desperdiçar todo esse dinheiro em uma coisa dessas! Absurdo! E como se atrevem a cobrar dez xelins por uma daquelas varas de pescar idiotas! É uma vergonha. E imagine você indo pescar na sua idade! Um homem adulto como você. Você não é mais CRIANÇA, George.

Então, as crianças entraram na dela. Lorna se aproximou de mim e perguntou daquele jeito bobo e atrevido que ela tem:

– Você é criança, papai?

E o pequeno Billy, que naquela época não falava muito claramente, anunciou ao mundo em geral:

– Papai é criança.

Então, de repente, os dois estavam dançando ao meu redor, sacudindo os baldes de areia e entoando:

– Papai é criança! Papai é criança!

Desgraçados anormais!

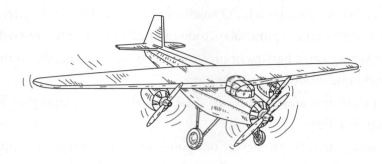

CAPÍTULO 6

E, além da pesca, havia a leitura.

Eu exagerei se dei a impressão de que pescar era a ÚNICA coisa com que me importava. A pesca certamente vinha primeiro, mas a leitura era uma boa segunda opção. Eu devia ter 10 ou 11 anos quando comecei a ler – ler voluntariamente, quero dizer. Nessa idade é como descobrir um novo mundo. Sou um leitor considerável até agora; na verdade, não passo muitas semanas sem ler um ou dois romances. Sou o que se pode chamar de um típico membro da biblioteca da Boots, sempre me apaixono pelo *best-seller* do momento (*Os bons companheiros*, *Lanceiros da Índia*, *O castelo do homem sem alma* – me apaixonei por cada um deles) e sou um membro do Clube do Livro da Esquerda por mais de um ano. E, em 1918, quando eu tinha 25 anos, tive uma espécie de desvio de leitura que fez uma certa diferença na minha perspectiva. Mas nada é como aqueles primeiros anos, quando, de repente, você descobre que pode abrir um jornal semanal e mergulhar direto nos bairros perigosos, nos antros de ópio chineses, nas ilhas da Polinésia e nas florestas do Brasil.

Um pouco de ar, por favor

Foi dos meus 11 anos até os 16 que me diverti mais lendo. No começo, eram sempre os semanários baratos para meninos – jornaizinhos finos com uma impressão horrível e uma ilustração em três cores na capa – e, pouco depois, vieram os livros. Sherlock Holmes, Dr. Nikola, *O pirata de ferro*, *Drácula*, *Raffles*. E Nat Gould, Ranger Gull e um sujeito cujo nome esqueci que escreveu histórias de boxe quase tão rapidamente quanto Nat Gould escrevia histórias de corrida. Suponho que, se meus pais tivessem um pouco mais de educação, teriam me enfiado "bons" goela abaixo, Dickens, Thackeray, e assim por diante, e, de fato, eles nos conduziram ao Quentin Durward na escola, e tio Ezekiel, às vezes, tentava me incitar a ler Ruskin e Carlyle. Mas praticamente não havia livros em casa. Meu pai nunca tinha lido um livro na vida, exceto a Bíblia e a *Ajude-se*, de Smiles, e só li um "bom" livro muito tempo depois. Não lamento que tenha acontecido dessa forma. Li as coisas que queria ler e tirei mais proveito delas do que jamais tirei das coisas que me ensinaram na escola.

Os gibis de um centavo já estavam saindo de linha quando eu era criança, e mal me lembro deles, mas havia uma linha regular de semanários para meninos, alguns dos quais ainda existem. As histórias de Buffalo Bill já acabaram, eu acho, e Nat Gould provavelmente não é mais lido, mas Nick Carter e Sexton Blake parecem ser os mesmos de sempre. *The Gem and the Magnet*, se bem me lembro, começou por volta de 1905. O *The Boy's Own Paper* ainda era bastante politicamente incorreto naquela época, mas o *Chums*, que eu acho que deve ter começado por volta de 1903, era esplêndido. Em seguida, havia uma enciclopédia – não lembro seu nome exato – que era publicada em fascículos e vendida por centavos. Nunca parecia valer a pena comprar, mas um menino na escola costumava distribuir edições antigas, às vezes. Se agora sei a extensão do rio Mississippi ou a diferença entre um polvo e uma siba, ou a composição exata do metal de sino, foi aí que aprendi.

Joe nunca lia. Era um daqueles meninos que conseguem passar por anos de escolaridade e, ao final, não conseguem ler dez linhas consecutivas.

A visão da impressão fazia-o se sentir mal. Eu o vi pegar uma das minhas edições de *Chums*, ler um ou dois parágrafos e depois se virar com o mesmo movimento de nojo de um cavalo quando sente o cheiro de feno velho. Tentou me fazer largar da leitura, mas mamãe e papai, que haviam decidido que eu era "o inteligente", me apoiaram. Ficaram bastante orgulhosos por eu ter mostrado gosto pelo "aprendizado nos livros", como chamavam. Mas era típico dos dois ficarem vagamente chateados por eu ler coisas como *Chums* e o *Union Jack*, pensavam que eu deveria ler algo "que melhorasse a pessoa", mas não sabiam o suficiente sobre livros para ter certeza sobre quais livros "melhoravam as pessoas". Finalmente, mamãe conseguiu um exemplar de segunda mão do O *livro dos mártires*, de John Foxe, que não li, embora as ilustrações não fossem de todo ruins.

Durante todo o inverno de 1905, gastava dinheiro com o *Chums* toda semana. Eu acompanhava uma história em série, "Donovan, o Destemido". Donovan, o Destemido, era um explorador que tinha sido contratado por um milionário americano para buscar coisas incríveis em vários cantos da Terra. Às vezes, eram diamantes, do tamanho de bolas de golfe, nas crateras de vulcões na África; às vezes, eram presas de mamutes petrificados das florestas congeladas da Sibéria; às vezes, eram tesouros incas enterrados das cidades perdidas do Peru. Donovan fazia uma nova jornada todas as semanas e sempre se dava bem. Meu lugar favorito para ler era o palheiro atrás do quintal. Exceto quando papai estava pegando novos sacos de grãos, era o lugar mais silencioso da casa. Havia enormes pilhas de sacos para se deitar, uma espécie de cheiro de plástico misturado com o cheiro de sanfeno, inúmeras teias de aranha em todos os cantos e, logo acima do lugar onde eu costumava ficar, havia um buraco no teto e uma ripa saindo do gesso. Consigo sentir a sensação disso agora. Um dia de inverno, quente o suficiente para deitar quieto. Estou deitado de bruços com *Chums* aberto na minha frente. Um rato sobe pela lateral de um saco como um brinquedo de corda, então de repente para e me observa com seus olhinhos que parecem minúsculas contas de azeviche. Tenho

Um pouco de ar, por favor

12 anos, mas sou Donovan, o Destemido. Três mil quilômetros subindo o Amazonas, acabei de armar minha barraca, e as raízes da misteriosa orquídea que floresce uma vez a cada cem anos estão seguras na caixa de lata sob minha cama de campanha. Nas florestas ao redor, os índios Hopi-Hopi, que pintam os dentes de escarlate e esfolam vivos os homens brancos, estão batendo seus tambores de guerra. Estou observando o camundongo, e o camundongo está me observando, e posso sentir o cheiro da poeira, do sanfeno e do gesso frio e estou no alto da Amazônia, e é um êxtase, um êxtase puro.

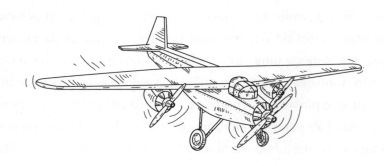

CAPÍTULO 7

Isso é tudo, na verdade.

Tentei dizer-lhe alguma coisa sobre o mundo antes da guerra, o mundo que senti quando vi o nome do rei Zog no pôster, e é provável que não tenha lhe contado nada. Ou você se lembra de antes da guerra e não precisa que lhe falem sobre ela, ou não se lembra e não adianta contar. Até agora, só falei sobre as coisas que aconteceram comigo antes dos 16 anos. Até então, tudo ia muito bem com a família. Foi um pouco antes do meu aniversário de 16 anos que comecei a ter vislumbres do que as pessoas chamam de "vida real", o que significa: coisas desagradáveis.

Cerca de três dias depois de eu ter visto a grande carpa na Casa Binfied, papai entrou para o chá muito preocupado e ainda mais grisalho e farinhento do que o normal. Ele comeu muito sério durante o chá e não falou muito. Naquela época, ele tinha uma maneira bastante inquieta de comer, e seu bigode costumava subir e descer com movimentos laterais, porque não tinha muitos dentes sobrando. Eu estava me levantando da mesa quando ele me chamou de volta.

– Espere um minuto, George, meu garoto. Quero lhe falar uma coisa. Sente-se um minuto. Mãe, você ouviu o que eu tenho a dizer ontem à noite.

A mãe, atrás do enorme bule marrom, cruzou as mãos no colo e parecia séria. O pai continuou falando muito sério, mas, estragando o impacto ao tentar tirar uma migalha que se alojou em algum lugar do que restou de seus dentes de trás:

– George, meu filho, tenho muito a dizer. Eu estive pensando sobre isso, e é hora de você deixar a escola. Receio que você tenha que trabalhar agora e começar a ganhar um pouco para trazer para casa, para sua mãe. Escrevi ao senhor Wicksey ontem à noite e disse-lhe que deveria tirar você de lá.

Claro que isso estava de acordo com o precedente – o que ele escreveu para o senhor Wicksey antes de me contar, quero dizer. Naquela época, os pais, é claro, sempre organizavam tudo independentemente da vontade dos filhos.

Meu pai passou a dar explicações bastante murmurantes e preocupadas. Ele tinha "tido maus momentos ultimamente", as coisas tinham "estado um pouco difíceis", e o resultado foi que Joe e eu teríamos de começar a ganhar a vida. Naquela época, eu não sabia ou me importava muito se o negócio estava realmente indo mal ou não. Eu não tinha nem instinto comercial suficiente para ver a razão pela qual as coisas estavam "difíceis". O fato é que papai fora atingido pela concorrência. Os Sarazins, os grandes agricultores de sementes do varejo que tinham filiais em todos os condados, enfiaram um tentáculo em Lower Binfield. Seis meses antes, eles alugaram uma loja no mercado e a embonecaram até que, com tinta verde brilhante, letras douradas, ferramentas de jardinagem pintadas de vermelho e verde e enormes anúncios de ervilhas-de-cheiro, você a enxergava a uma distância de cem metros. Os Sarazins, além de vender sementes de flores, descreviam-se como "fornecedores universais de aves e gado" e, além de trigo e aveia, e assim por diante, vendiam misturas para aves, sementes para pássaros embaladas em pacotes sofisticados, biscoitos para cães de todas as formas e cores, medicamentos, relaxantes musculares e condicionadores em pó e ramificavam para coisas como armadilhas para ratos, coleiras de cães, incubadoras, ovos, ninhos de pássaros, lâmpadas, herbicida, inseticida e, até mesmo, em alguns corredores, o que eles chamam de "departamento de criação", coelhos e pintinhos recém-nascidos. Papai, com sua velha loja empoeirada e sua recusa em estocar novas coisas, não podia competir com aquele tipo de mercado e não queria. Os comerciantes com suas carroças e os fazendeiros que lidavam com os semeadores de varejo lutaram acanhados contra os Sarazins, mas, em seis meses, eles alcançaram a vizinhança nobre, que, naquela época, tinha carruagens ou charretes e, portanto, cavalos. Isso significou uma grande perda de clientes para papai e o outro comerciante de milho, Winkle. Não entendia nada disso na época. Eu tinha um comportamento de menino em relação a tudo isso. Nunca me interessei pelo negócio. Eu nunca, ou quase nunca, trabalhei na loja e, quando ocasionalmente acontecia, meu pai queria que eu fizesse alguma coisa ou ajudasse com algo, como içar sacos de grãos para o sótão ou para baixo novamente, e eu evitava sempre que possível. Os meninos de nossa classe não são bebês completos como os meninos de escolas de primeira; sabem que trabalho é trabalho e seis pence são seis pence, mas parece natural para um menino considerar o negócio do pai um saco. Até então, varas de pescar, bicicletas, limonadas com gás, e assim por diante, pareciam-me muito mais reais do que qualquer coisa que acontecesse no mundo adulto.

 Meu pai já tinha falado com o velho Grimmett, o dono da mercearia, que queria um rapaz inteligente e estava disposto a me levar para a loja imediatamente. Enquanto isso, papai se livraria do menino de recados, e Joe voltaria para casa e ajudaria na loja até conseguir um emprego permanente. Joe tinha saído da escola algum tempo antes e estava mais ou menos vadiando desde então. Meu pai às vezes falava em "colocá-lo" no departamento de contabilidade da cervejaria e, antes, até pensara em transformá-lo em leiloeiro. Os dois estavam completamente perdidos porque Joe, aos 17 anos, escrevia em garranchos e não conseguia decorar a tabuada. Ele deveria estar "aprendendo sobre o ofício" em uma grande bicicletaria nos arredores de Walton. Mexer com bicicletas combinava com Joe, que, como a maioria dos ignorantes, tinha uma ligeira inclinação para mecânico, mas era totalmente incapaz de trabalhar de forma constante e passava o tempo todo vadiando com macacões engordurados, fumando Woodbines, se metendo em brigas, bebendo (ele começou cedo), flertando com uma garota após a outra e pedindo dinheiro ao meu pai. Meu pai estava preocupado, confuso e vagamente ressentido. Ainda posso vê-lo, com farinha na cabeça calva e um pouco de cabelo grisalho sobre as orelhas, os óculos e bigode encanecido. Não conseguia entender o que estava acontecendo com ele. Durante anos, seus lucros aumentaram, lenta e continuamente, dez libras este ano, vinte libras naquele ano, e agora, de repente, tiveram uma queda brusca. Não conseguia entender. Herdou o negócio de seu pai, fez um comércio honesto, trabalhou duro, vendeu produtos, não enganou ninguém – e seus lucros estavam caindo. Disse várias vezes, enquanto chupava os dentes para tirar a migalha, que os tempos eram muito ruins, o comércio parecia muito devagar, não conseguia imaginar o que havia com as pessoas, os cavalos precisavam comer. Talvez fossem aqueles motores, ele concluiu por fim. Essas "coisas fedorentas desagradáveis". A mãe interveio. Estava um pouco preocupada e sabia que deveria estar mais. Uma ou duas vezes, enquanto o pai estava falando, um olhar distante a dominava, e eu sabia que ela estava falando porque seus lábios se moviam. Estava tentando decidir se, no dia seguinte, faria carne com cenouras ou coxa de carneiro. Exceto quando havia algo que lhe cabia e precisaria de uma previsão, como comprar roupas de cama ou panelas, não era capaz de pensar em nada além das refeições do dia seguinte. A loja estava dando problemas, e papai estava preocupado – até onde ela havia percebido. Nenhum de nós tinha ideia do que estava acontecendo. Papai teve um ano ruim e perdeu dinheiro, mas ele estava realmente assustado com o futuro? Acho que não. Isso foi em 1909, lembre-se. Não sabia o que estava acontecendo com ele, não era capaz de prever que aquele povo do Sarazins sistematicamente venderia mais do que ele, o arruinaria e o comeria vivo. Como poderia saber? As coisas não aconteciam assim quando ele era jovem. Tudo o que sabia era que os tempos estavam ruins, o comércio estava muito "devagar", muito "lento" (ele repetia essas frases), mas provavelmente as coisas "melhorariam agora".

Seria bom se eu pudesse dizer a você que fui uma grande ajuda para meu pai em seus tempos de dificuldade. Que, de repente, me provei um homem e desenvolvi qualidades que ninguém suspeitou em mim – e assim por diante, como as coisas que você costumava ler nos romances inspiradores de trinta anos atrás. Ou, por outro lado, gostaria de ser capaz de registrar que me ressentia amargamente de ter que deixar a escola, que minha mente jovem e ansiosa, ávida por conhecimento e refinamento, recuou do trabalho mecânico sem alma para o qual estavam me empurrando – e assim por diante, como as coisas que você lê nos romances inspiradores de hoje. Ambos seriam uma besteira completa. A verdade é que fiquei satisfeito e animado com a ideia de ir trabalhar, especialmente quando percebi que o velho Grimmett me pagaria salários reais, doze xelins por semana, dos quais eu poderia ficar com quatro para mim. A grande carpa na Casa Binfield, que ocupava minha mente há três dias, desapareceu imediatamente. Eu não me oporia a deixar a escola alguns semestres antes. Geralmente acontecia da mesma forma com os meninos da nossa escola. Um menino estava sempre "indo" para a Universidade de Reading, estudar engenharia, "entraria no comércio" em Londres ou fugiria para o mar – e então, de repente, com dois dias de aviso, ele desaparecia da escola, e quinze dias depois você o encontraria de bicicleta, entregando verduras. Cinco minutos depois de meu pai me dizer que eu deveria deixar a escola, eu estava pensando sobre o novo terno que deveria usar para ir ao trabalho. Imediatamente comecei a exigir um "terno adulto", como um tipo de paletó que estava na moda naquela época, um "fraque", como acho que se chamava. Claro que tanto a mãe quanto o pai ficaram escandalizados e disseram que "nunca ouviram falar de tal coisa". Por algum motivo que nunca compreendi totalmente, os pais naquela época sempre tentaram evitar o máximo possível que seus filhos usassem roupas de adulto. Em todas as famílias, havia uma briga de socos antes que um menino tivesse seus primeiros colarinhos altos ou uma menina prendesse o cabelo.

Assim, a conversa se desviou dos problemas dos negócios de papai e degenerou em um tipo de discussão bastante longa e importuna, com papai gradualmente ficando com raiva e repetindo sem parar – soltando uma queixa de vez em quando, como costumava fazer quando ficava com raiva:

– Bem, você não vai ter isso. Esqueça, você não pode comprar.

Então, eu não tive meu "fraque", mas comecei a trabalhar, pela primeira vez, com um terno preto de lojas comuns, com uma gola larga na qual eu parecia um caipira que cresceu demais. Qualquer angústia que sentia com todo o negócio realmente surgiu daí. Joe foi ainda mais egoísta nesse sentido. Ficou furioso por ter que deixar a loja de bicicletas e, no pouco tempo que permaneceu em casa, apenas vadeou, virou um estorvo e não ajudou em nada meu pai.

Trabalhei na loja do velho Grimmett por quase seis anos. Grimmett era um velho bom, aprumado, de bigodes brancos, como uma versão mais robusta do tio Ezequiel e, como o tio Ezequiel, um bom liberal. Mas ele era menos agitado e mais respeitado na cidade. Ele se adaptou durante a Guerra dos Bôeres, era um inimigo ferrenho dos sindicatos e, uma vez, demitiu um assistente por possuir uma fotografia de Keir Hardie, e era um "crente" – na verdade, era influente, literalmente, na Capela Batista, conhecida localmente como Tin Tab – enquanto minha família era "da igreja anglicana", e tio Ezequiel era um infiel. O velho Grimmett era conselheiro municipal e funcionário do Partido Liberal local. Com seus bigodes brancos, sua conversa hipócrita sobre a liberdade de consciência e o Grande Velho, seu saldo bancário gordo e as orações improvisadas que, às vezes, você podia ouvi-lo soltar quando passava no Tin Tab. Era um lendário merceeiro não conformista na história – você já ouviu, espero:

– James!

– Sim, senhor?
– Você ralou o açúcar?
– Sim, senhor!
– Regou o melaço?
– Sim, senhor!
– Então, venha fazer as orações.

Só Deus sabe quantas vezes ouvi essa história sussurrada na loja. Na verdade, começávamos o dia com uma oração antes de abrir as venezianas. Não que o velho Grimmett ralasse o açúcar. Ele sabia que não compensava. Mas era um homem inteligente nos negócios, fornecia para toda a alta classe de Lower Binfield e do interior ao redor da cidade e tinha três assistentes na loja além do menino de recados, o homem da carroça e sua filha (ele era viúvo), que era caixa. Fui o menino de recados nos meus primeiros seis meses. Então, um dos assistentes saiu para "se estabelecer" em Reading, e eu me mudei para a loja e usei meu primeiro avental branco. Aprendi a fazer embrulhos, a embalar um saco de passas, a moer café, a mexer no fatiador de toucinho, a cortar o presunto, a afiar facas, varrer o chão, tirar o pó dos ovos sem parti-los, vender um artigo vagabundo por um bom, limpar uma janela, medir meio quilo de queijo a olho, abrir uma caixa de embalagem, dar forma a um pedaço de manteiga e – o que era bem mais difícil – lembrar onde cada item era guardado. Não tenho lembranças tão detalhadas da mercearia quanto tenho da pesca, mas me lembro de muitas coisas. Até hoje conheço o truque de romper um pedaço de barbante com os dedos. Se me colocasse na frente de um fatiador de *bacon*, eu poderia trabalhar melhor nele do que em uma máquina de escrever. Conseguiria apresentar a você alguns detalhes técnicos bastante justos sobre as qualidades do chá da China e do que a margarina é feita, o peso médio dos ovos e o preço dos sacos de papel por milhar.

Bem, por mais de cinco anos esse fui eu – um jovem alerta com um rosto redondo, rosado, esnobe e cabelo cor de manteiga (não mais curto, mas cuidadosamente untado e penteado para trás no que as pessoas costumavam chamar de "lambido"), correndo atrás do balcão em um avental branco com um lápis atrás da orelha, amarrando sacos de café como um raio e manobrando o cliente junto com "Sim, senhora! Certamente, senhora! E o próximo pedido, senhora?", em uma voz com apenas um traço de sotaque *cockney*. O velho Grimmett nos exauria muito, era uma jornada de onze horas diárias, exceto às quintas e aos domingos, e a semana de Natal era um pesadelo. No entanto, é um bom momento para olhar para trás. Não pense que eu não tinha ambições. Eu sabia que não permaneceria como assistente de mercearia para sempre, estava apenas "aprendendo o ofício". Algum dia, de uma forma ou de outra, haveria dinheiro suficiente para eu "me estabelecer" sozinho. Era assim que as pessoas se sentiam naquela época. Isso foi antes da guerra, lembre-se, e antes das crises e antes do desemprego. O mundo era grande o suficiente para todos. Qualquer um podia "abrir um negócio", sempre havia lugar para outra loja. E o tempo estava passando. 1909, 1910, 1911. O rei Eduardo morreu, e os jornais saíram com uma borda preta nas margens. Dois cinemas abriram em Walton. Os carros ficaram mais comuns nas estradas, e os ônibus intermunicipais começaram a circular. Um avião – uma coisa frágil e de aparência frágil, com um sujeito sentado no meio em uma espécie de cadeira – sobrevoou Lower Binfield, e toda a cidade saiu correndo de suas casas para gritar com ele. As pessoas começaram a dizer vagamente que esse imperador alemão estava ficando grande demais e "aquilo" (que significa guerra com a Alemanha) "chegaria uma hora ou outra". Meu salário foi aumentando gradualmente, até que finalmente, pouco antes da guerra, eles estavam a vinte e oito xelins por semana. Pagava a mamãe dez xelins por semana pela minha pensão e, mais tarde, quando as coisas pioraram, quinze xelins, e mesmo assim me sentia mais rico do que jamais estive desde então. Cresci mais três centímetros, meu bigode começou a crescer, usei botas de abotoar e colarinhos de sete centímetros de altura. Aos domingos, na igreja, com meu elegante terno cinza-escuro, meu chapéu-coco e luvas pretas de couro, eu parecia o cavalheiro perfeito, de modo que mamãe mal conseguia conter o orgulho de mim. Entre o trabalho e a "saída" às quintas-feiras, e pensando em roupas e garotas, tive acessos de ambição e me vi me transformando em um Grande Homem de Negócios como Lever ou William Whiteley. Entre 16 e 18 anos, fiz grandes esforços para "aprimorar minha mente" e me treinar para uma carreira empresarial. Eu me curei do sotaque caipira e me livrei da maior parte do meu sotaque *cockney*. (No Vale do Tâmisa, os sotaques do interior estavam em baixa. Exceto os rapazes da fazenda, quase todo mundo que nasceu depois de 1890 falava *cockney*). Fiz um curso por correspondência na Escola de Comércio de Littleburns, aprendi contabilidade e inglês para negócios, li religiosamente um livro com asneiras terríveis chamado *A arte da venda*, melhorei minha aritmética e até minha caligrafia. Quando eu tinha 17 anos, ficava acordado até tarde da noite com a língua para fora da boca, praticando caligrafia ao lado da pequena lamparina a óleo na mesa do quarto. Às vezes, eu lia muito, geralmente histórias de crimes e aventuras, e às vezes, livros encapados com papel que eram furtivamente passados entre os camaradas na loja e descritos como "picantes". (Eram traduções de Maupassant e Paul de Kock.) Mas, quando eu tinha 18 anos, de repente, me tornei um intelectual, consegui um ingresso para a Biblioteca do Condado e comecei a folhear livros de Marie Corelli, Hall Caine e Anthony Hope. Foi mais ou menos nessa época que entrei para o Círculo de Leitura de Lower Binfield, dirigido pelo vigário e que se reunia uma noite por semana durante todo o inverno para o que era chamado de "discussão literária". Sob pressão do vigário, li trechos de *Sesame and Lilies* e até mesmo experimentei Browning.

E o tempo estava passando. 1910, 1911, 1912. E os negócios de meu pai estavam caindo – não caindo de repente na sarjeta, mas estavam caindo. Nem meu pai nem minha mãe foram os mesmos depois que Joe fugiu de casa. Isso aconteceu não muito depois de eu ir trabalhar para o Grimmett.

Joe, aos 18 anos, havia se tornado um rufião feioso. Era um sujeito corpulento, muito maior que o resto da família, com ombros enormes, cabeça grande e um rosto meio carrancudo e abatido, no qual já tinha um bigode respeitável. Quando não estava na sala do George, ficava vagando pela porta da loja, com as mãos enfiadas nos bolsos, carrancudo para as pessoas que passavam, exceto quando eram meninas, como se fosse derrubá-las. Se alguém entrasse na loja, ele se afastava apenas o suficiente para deixá-las passar e, sem tirar as mãos dos bolsos, gritaria por cima dos ombros "Pa-ai! Loja!". Isso foi o mais perto que ele conseguiu ajudar. O pai e a mãe diziam desesperadamente que "não sabiam o que fazer com ele", e que estava dando muito trabalho com a bebida e o fumo sem fim. Tarde da noite, ele saiu de casa e nunca mais se ouviu falar dele. Abriu a caixa registradora e pegou todo o dinheiro que estava lá, felizmente não muito, cerca de oito libras. Era o suficiente para conseguir uma passagem na terceira classe para a América. Ele sempre quis ir para a América e acho que provavelmente foi, embora nunca soubéssemos com certeza. Isso causou um certo escândalo na cidade. A teoria oficial era que Joe fugiu porque emprenhou uma jovem. Havia uma garota, Sally Chivers, que morava na mesma rua que os Simmons e teria um bebê, e Joe certamente esteve com ela, mas também estiveram outros doze, e ninguém sabia de quem era o bebê. A mãe e o pai aceitaram a teoria do bebê e até mesmo, em particular, a usaram para desculpar seu "pobre menino" por roubar as oito libras e fugir. Não eram capazes de entender que Joe havia sumido porque não suportava uma vida decente e respeitável em uma pequena cidade do interior e queria uma vida de vagabundagem, brigas e mulheres. Nunca mais ouvimos falar dele. Talvez tenha ido totalmente para o lado do mal, talvez ele tenha sido morto na guerra, talvez ele simplesmente não tenha se preocupado em escrever. Felizmente o bebê nasceu morto, então não houve complicações. Quanto ao fato de Joe ter roubado as oito libras, mamãe e papai conseguiram manter segredo até morrerem. Aos olhos deles, era uma desgraça muito pior do que o bebê de Sally Chivers.

O problema com Joe envelheceu muito meu pai. Perder Joe era apenas uma perda, mas o machucou e o deixou envergonhado. Daquele momento em diante, seu bigode ficou muito mais grisalho e ele parecia ter ficado muito menor. Talvez minha lembrança dele como um pequeno homem grisalho, de rosto redondo, enrugado, ansioso e óculos empoeirados, date realmente dessa época. Aos poucos, estava se envolvendo cada vez mais em preocupações financeiras e cada vez menos interessado em outras coisas. Falava menos sobre política e jornais de domingo e mais sobre a maldade do comércio. Mamãe parecia ter encolhido um pouco também. Na minha infância, eu a via como alguém vasto e transbordante, com os cabelos loiros, o rosto radiante e os seios enormes, uma espécie de criatura grande e opulenta, como a figura de proa de um encouraçado. Agora estava menor, mais ansiosa e mais velha do que antes. Era menos altiva na cozinha, fazia mais pescoço de carneiro, preocupava-se com o preço do carvão e começou a usar margarina, coisa que antigamente nunca deixava entrar em casa. Depois que Joe foi embora, meu pai teve de contratar um menino de recados novamente, mas, a partir de então, passou a empregar meninos muito novos que mantinha apenas por um ano ou dois e que não podiam levantar muito peso. Às vezes, eu o ajudava quando estava em casa. Eu era muito egoísta para fazer isso regularmente. Ainda consigo vê-lo abrindo caminho lentamente pelo quintal, quase curvado ao meio e quase escondido sob um enorme saco, como um caracol sob a concha. O saco enorme e monstruoso, pesando setenta quilos, suponho, pressionando o pescoço e os ombros quase até o chão, e o rosto ansioso de óculos, olhando por baixo deles. Em 1911, ele se machucou e teve que passar semanas no hospital e contratar um gerente temporário para a loja, que fez outro rombo em seu capital. Um pequeno lojista falindo é uma coisa horrível de se observar, mas não é repentino e óbvio, como o destino de um trabalhador que é demitido e prontamente se vê desempregado. É apenas uma redução gradual do comércio, com pequenos altos e baixos, uns poucos xelins aqui, alguns pence ali. Alguém que comprou com você por anos, de repente deserta e vai para a loja dos Sarazins. Outra pessoa compra uma dúzia de galinhas e lhe faz um pedido semanal de milho.

Você ainda consegue continuar. Ainda é "seu próprio patrão", sempre um pouco mais preocupado e um pouco mais miserável, com seu capital encolhendo o tempo todo. Você pode continuar assim por anos, pelo resto da vida, se tiver sorte. Tio Ezequiel morreu em 1911, deixando cento e vinte libras, o que deve ter feito bastante diferença para papai. Foi só no ano de 1913 que ele teve que hipotecar sua apólice de seguro de vida. O que eu não ouvi falar na hora, ou teria entendido o que significava. Do jeito que aconteceu, acho que nunca fui além de perceber que meu pai "não estava indo bem", o comércio estava "devagar", teria de esperar um pouco mais antes de eu ter o dinheiro para "me estabelecer". Como meu papai, eu via a loja como algo permanente e estava um pouco inclinado a ficar com raiva dele por não administrar as coisas de um jeito melhor. Eu não era capaz de ver, e nem ele, nem ninguém mais, que ele estava se arruinando aos poucos, que seu negócio nunca retomaria e, se ele vivesse até os 70 anos, certamente terminaria no asilo. Muitas vezes, passei pela loja dos Sarazins no mercado e apenas pensei no quanto preferia suas vitrines elegantes à loja empoeirada de papai, com o "S. Bowling", que mal dava para ler com as letras brancas lascadas e os pacotes desbotados de sementes de pássaros. Não me ocorreu que os Sarazins eram tênias que o estavam comendo vivo. Às vezes, costumava repetir para ele algumas das coisas que estava lendo em meus livros didáticos de cursos por correspondência sobre vendas e métodos modernos. Ele nunca prestou muita atenção. Herdou um negócio antigo, sempre trabalhou duro, fez um negócio honesto e forneceu produtos, e as coisas melhorariam logo. É fato que muito poucos lojistas naquela época acabavam no asilo. Com sorte, você morreria com algum dinheiro. Era uma corrida entre a morte e a falência e, graças a Deus, a morte pegou o pai primeiro e a mãe também.

1911, 1912, 1913. Digo que foi um bom momento para estar vivo. Era fim de 1912 e, no Círculo de Leitura do vigário, conheci Elsie Waters. Até esse momento, contudo, como os outros garotos da cidade, eu saía para procurar garotas e, por fim, conseguia conversar com essa garota ou aquela, e "sair" algumas tardes de domingo. Nunca tive uma garota para mim de verdade. É um negócio estranho ir atrás de garotas quando você tem cerca de 16 anos.

Em alguma parte conhecida da cidade, os meninos caminhavam para cima e para baixo em pares, observando as meninas, e as meninas caminhavam para baixo e para cima em pares, fingindo não notar os meninos. E logo algum tipo de contato era estabelecido e, em vez de dois, estavam andando em quatro, todos os quatro totalmente mudos. A principal característica dessas caminhadas – e era pior na segunda vez, quando você saía sozinho com a garota – era o terrível fracasso em manter qualquer tipo de conversa. Mas Elsie Waters parecia diferente. A verdade é que eu estava crescendo.

Não quero contar a minha história e a de Elsie Waters, mesmo que haja alguma história para contar. Só que ela é parte da imagem, parte de "antes da guerra". Antes da guerra era sempre verão – uma ilusão, como já observei, mas é assim que lembro. A estrada branca e empoeirada que se estende entre as castanheiras, o cheiro das flores silvestres, as lagoas verdes sob os salgueiros, os respingos da represa Burford – é o que vejo quando fecho os olhos e penso em "antes da guerra" e, no final, Elsie Waters faz parte disso.

Não sei se Elsie seria considerada bonita agora. Ela era. Era alta para uma menina, quase tão alta quanto eu, com cabelos dourados claros. O tipo de cabelo pesado, que ela usava de alguma forma trançado e enrolado em volta da cabeça, e um rosto delicado e curiosamente gentil. Era uma daquelas garotas que sempre ficam bem de preto, especialmente os vestidos pretos muito simples que a faziam usar na loja de cortinas – ela trabalhava na Lilywhite, loja de tecidos, embora ela fosse originalmente de Londres. Acho que ela era dois anos mais velha do que eu.

Sou grato a Elsie, porque ela foi a primeira pessoa que me ensinou a me importar com uma mulher. Não me refiro às mulheres em geral, quero dizer uma mulher específica. Eu a conheci no Círculo de Leitura e mal a notei, e então, um dia, entrei na Lilywhite durante o horário de trabalho, algo que normalmente não seria capaz de fazer, mas aconteceu que estávamos sem gaze de musselina para manteiga, e o velho Grimmett me mandou comprar algumas. Você conhece a atmosfera de uma loja de tecidos. É algo peculiarmente feminino. Há uma sensação de silêncio, uma luz suave, um cheiro fresco de pano e um zumbido fraco das bolas de madeira com troco que rolam de um lado para outro. Elsie estava encostada no balcão, cortando um pedaço de pano com a tesoura grande. Havia algo sobre seu vestido preto e a curva de seus seios contra o balcão – não consigo descrever, algo curiosamente macio, curiosamente feminino. Assim que a via, você sabia que poderia tomá-la nos braços e fazer o que quisesse com ela. Era profundamente feminina, muito gentil, muito submissa, o tipo que sempre faria o que um homem diria a ela, embora não fosse pequena ou fraca. Nem era ignorante, apenas bastante quieta e, às vezes, terrivelmente refinada. Mas, naquela época, eu também era bastante refinado.

    Moramos juntos por cerca de um ano. Claro, em uma cidade como Lower Binfield você só poderia viver junto no sentido figurado. Oficialmente, estávamos "saindo", o que era um costume reconhecido, e não exatamente o mesmo que estar noivo. Havia uma estrada, que se ramificava da estrada para Upper Binfield, e corria sob a borda das colinas. Havia um longo trecho, quase um quilômetro, bastante reto e orlado de enormes castanheiras-da-índia, e, na grama ao lado, havia uma trilha sob os galhos que era conhecida como Beco dos Namorados. Costumávamos ir lá nas noites de maio, quando as castanheiras davam flores. Então, vieram as noites curtas, e ficava claro por horas depois que saíamos da loja. Você conhece a sensação de uma noite de junho. O tipo de crepúsculo azul que continua e continua, e o ar roçando em seu rosto como seda. Às vezes, nas tardes de domingo, íamos para Chamford Hill e descíamos para os prados encharcados ao longo do Tâmisa. 1913! Meu Deus! 1913!

A quietude, a água verde, o barulho da represa! Isso nunca vai voltar. Não quero dizer que 1913 nunca mais voltará. Quero dizer a sensação dentro de você, a sensação de não estar com pressa e de não estar com medo, a sensação que você teve e não precisa ser contada, ou não teve e nunca terá a chance conhecer.

Foi só no final do verão que começamos o que é chamado de morar junto. Eu era muito tímido e desajeitado para dar o primeiro passo, e muito ignorante para perceber que existiram outros antes de mim. Numa tarde de domingo, fomos para um bosque de faias em torno de Upper Binfield. Lá em cima, sempre é possível ficar sozinho. Eu a queria muito e sabia muito bem que ela estava apenas esperando que eu começasse. Algo, não sei o quê, colocou na minha cabeça de entrar no terreno da Casa Binfield. O velho Hodges, que já tinha mais de 70 anos e estava ficando muito rabugento, era capaz de nos expulsar, mas provavelmente estaria dormindo em uma tarde de domingo. Deslizamos por uma abertura na cerca e descemos a trilha entre as faias até a grande lagoa. Fazia quatro anos ou mais desde que eu estivera ali. Nada havia mudado. Ainda existia a solidão absoluta, a sensação de estar escondido com as grandes árvores ao seu redor, a velha casa de barcos apodrecendo entre os juncos. Deitamo-nos na pequena depressão de grama ao lado da hortelã-pimenta selvagem e ficamos tão sozinhos como se estivéssemos na África Central. Eu a beijei, Deus sabe quantas vezes, e então me levantei e estava vagando de novo. Eu a queria muito e queria mergulhar, mas estava meio assustado. E, curiosamente, havia outro pensamento em minha mente ao mesmo tempo. De repente, percebi que durante anos eu pretendia voltar aqui e nunca tinha vindo. Agora que estava tão perto, parecia uma pena não descer ao outro tanque e dar uma olhada na grande carpa. Senti que depois me arrependeria se perdesse a chance; na verdade, não conseguia imaginar por que não tinha voltado antes. As carpas estavam guardadas em minha mente, ninguém sabia delas exceto eu, eu as pegaria algum dia. Eram praticamente MINHAS carpas. Na verdade, comecei a vagar ao longo da margem naquela direção e, então, quando andei cerca de dez metros, voltei. Precisava abrir caminho através de uma espécie de selva de espinheiros e galhos podres, e eu estava vestido com minha melhor roupa de domingo. Terno cinza escuro, chapéu-coco, botas de botão e uma gola que quase cortava minhas orelhas. Era assim que as pessoas se vestiam para caminhadas nas tardes de domingo naquela época. E eu queria muito a Elsie. Eu voltei e fiquei ao lado dela por um momento. Ela estava deitada na grama com o braço sobre o rosto e não se mexeu quando me ouviu chegar. Em seu vestido preto ela parecia – não sei como, meio macia, meio maleável, como se seu corpo fosse um tipo de coisa maleável com a qual você poderia fazer o que quisesse. Era minha, e eu poderia tê-la neste minuto, se quisesse. De repente, parei de ter medo, joguei meu chapéu na grama (quicou, eu me lembro), ajoelhei-me e a segurei. Ainda posso sentir o cheiro da hortelã selvagem. Foi a minha primeira vez, mas não foi a primeira dela, e não fizemos a bagunça que você poderia esperar. Então, foi isso. A grande carpa sumiu de minha mente de novo e, de fato, durante anos depois disso, quase não pensei nelas.

1913. 1914. A primavera de 1914. Primeiro o abrunheiro, depois o espinheiro, depois as castanheiras floridas. As tardes de domingo ao longo do caminho de sirga, e o vento agitando os canteiros de junco de modo que eles balançavam todos juntos em grandes massas espessas e pareciam, de alguma forma, com o cabelo de uma mulher. As intermináveis noites de junho, o caminho sob as castanheiras, uma coruja piando em algum lugar e o corpo de Elsie contra o meu. Foi um mês de julho quente naquele ano. Como suávamos na loja, e como cheirava a queijo e a café moído! E aí o frio da noite lá fora, o cheiro de flores silvestres e tabaco de cachimbo na alameda atrás dos loteamentos, a poeira macia sob os pés e os noitibós caçando os besouros.

Minha nossa! De que adianta dizer que não se deve ser sentimental com o "antes da guerra"? EU SOU sentimental com essa época. Você também, caso você se lembre. É bem verdade que, se olhar para trás para qualquer período, você tende a se lembrar dos momentos agradáveis. Isso é verdade mesmo na guerra. Mas também é verdade que as pessoas naquela época tinham algo que não temos agora.

O quê? Acontecia, simplesmente, que eles não pensavam no futuro como algo para se assustar. Não que a vida fosse mais suave do que agora. Na verdade, era mais dura. As pessoas em geral trabalharam mais, viveram com menos conforto e morreram de forma mais dolorosa. Os camponeses trabalhavam durante horas terríveis por catorze xelins por semana e acabavam aleijados, exaustos, com uma pensão de cinco xelins por idade e uma meia coroa ocasional dada pela paróquia. E o que era chamado de pobreza "respeitável" era ainda pior. Quando o pequeno Watson, um pequeno carpinteiro do outro lado da High Street, "faliu", após anos de luta, seu patrimônio era de duas libras, nove pence e seis xelins, e ele morreu quase imediatamente do que foi chamado de "problema gástrico", mas o médico revelou que era inanição. Mesmo assim, ele se agarrou à sobrecasaca até o fim. O velho Crimp, o assistente do relojoeiro, trabalhador habilidoso que estava no ramo, de menino a homem feito, havia cinquenta anos, teve catarata e precisou ir para o abrigo. Seus netos uivaram na rua quando o levaram. Sua esposa saiu para receber caridade e, com esforços desesperados, conseguia enviar-lhe um xelim por semana como mesada. Você via coisas horríveis acontecendo às vezes. Pequenos negócios falindo, comerciantes sólidos indo aos poucos à bancarrota, pessoas morrendo de câncer e doenças hepáticas, maridos bêbados fazendo juramentos todas as segundas-feiras e quebrando-o todos os sábados, meninas arruinadas para o resto da vida por um bebê ilegítimo. As casas não tinham banheiro, você quebrava o gelo da sua bacia nas manhãs de inverno, as ruas de trás fediam como o diabo no tempo quente, e o cemitério ficava cheio no meio da cidade, de modo que você nunca passava um dia sem se lembrar de como teria que morrer. E, no entanto, o que as pessoas tinham naquela época? Uma sensação de segurança, mesmo quando não estavam seguros.

Um pouco de ar, por favor

Mais exatamente, era uma sensação de continuidade. Todos sabiam que morreriam, e acho que alguns deles sabiam que iriam à falência, mas o que não sabiam é que a ordem das coisas poderia mudar. O que quer que acontecesse com eles mesmos, as coisas continuariam como as conheciam. Não acredito que tenha feito muita diferença que o que se chama de crença religiosa ainda prevalecesse naqueles dias. É verdade que quase todo mundo ia à igreja, pelo menos no interior – Elsie e eu ainda íamos à igreja naturalmente, mesmo quando estávamos vivendo no que o vigário teria chamado de pecado –, e, se você perguntasse às pessoas se elas acreditavam em uma vida após a morte, geralmente respondiam que sim. Mas nunca conheci alguém que me desse a impressão de realmente acreditar em uma vida futura. Acho que, no máximo, as pessoas acreditam nesse tipo de coisa da mesma forma que as crianças acreditam no Papai Noel. Mas é precisamente em um período estabelecido, em que a civilização parece estar sobre suas quatro patas como um elefante, que coisas como uma vida futura não importam. É fácil morrer se as coisas com que você se preocupa vão sobreviver. Você teve sua vida, está ficando cansado, é hora de ir para baixo da terra – é assim que as pessoas costumavam pensar. Individualmente estavam acabados, mas seu modo de vida continuaria. Seu bem e mal permaneceriam bons e maus. Não sentiram o chão em que pisaram se mexendo sob seus pés.

Meu pai estava falindo e não sabia disso. Acontece apenas que os tempos estavam muito ruins, o comércio parecia diminuir e diminuir, suas contas estavam cada vez mais difíceis de pagar. Graças a Deus, ele nunca soube que estava arruinado, nunca realmente faliu, porque morreu repentinamente (foi a gripe que se transformou em pneumonia) no início de 1915. No final, ele acreditava que, com parcimônia, trabalho duro e negociações justas, um homem não pode dar errado. Deve ter havido muitos pequenos lojistas que levaram essa crença não apenas para leitos de morte falidos, mas até mesmo para o abrigo. Mesmo Lovegrove, o seleiro, com carros e furgões motorizados encarando-o, não percebeu que estava tão desatualizado quanto rinocerontes. E mamãe também – mamãe nunca viveu para saber que a vida para a qual ela fora criada, a vida de filha de um lojista decente e temente a Deus, e de uma esposa decente de um lojista temente a Deus no reinado da boa rainha Victoria, estava acabada para sempre. Os tempos eram difíceis, e o comércio estava ruim, papai se preocupava e isso era "irritante", mas a gente continuava como de costume. A mesma velha ordem de vida inglesa não podia mudar. Para todo o sempre, mulheres decentes e tementes a Deus, cozinhavam pudim de Yorkshire e bolinhos de maçã em enormes fornos de carvão, usavam roupas de baixo de lã e dormiam sobre penas, faziam geleia de ameixa no mês de julho e picles em outubro e liam *Hilda's Home Companion* à tarde, com moscas zumbindo ao redor, em uma espécie de pequeno e aconchegante submundo de chá fervido, pernas ruins e finais felizes. Não digo que o pai ou a mãe foram exatamente iguais até o fim. Eles estavam um pouco abalados e, às vezes, um pouco desanimados. Mas pelo menos nunca viveram para saber que tudo em que acreditaram era apenas lixo. Viveram o final de uma época, quando tudo estava se dissolvendo em uma espécie de fluxo medonho, e não sabiam disso. Eles pensaram que duraria pela eternidade. Não dava para culpá-los. Era assim que parecia.

Então, veio o final de julho, e até Lower Binfield percebeu que coisas estavam acontecendo. Durante dias, houve uma agitação vaga e tremenda, e intermináveis artigos importantes nos jornais, que o pai, de fato, trouxe da loja para ler em voz alta para a mãe. E de repente os pôsteres em todos os lugares:

ULTIMATO ALEMÃO. FRANÇA SE MOBILIZANDO

Por vários dias (quatro dias, não foram? esqueci as datas exatas) havia uma estranha sensação de sufocamento, uma espécie de silêncio ansioso, como o momento antes de uma tempestade irromper, como se toda a Inglaterra estivesse em silêncio e à espreita. Estava muito quente, eu lembro. Na loja, era como se não conseguíssemos trabalhar, embora já todos na vizinhança que tinham cinco contos de sobra estivessem correndo para comprar enlatados, farinha e aveia em quantidade. Era como se estivéssemos com muita febre para trabalhar, apenas suávamos e esperávamos. À noite, as pessoas iam à estação ferroviária e lutavam como demônios pelos jornais noturnos que chegavam no trem de Londres.

E então, uma tarde, um menino desceu correndo a High Street com uma braçada de jornais, e as pessoas estavam entrando em suas portas para gritar do outro lado da rua. Todo mundo estava gritando "Nós entramos! Nós entramos!". O menino pegou um cartaz do seu pacote e o colocou na frente da loja:

INGLATERRA DECLARA GUERRA À ALEMANHA

Corremos para a calçada, os três assistentes, e comemoramos. Todo mundo estava comemorando. Sim, comemorando. Mas o velho Grimmett, embora já tivesse se saído muito bem com o susto da guerra, ainda se apegou a um pouco de seus princípios liberais, "não apoiou" a guerra e disse que seria um péssimo negócio.

Dois meses depois, eu estava no Exército. Sete meses depois, eu estava na França.

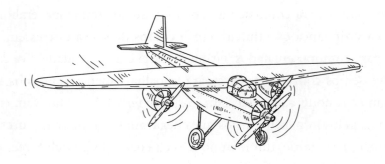

CAPÍTULO 8

Só fui ferido no final de 1916.

Tínhamos acabado de sair das trincheiras e estávamos marchando por um trecho de estrada com cerca de um quilômetro e meio, que deveria ser seguro, mas que os alemães deviam ter alcançado algum tempo antes. De repente, começaram a disparar algumas granadas – eram alto explosivos pesados, e disparavam apenas cerca de um por minuto. Vinha o usual *"zuiii"* e, então, *"BUM!"* em um campo em algum lugar à direita. Acho que foi a terceira granada que me pegou. Soube assim que a ouvi chegando, que tinha meu nome escrito nela. Dizem que a gente sempre sabe. Não dizem o que uma granada comum diz. Ela diz: "Estou atrás de você, seu b--, VOCÊ, seu b--, VOCÊ!" – tudo isso no espaço de três segundos. E, por fim, você era a explosão.

Senti-me como se uma enorme mão de ar me arrastasse. E logo caí, com uma sensação de estouro, estraçalhamento, entre um monte de latas velhas, lascas de madeira, arame farpado enferrujado, cocô, cartuchos vazios e outras sujeiras, na vala ao lado da estrada. Quando tiraram a sujeira de cima de mim, descobriram que eu não estava muito ferido. Era apenas um monte de pequenos estilhaços no meu traseiro e na parte de trás das minhas pernas. Mas, por sorte, eu quebrei a costela na queda, o que era ruim o suficiente para me levarem de volta à Inglaterra. Passei aquele inverno em um hospital de campanha perto de Eastbourne.

Você se lembra daqueles hospitais de campanha em tempos de guerra? As longas filas de cabanas de madeira, que pareciam galinheiros, presas bem no topo daquelas colinas geladas bestiais – a "Costa Sul", as pessoas costumavam chamá-la assim, o que me fez imaginar como seria a Costa Norte –, onde o vento parece soprar em você de todas as direções ao mesmo tempo. E a multidão de caras em seus ternos de flanela azul-claro e gravatas vermelhas, vagando para cima e para baixo procurando um lugar protegido do vento sem encontrar um. Às vezes, as crianças das escolas para meninos em Eastbourne costumavam ser conduzidas em carrinhos para distribuir cigarros e cremes de hortelã aos "soldados feridos", como nos chamavam. Um garoto de rosto rosado, de cerca de 8 anos, caminhou até um grupo de homens feridos sentados na grama, abriu um pacote de Woodbines e prontamente entregou um cigarro a cada homem, era exatamente como alimentar os macacos no zoológico. Qualquer um que fosse forte o suficiente costumava vagar por quilômetros nas colinas na esperança de encontrar garotas. Nunca havia o suficiente para todos. No vale abaixo do acampamento havia uma espécie de pequeno bosque e, muito antes do anoitecer, você via um casal colado a cada árvore e, às vezes, se fosse uma árvore grossa, um de cada lado. Minha principal lembrança daquela época é sentar-me contra um arbusto de tojo, no vento gélido, com meus dedos tão frios que eu não conseguia dobrá-los ou sentir o gosto de creme de hortelã na boca. Esse é uma típica lembrança de um soldado. Mas eu estava me livrando da vida de soldado ao mesmo tempo. O comandante indicou meu nome para uma patente pouco antes de eu ter sido ferido. Nessa época, estavam desesperados por oficiais, e qualquer um que não fosse iletrado podia ter uma patente se quisesse. Fui direto do hospital para um campo de treinamento de oficiais perto de Colchester.

São muito estranhas as coisas que a guerra fez às pessoas. Fazia menos de três anos que eu era um vendedor jovem e ágil, curvando-me sobre o balcão com meu avental branco e dizendo "Sim, senhora! Certamente, madame! E o próximo pedido, senhora?", com uma vida de comerciante pela frente e com tanta perspectiva de me tornar um oficial do Exército quanto de conseguir um título de cavaleiro. E ali estava eu, arrogante com um chapéu exagerado e um colarinho amarelo e, mais ou menos, fazendo minha parte entre uma multidão de outros oficiais temporários e alguns que nem eram temporários. E – essa é realmente a questão – não sentia nada estranho. Nada parecia estranho naquela época.

Era como uma máquina enorme que se apoderava de você. Não tínhamos a sensação de agir por vontade própria e, ao mesmo tempo, nenhuma ideia para tentar resistir. Se as pessoas não tivessem esse sentimento, nenhuma guerra duraria três meses. Os exércitos simplesmente fariam as malas e iriam para casa. Por que entrei para o Exército? Ou o milhão de outros idiotas que se alistaram antes do recrutamento? Em parte, por brincadeira e, em parte, por causa da Inglaterra, minha Inglaterra e os britânicos nunca, nunca, e todas essas coisas. Mas quanto tempo isso durou? A maioria dos caras que eu conhecia havia se esquecido completamente disso muito antes de chegarem à França. Os homens nas trincheiras não eram patriotas, não odiavam o *Kaiser*, não ligavam a mínima para a pequena e galante Bélgica, e os alemães estuprando freiras nas mesas (era sempre "nas mesas", como se isso tornasse tudo pior) nas ruas de Bruxelas. Por outro lado, não lhes ocorreu tentar escapar. A máquina pegava você e poderia fazer o que quisesse. Ela o erguia e o jogava entre lugares e coisas com que você nunca sonhou, e se tivesse jogado você na superfície da lua não teria parecido especialmente estranho. No dia em que entrei para o Exército, a vida antiga acabou. Era como se isso não me preocupasse mais. Eu me pergunto, você acreditaria que, daquele dia em diante, eu só voltei uma vez para Lower Binfield, e foi para o funeral de mamãe? Parece incrível agora, mas parecia bastante natural na época. Em parte, admito, foi por causa de Elsie, para quem, é claro, parei de escrever depois de dois ou três meses. Sem dúvida ela ficou com outra pessoa, mas eu não queria encontrá-la. Do contrário, talvez, quando eu estivesse de licença, teria ido visitar minha mamãe, que teve um ataque quando entrei para o Exército, mas teria orgulho de um filho de uniforme.

Meu pai morreu em 1915. Na época, eu estava na França. Não exagero quando digo que a morte de papai me entristece mais agora do que antes. Na época eram apenas más notícias que aceitei quase sem interesse, do jeito meio vazio e apático com que se aceita tudo nas trincheiras. Lembro-me de rastejar até a porta do abrigo para obter luz suficiente e ler a carta, e me lembro das manchas de lágrimas de mamãe na carta, da sensação de dor nos joelhos e do cheiro de lama. A apólice de seguro de vida do meu pai estava hipotecada pela maior parte de seu valor, mas havia um pouco de dinheiro no banco, e os Sarazins comprariam as ações e até pagariam uma pequena quantia por caridade. Enfim, mamãe tinha pouco mais de duzentas libras, além dos móveis. Por algum tempo, ela foi se hospedar com a prima, esposa de um pequeno empresário, que estava se saindo muito bem durante a guerra, perto de Doxley, a alguns quilômetros do outro lado de Walton. Foi apenas "por um tempo". Havia uma sensação temporária em tudo. Nos velhos tempos, que na verdade mal tinham um ano, a coisa toda teria sido um desastre terrível. Com meu pai morto, a loja vendida e mamãe sozinha no mundo com duzentas libras, era possível ver se desenvolver diante dos olhos uma espécie de tragédia em quinze atos, sendo o último ato o funeral de uma indigente. Mas agora a guerra e a sensação de não ser o próprio dono obscureciam tudo. As pessoas dificilmente pensavam em coisas como falência e abrigo por muito tempo. Foi o que aconteceu até com mamãe, que, Deus sabe, tinha apenas noções muito vagas sobre a guerra. Além disso, ela já estava morrendo, embora nenhum de nós soubesse disso.

Ela veio me ver no hospital em Eastbourne. Fazia mais de dois anos desde que eu a tinha visto, e sua aparência me deu um choque. Ela parecia ter desbotado e, de alguma forma, encolhido. Em parte, porque nessa época eu já era adulto, tinha viajado e tudo parecia menor para mim, mas não havia dúvida de que ela havia emagrecido e também estava mais amarelada. Ela falava à velha maneira desconexa sobre tia Martha (era a prima com quem ela estava morando), das mudanças em Lower Binfield desde a guerra, de todos os meninos que tinham "ido" (ou seja, se juntou ao Exército), sua indigestão que era "agravante", da lápide do pobre pai e do cadáver adorável que ele fora. Era a velha conversa, a conversa que eu ouvia fazia anos, mas, de alguma forma, era como um fantasma falando. Isso não me preocupava mais. Eu a conhecia como um tipo grande e esplêndido de criatura protetora. Um pouco como a figura de proa de um navio e um pouco como uma galinha choca e, afinal, ela era apenas uma velhinha de vestido preto. Tudo estava mudando e desbotando. Essa foi a última vez que a vi em vida. Recebi um telegrama dizendo que ela estava gravemente doente, quando eu estava na escola de treinamento em Colchester, e imediatamente pedi uma licença urgente de uma semana. Mas era tarde demais. Ela estava morta quando cheguei a Doxley. O que ela e todos os outros imaginaram ser indigestão foi algum tipo de crescimento de massa interno, e uma fisgada repentina no estômago deu o toque final. O médico tentou me animar dizendo que o tumor era "benigno", o que me pareceu estranho chamá-lo, visto que a tinha matado.

Bem, nós a enterramos ao lado de papai, e esse foi meu último vislumbre de Lower Binfield. Mudou muito, mesmo em três anos. Algumas das lojas estavam fechadas, algumas com nomes diferentes. Quase todos os homens que eu conheci quando meninos haviam partido, e alguns deles estavam mortos. Sid Lovegrove estava morto, morto no Somme. Ginger Watson, o fazendeiro que pertencera à Mão Negra anos atrás, aquele que costumava pegar coelhos vivos, morrera no Egito. Um dos caras que trabalhavam comigo no Grimmett tinha perdido as duas pernas. O velho Lovegrove tinha fechado sua loja e estava morando em uma cabana perto de Walton com uma pequena aposentadoria. O velho Grimmett, por outro lado, estava se saindo bem com a guerra, havia se tornado patriota e era membro do conselho local que julgava objetores conscienciosos. O que, mais do que qualquer outra coisa, dava à cidade uma aparência vazia e desamparada, era que praticamente não havia mais cavalos. Cada cavalo que valesse a pena pegar havia sido confiscado muito tempo antes. A charrete da estação ainda existia, mas o animal que a conduzia não teria sido capaz de ficar em pé se não fosse pelas traves. Durante mais ou menos uma hora em que estive lá, antes do funeral, vaguei pela cidade, dizendo como vai às pessoas e exibindo meu uniforme. Felizmente, não encontrei Elsie. Vi todas as mudanças, mas era como se eu não as tivesse visto. Minha mente estava voltada para outras coisas, principalmente o prazer de ser visto com meu uniforme de oficial, com minha braçadeira preta (uma coisa que fica bem bonita sobre o tecido cáqui) e minhas novas calças de lã. Lembro claramente que ainda estava pensando naquelas calças de lã quando paramos ao lado do túmulo. E então jogaram um pouco de terra no caixão e, de repente, percebi o que significava sua mãe estar deitada com dois metros de terra em cima dela, e algo meio que se contraiu atrás dos meus olhos e nariz, mas, mesmo assim, as calças de lã não tinham saído por completo da minha mente.

    Não pense que não senti pela morte de mamãe. Eu senti. Eu não estava mais nas trincheiras, podia sentir por uma morte. Mas o que eu não me importava nem um pouco, nem mesmo percebia que estava acontecendo, era o fim da velha vida que eu conhecia. Após o funeral, tia Martha, que estava bastante orgulhosa de ter um "oficial de verdade" como sobrinho e teria feito um barulho no funeral se eu a deixasse, voltou para Doxley no ônibus, e eu peguei a charrete até a estação para pegar o trem para Londres e depois para Colchester. Passamos pela loja. Ninguém a havia comprado desde que meu pai morrera. Estava fechada, a vidraça estava preta de poeira, e eles queimaram o "S. Bowling" da placa com um maçarico. Bem, havia a casa onde fui criança, garoto e um jovem adulto. Onde rastejei pelo chão da cozinha e cheirei o sanfeno e li "Donovan, o

Destemido". Onde fiz meu dever de casa para a Escola de Alfabetização, misturei pasta de pão, consertei perfurações na bicicleta e experimentei meu primeiro colarinho alto. Tinha sido tão permanente para mim quanto as pirâmides, e agora seria apenas um acaso se eu colocasse os pés nela novamente. Pai, mãe, Joe, os meninos de recados, o velho Nailer, o terrier, Spot – que veio depois de Nailer, Jackie, o dom-fafe, os gatos, os ratos do sótão, tudo sumira, nada sobrou além de poeira. E eu não me importei nem um pouco. Lamentei que mamãe estivesse morta, lamentei até que meu pai estivesse morto, mas o tempo todo minha mente estava em outras coisas. Fiquei um pouco orgulhoso de ser visto andando de táxi, algo com que ainda não tinha me acostumado, e estava pensando na posição de minhas novas calças de algodão e nas minhas belas perneiras de oficial – tão diferentes das coisas ásperas que os soldados tinham de usar –, nos outros sujeitos em Colchester, nas sessenta libras que mamãe tinha deixado, nas celebrações que faríamos com elas. Além disso, estava agradecendo a Deus por não ter encontrado Elsie por acaso.

A guerra fez coisas extraordinárias com as pessoas. E o que era mais extraordinário do que a maneira como matava pessoas era como às vezes não as matava. Era como uma grande enchente que o empurrava para a morte e, de repente, atirava você em algum lugar isolado, onde você se pega fazendo coisas incríveis e inúteis e ganhando dinheiro extra por elas. Havia batalhões de trabalho fazendo estradas através do deserto que não levavam a lugar nenhum, havia caras abandonados em ilhas oceânicas para cuidar de navios alemães que haviam sido afundados anos antes, havia ministérios disso e daquilo com exércitos de escriturários e datilógrafos que continuaram existindo anos após o fim de sua função, por uma espécie de inércia. Pessoas eram empurradas para empregos sem sentido e depois esquecidas pelas autoridades por anos a fio. Foi o que aconteceu comigo, ou muito provavelmente eu não estaria aqui. Toda a sequência de eventos é bastante interessante.

Um pouco depois de minha convocação, houve uma chamada por oficiais do Corpo de Exército. Assim que o comandante do campo de treinamento soube que eu sabia algo sobre o comércio de alimentos (não contei que realmente estava atrás do balcão), ele me disse para enviar meu nome. Deu certo, e eu estava prestes a partir para outra escola de treinamento para oficiais do Corpo do Exército em algum lugar no interior, quando houve uma demanda por um jovem oficial com conhecimento no comércio de alimentos para atuar como uma espécie de secretário de Sir Joseph Cheam, que era uma grande figura no Corpo do Exército. Deus sabe por que me escolheram, mas, de qualquer forma, foi o que aconteceu. Desde então, penso que provavelmente trocaram meu nome com o de outra pessoa. Três dias depois, eu estava me apresentando no escritório de Sir Joseph. Era um velho magro, com postura e bastante bonito, com cabelos grisalhos e um nariz sério, o que imediatamente me impressionou. Parecia o soldado profissional perfeito, o Cavaleiro do Império, condecorado por mérito com uma placa, e poderia ser irmão gêmeo do sujeito do anúncio do De Reszke, embora na vida privada fosse presidente de uma das grandes cadeias de mercearias e famoso em todo o mundo para algo chamado Sistema Cheam para Cortes de Salários. Quando entrei, ele parou de escrever e me olhou.

– Você é um cavalheiro?

– Não, senhor.

– Ótimo. Então, talvez possamos trabalhar um pouco.

Em cerca de três minutos, ele arrancou de mim que eu não tinha experiência como secretário, não sabia taquigrafia, não podia usar uma máquina de escrever e havia trabalhado em uma mercearia por vinte e oito xelins por semana. No entanto, disse que sim, havia muitos cavalheiros neste maldito Exército, e ele estava procurando alguém que pudesse contar além de dez. Eu gostava dele e ansiava por trabalhar para ele, mas, naquele momento, os poderes misteriosos que pareciam estar comandando a guerra nos separaram novamente. Uma coisa chamada Força de Defesa da Costa Oeste estava sendo formada, ou melhor, estava sendo discutida, e havia uma vaga ideia de estabelecer depósitos de rações e outros depósitos em vários pontos ao longo da costa. Sir Joseph supostamente era o responsável pelos lixões no canto sudoeste da Inglaterra. Um dia depois de entrar em seu escritório, ele me mandou conferir as lojas em um lugar chamado Twelve Mile Dump, na costa norte da Cornualha. Ou melhor, meu trabalho era descobrir se existia alguma loja. Ninguém parecia certo sobre isso. Eu acabara de chegar lá e descobri que "as lojas" consistiam em onze latas de carne, quando um telegrama chegou do Escritório de Guerra me dizendo para cuidar das lojas no Twelve Mile Dump e permanecer lá até um novo aviso. Eu telegrafei de volta: "Não há lojas em Twelve Mile Dump". Tarde demais. No dia seguinte veio a carta oficial informando que eu era o Comandante Oficial de Twelve Mile Dump. E esse é realmente o fim da história. Permaneci Comandante Oficial de Twelve Mile Dump pelo resto da guerra.

Deus sabe do que se tratava. Não adianta me perguntar o que era a Força de Defesa da Costa Oeste ou o que deveriam fazer. Mesmo naquela época ninguém fingia saber. Em qualquer caso, não existia. Era apenas um esquema que havia flutuado na mente de alguém, seguindo algum rumor vago de uma invasão alemã na Irlanda, suponho. E os depósitos de comida que deveriam existir ao longo da costa também eram imaginários. A coisa toda existiu por cerca de três dias, como uma espécie de bolha, e então foi esquecida, e eu fui esquecido com ela. Meus onze enlatados foram deixados para trás por alguns oficiais que estiveram lá antes em alguma outra missão misteriosa. Também abandonaram um velho muito surdo chamado soldado Lidgebird. Nunca descobri o que Lidgebird deveria estar fazendo lá. Eu me pergunto se você acreditará que eu permaneci guardando aqueles onze enlatados da metade de 1917 até o início de 1919. Provavelmente não, mas é a verdade. E, na época, nem isso parecia particularmente estranho. Em 1918, o indivíduo simplesmente perdeu o hábito de esperar que as coisas acontecessem de maneira razoável.

Uma vez por mês eles me enviavam um enorme formulário oficial solicitando que eu declarasse o número e o estado de picaretas, ferramentas de entrincheiramento, rolos de arame farpado, cobertores, lençóis impermeáveis, equipamentos de primeiros socorros, folhas de ferro corrugado, latas de ameixa e geleia de maçã sob meus cuidados. Acabei por inserir "novo" em tudo e devolvi o formulário. Nunca aconteceu nada. Em Londres, alguém estava preenchendo os formulários em silêncio, e enviando mais formulários, e preenchendo-os, e assim por diante. Era assim que as coisas estavam acontecendo. Os misteriosos chefões que comandavam a guerra haviam se esquecido da minha existência. Eu não refresquei suas memórias. Estava em um retrocesso que não levava a lugar nenhum e, depois de dois anos na França, meu patriotismo não era tão fervoroso a ponto de querer sair disso.

Era uma parte solitária da costa onde nunca se via uma alma, exceto alguns caipiras que mal tinham ouvido falar que havia uma guerra. A quatrocentos metros de distância, descendo uma pequena colina, o mar estrondeava e subia sobre enormes planícies de areia. Nove meses do ano chovia, e nos outros três, um vento forte soprava do Atlântico. Não havia nada lá, exceto o soldado Lidgebird, eu, duas cabanas do Exército – uma delas uma cabana decente de dois cômodos onde eu habitava – e os onze enlatados de carne. Lidgebird era um velho demônio ranzinza, e eu nunca consegui tirar muito dele, exceto o fato de que ele era um agricultor antes de entrar para o Exército. Foi interessante ver como ele estava voltando rapidamente à profissão. Mesmo antes de eu chegar a Twelve Mile Dump, ele cavou um canteiro ao redor de uma das cabanas e começou a plantar batatas, no outono ele cavou outro canteiro até ter cerca de meio acre para cultivo, no início de 1918 ele começou criando galinhas que já eram bem numerosas no final do verão, e no final do ano ele arrumou repentinamente um porco, sabe Deus de onde. Acho que não passou pela cabeça dele se perguntar o que diabos estávamos fazendo lá, ou o que era a Força de Defesa da Costa Oeste, e se realmente existia. Não me surpreenderia saber que ele ainda está lá, criando porcos e batatas no local onde Twelve Mile Dump costumava ser. Eu espero que ele esteja. Boa sorte para ele.

Enquanto isso, eu estava fazendo algo que nunca tive a chance de fazer como um trabalho de tempo integral: ler.

Os oficiais que estiveram lá antes deixaram alguns livros para trás, a maioria edições baratas e quase todos eles o tipo de bobagem que as pessoas liam naquela época. Ian Hay e Sapper e as histórias de Craig Kennedy, e assim por diante. Mas, em algum momento ou outro, alguém que sabia quais livros valem a pena ler e quais não, esteve lá. Na época, eu mesmo não sabia nada do gênero. Os únicos livros que li voluntariamente foram histórias de detetive e, de certa forma, um livro obsceno sobre sexo. Deus sabe que não sou um intelectual nem agora, mas se você me perguntasse LÁ ATRÁS o nome de um "bom" livro, eu teria respondido *The Woman Thou Gavest Me*, ou (em memória do vigário) *Sesame and Lilies*. Em qualquer caso, um "bom" livro era um livro que não se tinha a pretensão de ler. Mas lá estava eu, em um trabalho no qual havia menos do que nada para fazer, com o mar estrondoso na praia e a chuva escorrendo pelas vidraças – e toda uma fileira de livros me encarando na estante temporária que alguém havia pregado na parede da cabana. Naturalmente, comecei a lê-la de ponta a ponta, com, no início, quase tanta vontade de discriminá-los quanto um porco abrindo caminho em um balde de lixo.

Mas entre eles havia três ou quatro livros que eram diferentes dos outros. Não, você entendeu errado! Não fique com a ideia de que de repente descobri Proust ou Henry James ou alguém assim. Eu não os teria lido mesmo se tivesse. Esses livros de que estou falando não eram nem um pouco intelectuais. Mas, de vez em quando, acontece de encontrarmos um livro que está exatamente no nível mental que estamos no momento, tanto que parece ter sido escrito especialmente para nós. Um deles era *As aventuras do Sr. Polly*, de H. G. Wells, em uma edição barata que estava caindo aos pedaços. Eu me pergunto se você pode imaginar o efeito que teve sobre mim, ser criado como eu fui criado, o filho de um lojista em uma cidade do interior, e então encontrar um livro como esse. Outro era a *Sinister Street*, de Compton Mackenzie. Tinha sido o escândalo da temporada alguns anos atrás, e eu até ouvi rumores vagos sobre ele em Lower Binfield. Outro era o *Vitória*, de Conrad. Mas livros como esse faziam pensar. E havia um número posterior de alguma revista com capa azul que trazia um conto de D. H. Lawrence nele. Não me lembro do nome dele. Era a história de um recruta alemão que empurra seu sargento-mor da borda de uma fortificação e, em seguida, sai sem avisar a ninguém e é pego no quarto de sua garota. Isso me intrigou muito. Eu não conseguia entender do que se tratava, mas ainda assim me deixou com uma vaga sensação de que gostaria de ler outros como ele.

Bem, por vários meses eu tive um apetite por livros que era quase como uma sede física. Foi a primeira leitura real que eu fiz desde meus dias de Dick Donovan. No começo, eu não tinha ideia de como começar a conseguir livros. Achei que a única maneira era comprá-los. Isso é interessante, eu acho. Mostra a diferença que a educação faz. Suponho que as crianças das classes médias, as classes médias de quinhentas libras por ano, saibam tudo sobre Mudie's e o Clube do Livro do *The Times* quando estão no berço. Um pouco depois, soube da existência de bibliotecas que emprestavam e fiz uma assinatura na Mudie's e outra em uma biblioteca em Bristol. E o quanto eu li durante o ano seguinte! Wells, Conrad, Kipling, Galsworthy, Barry Pain, W. W. Jacobs, Pett Ridge, Oliver Onions, Compton Mackenzie, H. Seton Merriman, Maurice Baring, Stephen McKenna, May Sinclair, Arnold Bennett, Anthony Hope, Elinor Glyn, O. Henry, Stephen Leacock, e até Silas Hocking e Jean Stratton Porter. Quantos nomes dessa lista você conhece? eu me pergunto. Metade dos livros que as pessoas levavam a sério naquela época estão esquecidos agora. Mas no começo engoli todos como uma baleia que se meteu em uma espicha de camarões. Apenas me deleitei com eles. Depois de um tempo, é claro, fiquei mais intelectual e comecei a distingui-los entre imbecis e não imbecis. Eu peguei *Filhos e amantes*, de Lawrence, e meio que gostei, e me diverti muito com *O retrato de Dorian Gray*, de Oscar Wilde, e *As novas mil e uma noites*, de Stevenson. Wells foi o autor que mais me impressionou. Li *Esther Waters*, de George Moore, e gostei, experimentei vários romances de Hardy e sempre fiquei preso no meio do caminho. Cheguei a ir a Ibsen, que me deixou com a vaga impressão de que na Noruega está sempre chovendo.

Era estranho, de verdade. Mesmo na época, isso me pareceu estranho. Eu era um oficial de segunda classe, sem quase nenhum sotaque *cockney*, e já conseguia distinguir entre Arnold Bennett e Elinor Glyn, mas apenas quatro anos antes eu cortava queijo atrás do balcão com meu avental branco e ansiava pelos dias em que seria um dono da mercearia. Se eu fizer a conta, devo admitir que a guerra me fez bem e mal. De qualquer forma, aquele ano de leitura de romances foi a única educação real, no sentido de aprender com livros, que já tive. Isso fez certas coisas em minha mente. Deu-me uma atitude, uma espécie de atitude questionadora, que provavelmente não teria se tivesse passado a vida de uma forma normal e sensata. Mas – me pergunto se você consegue entender isso – o que realmente me mudou, realmente me impressionou, não foram os livros que li, mas a horrível falta de sentido da vida que levava.

Realmente, aquela época, em 1918, era indescritivelmente sem sentido. Aqui estava eu, sentado ao lado do fogão em uma cabana do Exército, lendo romances, e, a algumas centenas de quilômetros de distância, na França, os canhões rugiam, e bandos de crianças infelizes, molhando suas calças de medo, estavam sendo empurradas para a barreira de metralhadoras, do mesmo modo que você atiraria um pedaço de carvão em uma fornalha. Fui um dos sortudos. Os superiores haviam tirado os olhos de mim, e aqui estava eu, em um pequeno buraco confortável, recebendo pagamento por um trabalho que não existia. Às vezes, eu entrava em pânico e tentava fazer com que se lembrassem de mim e me desenterrassem, mas isso nunca aconteceu. Os formulários oficiais, em papel cinza áspero, chegavam uma vez por mês, e eu os preenchia e devolvia, e mais formulários chegavam, e os preenchia e devolvia, e assim por diante. A coisa toda tinha tanto sentido quanto o sonho de um lunático. O efeito de tudo isso, mais os livros que estava lendo, foi me deixar com um sentimento de descrença em tudo.

Um pouco de ar, por favor

Eu não era o único. A guerra estava cheia de pontas soltas e cantos esquecidos. Nessa época, milhões de pessoas estavam presas em locais isolados de um tipo e de outro. Exércitos inteiros apodreciam em frentes cujos nomes as pessoas haviam esquecido. Havia ministérios enormes com hordas de funcionários e datilógrafos, todos tirando duas libras por semana ou mais para empilhar montes de papel. Além disso, sabiam perfeitamente que tudo o que faziam era empilhar montes de papel. Ninguém acreditava mais nas histórias de atrocidade e nas coisas da pequena Bélgica galante. Os soldados achavam que os alemães eram bons sujeitos e odiavam os franceses como a um veneno. Cada oficial subalterno considerava os membros do Estado-Maior Geral deficientes mentais. Uma espécie de onda de descrença estava se espalhando pela Inglaterra e chegou até Twelve Mile Dump. Seria um exagero dizer que a guerra transformou as pessoas em intelectuais, mas, naquele momento, os transformou em niilistas. Pessoas que normalmente teriam passado a vida com tanta tendência a pensar por si mesmas quanto um pudim seboso foram transformadas em bolcheviques apenas com a guerra. O que eu seria agora se não fosse pela guerra? Não sei, mas algo diferente do que sou. Se a guerra não matou você, certamente fez com que começasse a pensar. Depois daquela confusão idiota indescritível, não seria possível continuar considerando a sociedade como algo eterno e inquestionável, como uma pirâmide. Você sabia que era apenas uma confusão.

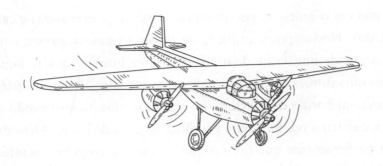

CAPÍTULO 9

A guerra me tirou da velha vida que eu conhecia, mas, no período estranho que se seguiu, eu a esqueci quase completamente.

Sei que, de certo modo, nunca se esquece de nada. Você se lembra daquele pedaço de casca de laranja que viu na sarjeta há treze anos e daquele cartaz colorido de Gim Torquay que, uma vez, você viu na sala de espera de uma ferrovia. Mas estou falando de um tipo diferente de lembrança. Em certo sentido, lembrei-me da antiga vida em Lower Binfield. Lembrei-me da minha vara de pescar e do cheiro de sanfeno e de mamãe atrás do bule marrom e de Jackie, a dom-fafe, e do cocho de cavalos na praça do mercado. Mas nada disso ficou vivo em minha mente por muito tempo. Era algo muito distante, algo que eu concluí. Nunca teria me ocorrido que algum dia eu poderia querer voltar a essa época.

Foi uma época estranha, aqueles anos logo após a guerra, quase mais estranha do que a própria guerra, embora as pessoas não se lembrem disso tão vividamente. De uma forma bastante diferente, a sensação de descrença em tudo era mais forte do que nunca. Milhões de homens foram repentinamente expulsos do Exército para descobrir que o país pelo qual lutaram não os queria, e Lloyd George e seus amigos estavam dando trabalho a qualquer ilusão que ainda existisse. Bandos de ex-militares marchavam para cima e para baixo sacudindo caixas de esmola, mulheres mascaradas cantavam nas ruas e colegas em túnicas de oficiais tocavam realejo. Todos na Inglaterra pareciam estar lutando por empregos, inclusive eu. Mas eu tive mais sorte do que a maioria. Recebi uma pequena gratificação pelo ferimento e, com isso e o pouco de dinheiro que guardei durante o último ano de guerra (não tendo tido muitas oportunidades de gastá-lo), saí do Exército com nada menos do que trezentos e cinquenta libras. É bastante interessante, eu acho, notar minha reação. Aqui estava eu, com dinheiro suficiente para fazer o que fui criado para fazer e o que sonhei por anos, ou seja, abrir uma loja. Eu tinha capital suficiente. Se você esperar e mantiver os olhos abertos, poderá encontrar pequenos negócios muito bons por trezentas e cinquenta libras. E, no entanto, se acreditar em mim, a ideia nunca me ocorreu. Não só não fiz qualquer movimento para abrir uma loja, mas só anos depois, por volta de 1925 na verdade, que me passou pela cabeça que poderia ter feito isso. O fato é que eu havia saído da órbita do comércio. Foi isso que o Exército fez comigo. Transformou-me em um cavalheiro de imitação e me deu uma ideia fixa de que sempre haveria um pouco de dinheiro vindo de algum lugar. Se a pessoa tivesse me sugerido, em 1919, que eu deveria abrir uma loja – uma tabacaria e doceria, digamos, ou um armazém em alguma aldeia esquecida por Deus –, eu teria rido. Eu usava emblemas no ombro e meu padrão social havia aumentado. Ao mesmo tempo, não compartilhava da ilusão, bastante comum entre os ex-oficiais, de que poderia passar o resto da vida bebendo gim rosa. Eu sabia que precisava de um emprego. E o trabalho, é claro, seria "nos negócios" – exatamente que tipo de trabalho eu não sabia, mas algo com prestígio e importância, algo com carro, telefone e, se possível, uma secretária com permanente nos cabelos. Durante o último ano de guerra, muitos de nós tivemos visões como essa. O cara que tinha sido um vendedor ambulante se via como um caixeiro-viajante, e o cara que tinha sido um caixeiro-viajante se via como diretor administrativo. Era o efeito da vida no Exército, o efeito de usar emblemas, ter um talão de cheques e chamar a refeição da noite de jantar. O tempo todo havia uma ideia circulando – e isso se aplicava aos homens de patente, bem como aos oficiais – de que, quando saíssemos do Exército, haveria empregos esperando por nós que trariam pelo menos tanto quanto o Exército paga. Claro, se ideias como essa não circulassem, nenhuma guerra seria travada.

Bem, eu não consegui esse trabalho. Parecia que ninguém estava ansioso para me pagar duas mil libras por ano para sentar-me junto a mobília de escritório simplificada e ditar cartas para uma loira platinada. Eu estava descobrindo o que três quartos dos caras que haviam sido oficiais estavam descobrindo – que, do ponto de vista financeiro, estávamos melhor no Exército do que provavelmente estaríamos novamente. Tínhamos subitamente mudado de cavalheiros que mantinham o posto em nome de Sua Majestade para miseráveis desempregados que ninguém queria. Minhas ideias logo caíram de duas mil por ano para três ou quatro libras por semana. Mas mesmo os empregos do tipo três ou quatro libras por semana pareciam não existir. Todo trabalho de reles mortais já estava preenchido, ou por homens que eram alguns anos velhos demais para lutar ou por garotos que eram alguns meses jovens demais. Os pobres coitados que nasceram entre 1890 e 1900 foram deixados de fora. E ainda assim nunca me ocorreu voltar ao negócio de mercearia. Provavelmente eu poderia ter conseguido um emprego como assistente de mercearia; o velho Grimmett, se ainda estivesse vivo e nos negócios (eu não estava em contato com Lower Binfield e não sabia), teria me dado boas referências. Mas passei para uma órbita diferente. Mesmo que minhas ideias sociais não tivessem surgido, eu dificilmente poderia imaginar, depois do que vi e aprendi, voltar à velha existência segura atrás do balcão. Eu queria estar viajando e ganhando muito dinheiro. Queria principalmente ser caixeiro-viajante, o que eu sabia que me serviria.

Mas não havia empregos para caixeiros-viajantes, ou seja, empregos com salário vinculado. O que havia, no entanto, eram trabalhos por comissão. Essa agitação estava apenas começando em grande escala. É um método lindamente simples de aumentar suas vendas e anunciar seus produtos sem correr riscos, e ele sempre floresce em tempos difíceis. Eles o mantêm sob controle, sugerindo que talvez haja um emprego assalariado em três meses, e, quando você fica farto, sempre há algum outro pobre-diabo pronto para assumir. Claro, não demorou muito para que eu tivesse um trabalho comissionado; na verdade, tive um bom número em rápida sucessão. Graças a Deus, nunca cheguei a vender aspiradores de pó ou dicionários. Mas viajei com talheres, sabão em pó, com uma linha de saca-rolhas, abridores de lata e dispositivos semelhantes e, finalmente, com uma linha de acessórios de escritório – clipes de papel, papel carbono, fitas de máquina de escrever, e assim por diante. Também não me saí tão mal. Sou do tipo que CONSEGUE vender coisas por comissão. Tenho disposição e maneiras. Mas nunca cheguei perto de ter uma vida decente. Você não consegue, em empregos como esse – e, claro, você não foi feito para isso.

Fiquei cerca de um ano nisso. Foi uma época estranha. As viagens pelo país, os lugares sem Deus que busquei, os subúrbios das cidades do interior que nunca se ouviria falar em uma centena de vidas comuns. As horríveis pousadas onde os lençóis sempre cheiram levemente a restos e o ovo frito no café da manhã tem uma gema mais clara que limão. E os outros pobres-diabos dos vendedores que sempre se encontra, pais de família de meia-idade em sobretudos roídos pelas traças e chapéus-coco, que honestamente acreditam que mais cedo ou mais tarde o comércio vai ter uma reviravolta e eles aumentarão seus ganhos em até cinco libras por semana. E as perambulações de loja em loja, e as discussões com lojistas que não querem ouvir, e dar um passo atrás e se encolher quando um cliente chega. Não pense que isso me preocupava especialmente. Para alguns sujeitos, esse tipo de vida é uma tortura. Há sujeitos que não conseguem nem entrar em uma loja e abrir a sacola de amostras sem trocar os pés pelas mãos, como se estivessem exagerando. Mas não sou assim. Sou durão, posso convencer as pessoas a comprar coisas que não querem e, mesmo que batam a porta na minha cara, isso não me incomoda. Vender coisas por comissão é o que gosto de fazer, desde que eu consiga ver como ganhar um pouco de dinheiro com isso. Não sei se aprendi muito naquele ano, mas desaprendi muito. Aquilo me tirou as bobagens do Exército, e as noções que adquiri durante o ano ocioso, quando estava lendo romances, foram enfiadas no fundo da minha cabeça. Acho que não li um único livro, exceto histórias de detetive, o tempo todo em que estive na estrada. Não era mais um intelectual. Eu estava mergulhado nas realidades da vida moderna. E quais são as realidades da vida moderna? Bem, o principal é uma luta frenética e eterna para vender coisas. Para a maioria das pessoas, isso assume a forma de se vender – ou seja, conseguir um emprego e mantê-lo. Suponho que não tenha havido um único mês desde a guerra, em qualquer profissão que você queira citar, em que não houvesse mais homens do que empregos. Isso trazia um sentimento peculiar e horrível à vida. É como um navio afundando quando há dezenove sobreviventes e catorze salva-vidas. *Mas haverá algo de especialmente moderno nisso?*, você pergunta. Tem alguma coisa a ver com a guerra? Bem, parece que sim. Aquela sensação de que você tem que estar lutando e se esforçando eternamente, que você nunca conseguirá nada – a menos que você pegue de outra pessoa –, que sempre há alguém atrás do seu trabalho, no próximo mês ou no mês seguinte, eles estarão reduzindo o pessoal e é você quem vai pagar o pato – ISSO, eu juro, não existia na velha vida antes da guerra.

Mas, enquanto isso, eu não estava me saindo mal. Estava ganhando um pouco e ainda tinha muito dinheiro no banco, quase duzentas libras, e não tinha medo do futuro. Sabia que mais cedo ou mais tarde conseguiria um emprego regular. E, com certeza, depois de cerca de um ano, por um golpe de sorte, aconteceu. Digo por um golpe de sorte, mas o fato é que estava fadado a me prejudicar. Não sou do tipo que morre de fome.

Tenho a mesma probabilidade de acabar no abrigo que na Câmara dos Lordes. Sou do tipo mediano, do tipo que gravita por uma espécie de lei natural em direção ao nível de cinco libras por semana. Contanto que haja qualquer emprego, eu me virarei para conseguir um.

Aconteceu quando eu vendia clipes de papel e fitas de máquina de escrever. Eu tinha acabado de entrar em um enorme conjunto de escritórios na Fleet Street, na verdade, um prédio no qual os ambulantes não podiam entrar, mas consegui dar ao atendente do elevador a impressão de que minha bolsa de amostras era apenas uma pasta de documentos. Eu estava andando por um dos corredores, procurando os escritórios de uma firma de pasta de dente que me recomendaram, quando vi que um bambambã estava vindo pelo corredor na outra direção. Soube imediatamente que era um figurão. Sabe como são esses grandes empresários, parecem ocupar mais espaço e andar mais ruidosamente do que qualquer pessoa comum e emitem uma espécie de onda de dinheiro que você pode sentir a cinquenta metros de distância. Quando se aproximou de mim, vi que era Sir Joseph Cheam. Ele estava em roupas civis, claro, mas não tive dificuldade em reconhecê-lo. Suponho que estava lá para alguma conferência de negócios ou algo do tipo. Alguns funcionários, secretários ou algo assim, estavam andando atrás dele, na verdade não seguravam a cauda da túnica porque não estava usando uma, mas de alguma forma dava para sentir que era isso que estavam fazendo. É claro que me esquivei imediatamente. Mas, curiosamente, ele me reconheceu, embora não me visse havia anos. Para minha surpresa, parou e falou comigo.

– Ei, você! Já vi você em algum lugar antes. Qual é o seu nome? Está na ponta da língua.

– Bowling, senhor. Estava no Corpo de Exército.

– Claro. O rapaz que disse que não era um cavalheiro. O que está fazendo aqui?

Eu poderia ter dito a ele que estava vendendo fitas de máquina de escrever, e aí talvez tudo tivesse terminado. Mas eu tive uma daquelas inspirações repentinas que temos às vezes – a sensação de que eu poderia fazer algo se eu lidasse com isso da maneira adequada. Então, eu disse:

– Bem, senhor, na verdade estou procurando um emprego.

– Um trabalho, hein? Hum. Hoje em dia não está tão fácil.

Ele me olhou de cima a baixo por um segundo. Os dois carregadores de cauda tinham meio que se afastado um pouco. Vi seu velho rosto bastante bonito, com sobrancelhas grossas e grisalhas e nariz inteligente, olhando para mim e percebi que ele decidira me ajudar. É esquisito o poder desses homens ricos. Ele estava marchando por mim em seu poder e glória, com seus subordinados atrás dele, e então, por um capricho ou outro, ele se virou como um imperador, de repente jogando uma moeda para um mendigo.

– Então, você quer um emprego? O que você sabe fazer?

Mais uma vez a inspiração. Não adianta, com um cara como esse, mentir sobre seus próprios méritos. Atenha-se à verdade. Eu disse:

– Nada, senhor. Mas quero um emprego como caixeiro-viajante.

– Caixeiro-viajante? Hum. Não tenho certeza se tenho algo para você no momento. Vamos analisar.

Ele franziu os lábios. Por um momento, talvez meio minuto, ele estava pensando profundamente. Foi curioso. Mesmo na hora percebi que era curioso. Esse velho importante, que provavelmente valia, pelo menos, meio milhão, estava realmente pensando em meu nome. Eu o desviei de seu caminho e desperdicei pelo menos três minutos de seu tempo, tudo por causa de um comentário casual que fiz anos antes. Fiquei preso em sua lembrança e ele estava disposto a se dar ao trabalho que fosse necessário para encontrar um emprego para mim. Ouso dizer que, no mesmo dia, ele despediu vinte contínuos. Por fim, ele disse:

– Você gostaria de entrar em uma seguradora? Sempre bastante seguro, você sabe. As pessoas precisam ter seguro, assim como precisam comer.

É claro que tive a ideia de entrar em uma seguradora. Sir Joseph estava "interessado" na Flying Salamander. Só Deus sabe em quantas empresas estava "interessado". Um dos subordinados avançou com um bloco de anotações e, naquele momento, com a caneta de ouro tirada do bolso do colete, Sir Joseph rabiscou-me uma nota para algum superior na Flying Salamander. Agradeci, e ele continuou marchando, e eu me esgueirei na outra direção, e nunca mais nos vimos.

Bem, consegui o emprego e, como disse antes, o emprego me pegou. Estou com a Flying Salamander há quase dezoito anos. Comecei no escritório, mas agora sou o que se chama de inspetor ou, quando há razão para parecer especialmente impressionante, de representante. Alguns dias por semana trabalho no escritório do distrito, e no restante do tempo estou viajando, entrevistando clientes cujos nomes foram enviados pelos agentes locais, fazendo avaliações de lojas e outras propriedades e, aqui e ali, abocanhando alguns pedidos por minha conta. Ganho cerca de sete libras por semana. E, propriamente falando, esse é o fim da minha história.

Quando olho para trás, percebo que minha vida ativa, se é que alguma vez tive uma, acabou quando eu tinha 16 anos. Tudo o que realmente importa para mim aconteceu antes dessa data. Mas, por assim dizer, as coisas ainda estavam acontecendo – a guerra, por exemplo – até o momento em que consegui o trabalho na Flying Salamander. Depois disso... bem, dizem que pessoas felizes não têm histórias, nem os caras que trabalham em seguradoras. Daquele dia em diante não havia nada na minha vida que você pudesse descrever adequadamente como um evento, exceto que cerca de dois anos e meio depois, no início de 1923, eu me casei.

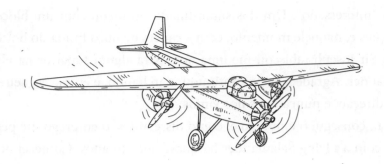

CAPÍTULO 10

    Eu estava morando em uma pensão em Ealing. Os anos estavam passando ou se arrastando. Lower Binfield havia quase desaparecido da minha memória. Eu era o jovem trabalhador de sempre, que corre para pegar o trem de 8h15 e cobiça o trabalho de outro sujeito. Era muito bem conceituado na empresa e estava muito satisfeito com a vida. A onda do sucesso do pós-guerra me pegou, mais ou menos. Você se lembra da linha de conversa. Energia, garra, valor e coragem. Embarque ou saia. Há muito espaço no topo. Não se mantém um bom homem por baixo. E os anúncios nas revistas sobre o sujeito que ganhou tapinhas no ombro do chefe, e o executivo de queixo pontudo que estava fazendo grana e atribuiu seu sucesso ao curso por correspondência de fulano de tal. É engraçado como todos nós engolimos isso, até caras como eu, para quem essas coisas não tinham o menor apelo. Porque não sou nem um empreendedor nem um fracassado e sou, por natureza, incapaz de sê-lo. Mas era o espírito da época. Junte-se a nós! Faça bem! Se você vir um homem caído, pule na barriga dele antes que se levante novamente. É claro que isso foi no início dos anos 1920, quando alguns dos efeitos da guerra haviam passado e a crise ainda não havia chegado para nos derrubar.

Eu tinha uma assinatura 'A' na Boots, ia a bailes de meia-coroa e pertencia a um clube de tênis local. Você conhece aqueles clubes de tênis nos subúrbios requintados – pequenos pavilhões de madeira e cercados de rede de arame altos, onde jovens rapazes em flanelas brancas mal cortadas pulam para cima e para baixo, gritando "Quinze e quarenta!" e "Vantagem!" em vozes que são uma imitação tolerável da classe alta.

Aprendi a jogar tênis, não dançava muito mal e me dava bem com as garotas. Com quase 30 anos, eu não era um sujeito feio, com meu rosto vermelho e cabelos cor de manteiga, e naquela época ainda era um ponto a favor ter lutado na guerra. Nunca, nem naquela época, nem em qualquer outro momento, consegui parecer um cavalheiro, mas, por outro lado, provavelmente não se teria me considerado um filho de um pequeno comerciante de uma cidade do interior. Eu consegui me manter na sociedade um tanto mesclada em um lugar como Ealing, onde a classe dos empregados de escritório se sobrepõe à classe dos profissionais medianos. Foi no clube de tênis que conheci Hilda.

Naquela época, Hilda tinha 24 anos. Era uma garota pequena, magra, um tanto tímida, com cabelos escuros, belos movimentos e – por ter olhos muito grandes – com uma nítida semelhança a uma lebre. Era daquelas pessoas que nunca falam muito, mas ficam perto de qualquer conversa que esteja acontecendo e dão a impressão de que estão ouvindo. Se ela dissesse alguma coisa, geralmente seria "Ah, sim, também acho", concordando com quem falara por último. No tênis, pulava muito graciosamente e não jogava mal, mas de alguma forma tinha um ar infantil e impotente. Seu sobrenome era Vincent.

Se você é casado, haverá momentos em que você diz a si mesmo "Por que diabos eu fiz isso?" e Deus sabe que já disse isso muitas vezes sobre Hilda. E, mais uma vez, olhando o matrimônio ao longo de quinze anos, me questiono por que me casei com a Hilda.

Em parte, é claro, porque ela era jovem e, de algum modo, muito bonita. Além disso, só posso dizer que, como ela veio de origens totalmente diferentes de mim, era muito difícil entender como ela realmente era. Tive que me casar com ela primeiro e descobrir sobre ela depois, ao passo que, se eu tivesse me casado, digamos, com Elsie Waters, eu saberia com quem estava me casando. Hilda pertencia a uma classe que só conhecia por ouvir dizer, a classe dos militares pobres. Por gerações anteriores, sua família tinha sido de soldados, marinheiros, clérigos, funcionários anglo-indianos e esse tipo de coisa. Nunca tiveram dinheiro, mas, por outro lado, nenhum deles jamais fizera nada que eu devesse reconhecer como trabalho. Diga o que quiser, há uma espécie de apelo esnobe nisso, se você pertence, como eu, à classe de lojistas tementes a Deus, à classe baixa da igreja e à classe do chá da tarde. Não teria nenhuma impressão de mim agora, mas teve naquela época. Não se engane com o que estou dizendo. Não quero dizer que me casei com a Hilda PORQUE ela pertencia à mesma classe que eu havia servido do outro lado do balcão com uma ideia de como subir na escala social. Acontece que eu não conseguia entendê-la e, portanto, fui capaz de ficar bobo com ela. E uma coisa que eu certamente não entendia é que as garotas dessas famílias de classe média sem um tostão casam-se com qualquer coisa que use calças apenas para fugir de casa.

Não demorou muito para que Hilda me levasse para sua casa para conhecer sua família. Eu não sabia, até então, que havia uma considerável colônia anglo-indiana em Ealing. Foi como descobrir um novo mundo! Foi uma grande revelação para mim.

Você conhece essas famílias anglo-indianas? É quase impossível, ao entrar na casa dessas pessoas, lembrar que, lá fora, estão na Inglaterra do século XX. Assim que se passa pela soleira, você entra na Índia dos anos 1880. Você conhece o tipo de atmosfera. Os móveis de teca entalhada, as bandejas de latão, os crânios de tigre empoeirados na parede, os charutos de Trichinopoly, os picles picantes, as fotografias amarelas de caras com chapéus de safári, as palavras em hindustâni cujo significado se espera que conheçamos, as anedotas eternas sobre caça a tigres e o que Smith disse a Jones em Poona, em 1887. É uma espécie de pequeno mundo próprio que criaram, como uma espécie de cisto. Para mim, é claro, tudo era muito novo e, de certa forma, bastante interessante. O velho Vincent, pai de Hilda, não estivera apenas na Índia, mas também em algum lugar ainda mais estranho, Bornéu ou Sarauaque, não me lembro. Era um tipo normal, completamente careca, quase invisível por trás do bigode e cheio de histórias sobre cobras, faixas na cintura e o que o administrador distrital disse em 1893. Também havia um filho, Harold, que tinha algum cargo oficial no Ceilão e estava em férias na casa quando conheci Hilda. Tinham uma casinha escura em uma daquelas travessas escondidas que existem em Ealing.

Cheirava o tempo todo a chifre de charutos de Trichinopoly e era tão cheio de lanças, cachimbos, ornamentos de latão e cabeças de animais selvagens que mal era possível se mover dentro delas.

O velho Vincent aposentou-se em 1910 e, desde então, ele e a esposa mostraram tanta atividade, mental ou física, quanto um casal de moluscos. Mas, na época, fiquei vagamente impressionado com uma família que tinha majores, coronéis e uma vez até um almirante. Minha atitude em relação aos Vincents, e a deles em relação a mim, é uma ilustração interessante de como as pessoas podem ser tolas quando saem do próprio ambiente. Coloque-me entre os executivos – sejam eles diretores de empresas ou caixeiros-viajantes – e sou um bom juiz de caráter. Mas não tinha nenhuma experiência com a classe de oficiais-arrendatários-
-clérigos e estava inclinado a obedecer a esses exilados decadentes. Eu os via como meus superiores sociais e intelectuais, enquanto, por outro lado, me confundiam com um jovem empresário em ascensão que em pouco tempo estaria ganhando muito dinheiro. Para pessoas desse tipo, "negócios", seja seguro marítimo, seja venda de amendoim, é apenas um mistério obscuro. Tudo o que sabem é que é algo bastante comum com o qual é possível ganhar dinheiro. O velho Vincent costumava falar de

maneira impressionante sobre eu estar "no negócio" – uma vez, eu me lembro, ele cometeu um lapso e disse "no comércio" – e obviamente não percebeu a diferença entre estar no negócio como um empregado e estar lá por conta própria. Tinha uma vaga noção de que, como eu estava "na" Flying Salamander, mais cedo ou mais tarde deveria chegar ao topo dela, por meio de um processo de promoção. Acredito ser possível que ele também tivesse imagens mentais dele mesmo me pedindo cinco libras em algum momento no futuro. Harold certamente tinha. Consegui ver isso nos olhos dele. Na verdade, mesmo com minha renda sendo o que é, provavelmente estaria emprestando dinheiro a Harold neste momento se ele estivesse vivo. Felizmente, ele morreu alguns anos depois de nos casarmos, de doença intestinal ou algo assim, e os dois velhos Vincents também morreram.

Bem, Hilda e eu somos casados, e desde o início foi um fracasso. *Por que você se casou com ela?*, você pergunta. Mas por que você se casou com a sua esposa? Essas coisas acontecem conosco. Eu me pergunto se você vai acreditar que, durante os primeiros dois ou três anos, pensei seriamente em matar Hilda. Claro que, na prática, nunca se faz essas coisas, são apenas um tipo de fantasia na qual gostamos de pensar. Além disso, caras que matam as esposas sempre são pegos. Por mais habilmente que você tenha falsificado o álibi, eles sabem muito bem que foi você quem fez isso e, de alguma forma, vão culpá-lo. Quando uma mulher é morta, seu marido é sempre o primeiro suspeito – o que dá uma pequena ideia do que as pessoas realmente pensam sobre o casamento.

Com o tempo, a gente se acostuma com tudo. Depois de um ou dois anos, parei de querer matá-la e comecei a me questionar sobre ela. Apenas me questionar. Por horas, às vezes, nas tardes de domingo ou à noite, quando volto do trabalho, fico deitado na cama completamente vestido, mas sem sapatos, pensando nas mulheres. Por que são assim, como ficam assim, se estão fazendo isso de propósito. Parece ser a coisa mais assustadora a rapidez com que algumas mulheres se despedaçam depois de casadas. É como se estivessem destinadas a fazer exatamente aquela coisa e, no instante em que o fazem, murcham como uma flor que lança sua semente. O que realmente me desanima é a atitude sombria em relação à vida que isso implica. Se o casamento fosse apenas uma fraude aberta – se a mulher o prendesse nele e depois se virasse e dissesse: "Agora, desgraçado, peguei você, e você vai trabalhar para mim enquanto eu me divirto!", eu não me importaria tanto. Mas não é assim. Elas não querem se divertir, apenas querem chegar à meia-idade o mais rápido possível. Após a batalha terrível para levar o homem ao altar, a mulher meio que relaxa, e toda a sua juventude, aparência, energia e alegria de vida simplesmente desaparecem da noite para o dia.

Foi assim com Hilda. Ali estava a garota bonita e delicada, que parecia para mim – e na verdade quando eu a conheci ela ERA – um tipo de animal mais refinado que eu e, em apenas cerca de três anos, ela virou uma mulher deprimida, sem vida e desleixada de meia-idade. Não estou negando que, em parte, fui uma das causas. Mas, com quem quer tivesse se casado, seria a mesma coisa.

O que falta à Hilda – descobri isso cerca de uma semana depois de nos casarmos – é qualquer tipo de alegria na vida, qualquer tipo de interesse pelas coisas por si só. A ideia de fazer as coisas porque se gosta delas é algo que ela mal consegue entender. Foi com Hilda que tive pela primeira vez uma noção de como são realmente essas famílias decadentes de classe média. O fato essencial sobre elas é que toda a sua vitalidade foi drenada por falta de dinheiro. Em famílias como essa, que vivem com pequenas pensões e rendimentos, ou seja, rendas que nunca aumentam e geralmente ficam menores, há mais sensação de pobreza, mais migalhas comidas e uma segunda olhada em lojas baratas do que você encontraria na família de qualquer trabalhador rural, muito menos em uma família como a minha. Hilda sempre me disse que quase a primeira coisa de que consegue se lembrar é uma sensação horrível de que nunca havia dinheiro suficiente para nada. É claro que, nesse tipo de família, a falta de dinheiro é sempre pior quando as crianças estão em idade escolar. Consequentemente, elas crescem, especialmente as meninas, com uma ideia fixa de que não apenas sempre se ESTÁ sem dinheiro, mas que é dever ser infeliz por causa disso.

No início, morávamos em uma casinha pequena e precisávamos sobreviver com meu salário. Mais tarde, quando fui transferido para a filial de West Bletchley, as coisas melhoraram, mas a atitude de Hilda não mudou. Sempre tão sombria quanto ao dinheiro! A conta do leite! A conta do carvão! O aluguel! As taxas escolares! Vivemos toda a nossa vida juntos ao som de "Na próxima semana estaremos no abrigo". Não é que Hilda seja má, no sentido comum da palavra, e muito menos que seja egoísta. Mesmo quando acontece de haver um pouco de dinheiro sobrando, dificilmente consigo persuadi-la a comprar roupas decentes. Mas ela tem a sensação de que você PRECISA estar perpetuamente enlouquecendo por causa da falta de dinheiro. Apenas criando uma atmosfera de sofrimento por um senso de dever. Não sou assim. Tenho mais a atitude do proletário em relação ao dinheiro. A vida está aqui para ser vivida, e, se vamos viver de sopa na próxima semana, bem, a próxima semana ainda está muito longe. O que realmente a choca é o fato de que me recuso a me preocupar. Ela sempre implica com isso. "Mas, George! Você parece não PERCEBER! Simplesmente não temos dinheiro nenhum! Isso é muito SÉRIO!" Ela adora entrar em pânico porque alguma coisa é "séria". E, ultimamente, ela faz aquele truque, quando ela está melancólica com alguma coisa, meio que encolhe os ombros e cruza os braços sobre o peito. Se você fizesse uma lista das observações de Hilda ao longo do dia, encontraria três no topo: "Não podemos pagar", "É uma grande economia" e "Não sei de onde vamos tirar dinheiro". Ela faz tudo por motivos negativos. Quando faz um bolo, não está pensando no bolo, apenas em como economizar manteiga e ovos. Quando estou na cama com ela, só pensa em como evitar um filho. Se vai ao cinema, fica o tempo todo se contorcendo de indignação com o preço dos ingressos. Seus métodos de cuidar da casa, com toda a ênfase em "usar até o fim" e "fazer as coisas funcionar", teriam causado convulsões em mamãe. Por outro lado, Hilda não é nem um pouco esnobe. Nunca me desprezou porque não sou um cavalheiro. Pelo contrário, do ponto de vista dela, sou muito nobre em meus hábitos. Nunca fazemos uma refeição em uma casa de chá sem uma discussão assustadora em sussurros, porque estou dando gorjeta demais à garçonete. E é curioso que, nos últimos anos, ela definitivamente tenha se tornado muito mais uma mulher de classe média baixa, em perspectiva e até em aparência, do que eu. É claro que todo esse negócio de "economia" nunca levou a nada. Isso nunca acontece. Vivemos tão bem ou tão mal quanto as outras pessoas na Ellesmere Road. Mas a confusão eterna sobre as contas do gás e do leite e o preço horrível da manteiga, das botas das crianças e das mensalidades escolares não para. É uma espécie de jogo com Hilda.

Mudamo-nos para West Bletchley em 1929 e começamos a comprar a casa na Ellesmere Road no ano seguinte, um pouco antes de Billy nascer. Depois que me tornei inspetor, fiquei mais longe de casa e tive mais oportunidades com outras mulheres. Claro que fui infiel – não vou dizer o tempo todo, mas sempre que tive a chance. Curiosamente, Hilda ficou com ciúmes. De certa forma, considerando o quanto esse tipo de coisa significa pouco para ela, eu não esperava que ela se importasse. E, como todas as mulheres ciumentas, ela às vezes mostra uma astúcia que não se pensaria que ela fosse capaz. Algumas vezes, a maneira como ela me pegou teria me feito acreditar em telepatia, se não fosse por ela ter desconfiado tantas vezes quando eu não era culpado. Estou mais ou menos permanentemente sob suspeita, porém, Deus sabe, nos últimos anos – nos últimos cinco anos, pelo menos – fui bastante inocente. É preciso ser, quando se está tão gordo quanto eu.

No geral, suponho que Hilda e eu não nos damos pior do que metade dos casais na Ellesmere Road. Houve momentos em que pensei em separação ou divórcio, mas em nossa vida não se fazem essas coisas. Não se pode dar-se ao luxo. E então o tempo passa, e você desiste de lutar. Quando se vive com uma mulher há quinze anos, é difícil imaginar a vida sem ela.

Ela é parte da ordem das coisas. Ouso dizer que é possível encontrar coisas para se contestar no sol e na lua, mas você realmente deseja mudá-los? Além disso, havia as crianças. As crianças são um "elo", como dizem. Ou um "nó". Para não dizer uma bola e um grilhão.

Nos últimos anos, Hilda fez duas grandes amigas chamadas senhora Wheeler e senhorita Minns. A senhora Wheeler é viúva, e acho que ela cultiva ideias muito amargas sobre o sexo masculino. Posso senti-la tremendo de desaprovação quando entro no cômodo. Ela é uma mulherzinha desbotada, que dá a curiosa impressão de ser toda da mesma cor, uma espécie de cor cinza poeirenta, mas cheia de energia. É uma má influência para Hilda, porque tem a mesma paixão por "poupar" e "fazer as coisas durar", embora de uma forma ligeiramente diferente. Ela pensa que você pode ter momentos bons sem pagar por isso. Está sempre procurando pechinchas e cupons. Com pessoas assim, não importa se você quer algo ou não, é apenas uma questão de saber se elas podem consegui-lo por um preço barato. Quando as grandes lojas fazem seus saldões, a senhora Wheeler está sempre à frente da fila, e é seu maior orgulho, depois de um dia de luta árdua no balcão, sair sem ter comprado nada. A senhorita Minns é um tipo bem diferente. É realmente um caso triste, a pobre senhorita Minns. É uma mulher alta e magra de cerca de 38 anos, com cabelo muito preto e brilhante e um tipo de rosto confiante muito BOM. Vive com algum tipo de renda fixa minúscula, pecúlio ou algo assim, e imagino que seja o que resta da velha sociedade de West Bletchley, quando era uma pequena cidade do interior, antes de o subúrbio crescer. Dá para ler no corpo inteiro dela que seu pai era um clérigo e que pegou pesado com ela enquanto vivia. Elas são um subproduto especial da classe média, essas mulheres se transformam em bolsas murchas antes mesmo de conseguirem escapar de casa. Coitada da senhorita Minns, parece mesmo uma criança, mesmo com todas as rugas. Para ela, ainda é uma grande aventura não ir à igreja. Está sempre balbuciando sobre "progresso moderno" e "movimento da mulher", e ela tem um desejo vago de fazer algo que chama de "desenvolver sua mente", mas não sabe bem como começar. Acho que o começo da amizade com Hilda e a senhora Wheeler fora por pura solidão, mas agora as duas a levam a tiracolo aonde vão.

E os momentos que passam juntas, aquelas três! Às vezes, quase as invejo. A senhora Wheeler é o espírito de liderança. Era impossível citar um tipo de idiotice para a qual ela não as arrastou uma vez ou outra. Qualquer coisa, de teosofia a cama de gato, desde que você possa fazer isso de forma barata. Durante meses, elas se dedicaram ao negócio de economia gastronômica. A senhora Wheeler pegou um exemplar de segunda mão de um livro chamado *Radiant Energy*, que provava que você deveria viver de alfaces e outras coisas que não custam dinheiro. Claro que isso atraiu Hilda, que imediatamente começou a passar fome. Quis tentar comigo e com as crianças também, mas eu bati o pé. Então, elas tentaram a cura pela fé. Pensaram em lidar com o pelmanismo, mas, depois de muita troca de cartas, descobriram que não conseguiam obter os livretos de graça, o que fora ideia da senhora Wheeler. Depois, foi a culinária da caixa de feno. Depois, foi uma coisa nojenta chamada vinho de abelha, que não custava nada porque era feito de água. Abandonaram-no depois de ler um artigo no jornal dizendo que o vinho de abelha causa câncer. Aí quase se juntaram a um daqueles clubes femininos que realizam passeios por fábricas, mas, depois de muita aritmética, a senhora Wheeler decidiu que os chás gratuitos que as fábricas davam não compensavam a inscrição nesses passeios. Então, a senhora Wheeler acabou conhecendo alguém que distribuía ingressos grátis para peças produzidas por uma ou outra companhia de teatro. Eu sei que as três ficam sentadas por horas ouvindo alguma peça intelectual da qual elas nem fingem entender uma palavra – nem sequer conseguem dizer o nome da peça depois –, mas elas sentem que estão obtendo algo de graça. Uma vez até começaram a adotar o espiritualismo. A senhora Wheeler havia encontrado um médium fracassado que estava tão desesperado que faria sessões por dezoito pence para que as três pudessem ter um vislumbre do além por um tostão por vez. Eu o vi uma vez, quando ele veio fazer uma sessão em nossa casa. Era um velho demônio de aparência decadente e, obviamente, com tremores mortais por abstinência. Estava tão trêmulo que, ao tirar o sobretudo no corredor, teve uma espécie de espasmo, e um pedaço de gaze de musselina caiu da perna da calça. Consegui empurrar de volta para ele antes que as mulheres vissem. Gaze de musselina é o que usam como ectoplasma, pelo que me disseram. Suponho que iria para outra sessão depois. Não se consegue manifestações por dezoito pence. A maior descoberta da senhora Wheeler dos últimos anos é o Clube do Livro de Esquerda. Acho que foi no ano de 1936 que a grande novidade do Clube do Livro de Esquerda chegou a West Bletchley. Eu entrei logo depois, e é quase a única vez que me lembro de ter gastado dinheiro sem Hilda protestar. Ela consegue ver algum sentido em comprar um livro quando se compra por um terço do preço. A atitude dessas mulheres é curiosa, realmente. A senhorita Minns certamente tentou ler um ou dois dos livros, mas isso não teria ocorrido com as outras duas. Nunca tiveram qualquer conexão direta com o Clube do Livro de Esquerda ou qualquer noção do que se tratava – na verdade, eu acredito que no início a senhora Wheeler pensou que tinha algo a ver com livros que haviam sido deixados em vagões de trem e estavam sendo vendidos barato. Mas elas sabem que isso significa livros de sete e seis centavos por meia coroa, por isso estão sempre dizendo que é "uma ideia tão boa". De vez em quando, a filial local do Clube do Livro de Esquerda realiza reuniões e faz as pessoas falarem, e a senhora Wheeler sempre leva as outras consigo. É ótima para reuniões públicas de qualquer tipo, desde que sempre seja em ambiente fechado e com entrada gratuita. As três ficam sentadas ali como pedaços de bolo. Não sabem do que se trata a reunião e não se importam, mas têm uma vaga sensação, especialmente a senhorita Minns, de que estão aprimorando suas mentes sem custo nenhum.

Bem, essa é a Hilda. Você vê como ela é. De modo geral, suponho que não seja pior do que eu. Quando nos casamos, às vezes eu queria estrangulá-la, mas depois fiquei de tal forma que não me importava mais. E, então, engordei e me acomodei. Deve ter sido em 1930 que engordei. Aconteceu tão de repente que foi como se uma bala de canhão tivesse me atingido e ficado presa dentro de mim. Sabe como é. Uma noite você vai para a cama, ainda se sentindo mais ou menos jovem, de olho nas garotas e assim por diante, e na manhã seguinte você acorda com plena consciência de que é apenas um velho gordo coitado sem nada pela frente deste lado do túmulo exceto por suar para poder comprar botas para as crianças.

E agora é 1938, e em todos os estaleiros do mundo estão rebitando os navios para outra guerra, e um nome que por acaso vi em um cartaz despertou em mim um monte de coisas que deveriam ter sido enterradas há Deus sabe quantos anos.

PARTE 3

PARTE 3

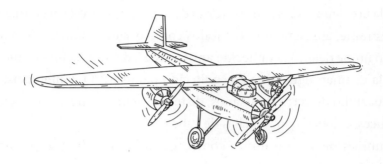

CAPÍTULO 1

Quando voltei para casa naquela noite, ainda tinha dúvidas sobre como gastaria minhas dezessete libras.

Hilda disse que iria à reunião do Clube do Livro de Esquerda. Parecia que havia um sujeito vindo de Londres para dar uma palestra, embora nem seja preciso dizer que Hilda não sabia sobre o que seria a palestra. Eu disse a ela que a acompanharia. De modo geral, não gosto muito de palestras, mas as visões de guerra que tive naquela manhã, começando com o bombardeiro sobrevoando o trem, me deixaram meio pensativo. Depois da discussão de sempre, colocamos as crianças na cama cedo e saímos a tempo para a palestra, que estava marcada para as oito horas.

Era uma espécie de noite nublada, e o salão estava frio e mal iluminado. É um pequeno salão de madeira com telhado de zinco, propriedade de alguma seita não conformista ou outra, e você pode alugá-lo por dez contos. A multidão usual de quinze ou dezesseis pessoas havia se reunido. Na frente da plataforma, havia um cartaz amarelo anunciando que a palestra era sobre "A ameaça do fascismo". Isso não me surpreendeu totalmente. O senhor Witchett, que atua como presidente dessas reuniões e que na vida privada faz alguma coisa no escritório de um arquiteto, estava conduzindo o palestrante, apresentando-o a todos como o senhor Fulano de Tal (esqueci o nome dele), "o conhecido antifascista", da mesma forma que você poderia chamar alguém de "o conhecido pianista". O conferencista era um rapazinho de cerca de 40 anos, de terno escuro e careca – que tentara sem sucesso cobrir com mechas de cabelo.

Reuniões desse tipo nunca começam na hora certa. Sempre há um período de espera com o pretexto de que talvez mais algumas pessoas vão aparecer. Eram cerca de oito e vinte e cinco quando Witchett bateu na mesa e fez o que precisava. Witchett é um sujeito de aparência suave, com um rosto rosado de bumbum de bebê, que está sempre sorrindo. Acredito que ele seja secretário do Partido Liberal local, também faz parte da Conselho Paroquial e atua como mestre de cerimônias nas palestras sobre lanterna mágica para a União das Mães. Ele é o que você pode chamar de presidente nato. Quando lhe diz como todos nós estamos felizes por ter o Senhor Fulano de Tal no palco esta noite, pode ver que ele acredita nisso. Nunca olho para ele sem pensar que provavelmente é virgem. O pequeno conferencista tirou um maço de notas, principalmente recortes de jornais, e os prendeu com seu copo d'água. Então, deu uma rápida lambida nos lábios e começou a falar.

Você alguma vez foi a palestras, reuniões públicas e coisas assim?

Quando eu mesmo vou, há sempre um momento durante a noite em que me pego pensando o mesmo: por que estamos fazendo essa porcaria? Por que as pessoas vão sair em uma noite de inverno para esse tipo de coisa? Olhei em volta do salão. Eu estava sentado na última fila. Não me lembro de ter ido a qualquer tipo de reunião pública em que não me sentasse na última fila, se pudesse. Hilda e os outros haviam se posicionado na frente, como sempre. Era um pequeno salão bastante sombrio. Você conhece o tipo de lugar. Paredes de pinho, telhado de ferro corrugado e correntes de ar o suficiente para fazer você querer manter o sobretudo. O pequeno grupo de nós estava sentado sob a luz em volta da plataforma, com cerca de trinta filas de cadeiras vazias atrás de nós. E os assentos de todas as cadeiras estavam empoeirados. Na plataforma atrás do palestrante havia uma enorme coisa quadrada envolta em panos de poeira que poderia ser um caixão enorme debaixo de uma mortalha. Na verdade, era um piano.

No começo eu não estava exatamente ouvindo. O palestrante era um sujeito pequeno de aparência mesquinha, mas um bom orador. Rosto branco, boca muito móvel e a voz um tanto áspera que adquirem por falar o tempo todo. Claro que estava atacando Hitler e os nazistas. Eu não estava particularmente interessado em ouvir o que estava dizendo – recebo as mesmas coisas no *News Chronicle* todas as manhãs, mas a voz dele me parecia uma espécie de burr-burr-burr, com uma frase de vez em quando que se destacava e chamava minha atenção.

– Atrocidades bestiais... Explosões horríveis de sadismo... Cassetetes de borracha... Campos de concentração... Perseguição iníqua aos judeus... De volta à Idade das Trevas... Civilização europeia... Aja antes que seja tarde demais... Indignação de todos os povos decentes... Aliança das nações democráticas... Apoio firme... Defesa da democracia... Democracia... Fascismo... Democracia... Fascismo... Democracia...

Você conhece a linha de conversa. Esses caras podem agitá-la por uma hora. Como um gramofone. Gire a manivela, pressione o botão, e ele começa. Democracia, Fascismo, Democracia. Mas, de alguma forma, me interessou observá-lo. Um homenzinho bastante mesquinho, com um rosto branco e cabeça careca, de pé em um palco, gritando palavras de ordem. O que está fazendo? De forma bastante deliberada e aberta, está incitando o ódio. Fazendo o possível para fazer você odiar certos estrangeiros chamados de fascistas. É estranho, pensei, ser conhecido como "Senhor Fulano de Tal, o conhecido antifascista". Um negócio esquisito, esse de antifascismo. Este sujeito, suponho, ganha a vida escrevendo livros contra Hitler. Mas o que ele fazia antes de Hitler aparecer? E o que fará se Hitler algum dia desaparecer? A mesma pergunta se aplica a médicos, detetives, caçadores de ratos e assim por diante, é claro. Mas a voz áspera continuou e continuou, e outro pensamento me ocorreu. Ele está falando SÉRIO. Não está fingindo nada, sente cada palavra que diz. Está tentando despertar o ódio na plateia, mas isso não é nada se comparado ao ódio que ele mesmo sente. Cada palavra de ordem é a verdade do Evangelho para ele. Se você o abrisse, tudo o que encontraria seria Democracia--Fascismo-Democracia. Interessante conhecer um cara assim na vida privada. Mas ele tem uma vida privada? Ou apenas vai de um palco para outro alimentando o ódio? Talvez até seus sonhos sejam palavras de ordem.

Da melhor maneira que pude, da última fila, dei uma olhada na plateia. Suponho que, se pensar bem, nós – as pessoas que aparecemos nas noites de inverno para ficar em salões arejados ouvindo as palestras do Clube do Livro de Esquerda (e considero que tenho direito ao "nós", visto que eu mesmo fiz isso nesta ocasião) – temos certa relevância. Somos os revolucionários de West Bletchley. Não parece esperançoso à primeira vista. Ao olhar ao redor da plateia, me ocorreu que apenas meia dúzia deles haviam realmente entendido o que o palestrante estava falando, embora a essa altura ele já estivesse se lançando contra Hitler e os nazistas por mais de meia hora. É sempre assim com reuniões desse tipo. Invariavelmente, metade das pessoas sai sem ter noção do que se trata. Em sua cadeira ao lado da mesa, Witchett observava o palestrante com um sorriso encantado, e seu rosto parecia um pouco com um gerânio rosa. Era possível ouvir antecipadamente o discurso que ele faria assim que o palestrante se sentasse – o mesmo discurso que ele fez no final da palestra sobre lanterna mágica em auxílio para comprar calças para os melanésios: "Expresse os nossos agradecimentos – Exprimindo a opinião de todos nós – Muito interessante – Dá-nos a todos muito em que pensar – Noite muito estimulante!". Na primeira fila, a senhorita Minns estava sentada muito ereta, com a cabeça um pouco inclinada para o lado, como um pássaro. O palestrante havia tirado uma folha de papel debaixo do copo e estava lendo estatísticas sobre a taxa de suicídio na Alemanha. Dava para ver pelo pescoço longo e fino da senhorita Minns que ela não estava feliz. Isso estava melhorando sua mente ou não? Se pudesse entender o que estava acontecendo! As outras duas estavam sentadas ali como pudim. Ao lado delas, uma mulherzinha ruiva tricotava um suéter. Um liso, dois reverso, solte um, e tricote dois juntos. O palestrante estava descrevendo como os nazistas cortam a cabeça das pessoas por traição, e às vezes o carrasco dá um tiro no escuro. Havia outra mulher na plateia, uma garota de cabelo escuro, uma das professoras da Escola Municipal. Ao contrário da outra, ela estava realmente ouvindo, sentada à frente com seus grandes olhos redondos fixos no palestrante e a boca um pouco aberta, absorvendo tudo.

Logo atrás dela, dois velhos do Partido Trabalhista local estavam sentados. Um tinha cabelos grisalhos cortados bem curtos, o outro tinha cabeça calva e bigode caído. Ambos usando sobretudos. Você conhece esse tipo. Está no Partido Trabalhista desde sempre. Abrem mão da vida pelo movimento. Vinte anos na lista negra de empregadores e outros dez incitando o Conselho a fazer algo a respeito das favelas. De repente, tudo mudou, as velhas coisas do Partido Trabalhista não importam mais. Encontram-se empenhados na política externa – Hitler, Stálin, bombas, metralhadoras, cassetetes de borracha, eixo Roma-Berlim, Frente Popular, pacto anti-Internacional Comunista. Não consigo entender isso. Imediatamente à minha frente, estava sentado o comitê local do Partido Comunista. Todos os três muito jovens. Um deles tem dinheiro e faz alguma coisa na Hesperides Estate Company, na verdade acho que ele é sobrinho do velho Crum. Outro é atendente de um dos bancos. Ele desconta cheques para mim ocasionalmente. Um bom menino, com um rosto redondo, muito jovem, ansioso, olhos azuis como os de um bebê e cabelo tão claro que você pensaria que ele o oxigenou. Parece ter apenas 17 anos, embora eu suponha que tenha 20. Estava vestindo um terno azul barato e uma gravata azul brilhante que combinava com seu cabelo. Ao lado desses três, outro comunista estava sentado. Mas este, ao que parece, é um tipo diferente de comunista e não exatamente, porque ele é o que eles chamam de trotskista. Os outros estão chateados com ele. É ainda mais jovem, um garoto muito magro, muito moreno e de aparência nervosa. Cara inteligente. Judeu, é claro. Esses quatro estavam levando a palestra de maneira bem diferente dos outros. Você sabia que eles estariam de pé quando o espaço para as perguntas começasse. Já era possível vê-los se contrair. E o pequeno trotskista se mexendo de um lado e de outro na cadeira, ansioso para chegar à frente dos outros.

Parei de ouvir as palavras da palestra. Mas existem mais maneiras de ouvir. Fechei meus olhos por um momento. O efeito disso foi curioso. Parecia ver o sujeito muito melhor quando só conseguia ouvir sua voz.

Era uma voz que soava como se pudesse continuar por quinze dias sem parar. É uma coisa horrível, realmente, ter uma espécie de realejo humano atirando propaganda sobre você a cada hora. A mesma coisa, repetidamente. Ódio, ódio, ódio. Vamos todos nos reunir e juntar um bom ódio. De novo, de novo. Dá a sensação de que algo entrou em seu crânio e está martelando o cérebro. Mas, por um momento, com os olhos fechados, consegui virar o jogo contra ele. Entrei no crânio DELE. Foi uma sensação peculiar. Por cerca de um segundo eu estava dentro dele, quase dava para dizer que EU ERA ele. De qualquer forma, senti o que ele estava sentindo.

Eu tive a visão que ele estava tendo. E não era o tipo de visão sobre a qual se pode falar. O que ele está DIZENDO é apenas que Hitler está atrás de nós e devemos todos nos reunir e juntar um bom ódio. Não entra em detalhes. Deixa tudo respeitável. Mas o que ele está VENDO é algo bem diferente. É uma foto dele esmagando o rosto das pessoas com uma chave inglesa. Rostos fascistas, é claro. SEI que era isso que ele estava vendo. Foi o que eu mesmo vi no segundo ou dois em que estive dentro dele. Esmagar! Bem no meio! Os ossos desmoronam como casca de ovo, e o que era um rosto um minuto atrás é apenas uma grande bola de geleia de morango. Esmagar! Lá vai outro! É isso que está em sua mente, ao acordar e dormir, e, quanto mais ele pensa nisso, mais ele gosta. E está tudo bem, porque os rostos esmagados pertencem a fascistas. Era possível ouvir tudo isso no tom de sua voz.

Mas por quê? A explicação mais provável, porque ele está com medo. Toda pessoa que pensa hoje em dia está paralisada de medo. É apenas um sujeito que tem visão suficiente para ficar um pouco mais assustado do que os outros. Hitler está atrás de nós! Rápido. Vamos todos pegar uma chave inglesa e ficar juntos, e, talvez se batermos em rostos o suficiente, eles não vão destruir os nossos. Junte-se, escolha seu líder. Hitler é das peças pretas, e Stálin, das brancas. Mas também pode ser o contrário, porque, na mente do rapazinho, Hitler e Stálin são iguais. Os dois significam chaves inglesas e rostos quebrados.

Guerra! Comecei a pensar nisso de novo. Está chegando, isso é certo. Mas quem tem medo da guerra? Quero dizer, quem tem medo das bombas e das metralhadoras? "Você tem", comentam. Sim, tenho, e também qualquer pessoa que a tenha visto. Mas não é a guerra que importa, é o pós-guerra. O mundo para o qual estamos indo, o tipo de mundo do ódio, mundo da palavra de ordem. As camisas camufladas, o arame farpado, os cassetetes de borracha. As celas secretas onde a luz elétrica fica acesa noite e dia, e os inspetores vigiando você enquanto você dorme. E as procissões, os cartazes com rostos enormes, as multidões de um milhão de pessoas, todas torcendo pelo Líder até ensurdecerem ao pensar que realmente o adoram, e o tempo todo, por dentro, elas o odeiam tanto que querem vomitar. Tudo vai acontecer. Não é assim? Alguns dias eu sei que é impossível, outros dias eu sei que é inevitável. Naquela noite, de qualquer forma, eu sabia que aconteceria. Foi tudo pelo som da voz do pequeno conferencista.

Portanto, talvez EXISTA um significado nesta pequena multidão mesquinha que aparecera em uma noite de inverno para ouvir uma palestra desse tipo. Ou, pelo menos, nos cinco ou seis que podem entender do que se trata. Eles são simplesmente os postos avançados de um enorme exército. Eles são os que enxergam longe, os primeiros ratos a perceber que o navio está afundando. Rápido, rápido! Os fascistas estão chegando! Chaves inglesas prontas, rapazes! Esmague os outros ou eles vão esmagar você. Tão apavorados com o futuro que pulamos direto nele como um coelho mergulhando na garganta de uma jiboia.

E o que acontecerá com caras como eu, quando tivermos o fascismo na Inglaterra? A verdade é que provavelmente não fará a menor diferença. Quanto ao palestrante e aos quatro comunistas na plateia, sim, fará muita diferença para eles. Eles quebrarão rostos, ou terão os seus próprios esmagados, de acordo com quem está ganhando.

Mas os caras normais e medianos como eu continuarão como de costume. E, no entanto, isso me assusta – eu lhe digo que me assusta. Eu só comecei a me perguntar o porquê quando o palestrante parou e se sentou.

Ouviu-se o habitual som oco de aplausos que se ouve quando há apenas cerca de quinze pessoas na plateia, e então o velho Witchett disse sua parte, e, antes que você pudesse dizer Jack Robinson, os quatro comunistas estavam de pé juntos. Tiveram uma boa rinha que durou cerca de dez minutos, cheia de muitas coisas que ninguém mais entendia, como o materialismo dialético e o destino do proletariado e o que Lenin disse em 1918. Então, o conferencista, que havia bebido um pouco d'água, levantou-se e proferiu um resumo que fez o trotskista se contorcer na cadeira, mas agradou aos outros três, e a rinha continuou não oficialmente por mais algum tempo. Ninguém mais falava. Hilda e as outras foram embora assim que a palestra terminou. Provavelmente temiam que haveria uma cobrança para pagar o aluguel do salão. A mulherzinha ruiva ficaria para terminar sua carreira de tricô. Era possível ouvi-la contar os pontos em um sussurro enquanto os outros discutiam. E Witchett se sentou e sorriu para quem quer que estivesse falando, e você podia vê-lo pensar em como tudo era interessante e fazer anotações mentais, e a garota de cabelo preto olhava de um para o outro com a boca um pouco aberta, e o velho operário, que parecia uma foca com seu bigode caído e o sobretudo até as orelhas, ficou olhando para eles, perguntando-se do que se tratava. E finalmente me levantei e comecei a vestir meu sobretudo.

Um pouco de ar, por favor

A rinha se transformou em uma disputa particular entre o pequeno trotskista e o menino de cabelos louros. Estavam discutindo sobre se você deveria entrar no Exército se a guerra estourasse. Enquanto eu caminhava ao longo da fileira de cadeiras para sair, o loiro apelou para mim.

– Senhor Bowling! Olhe aqui. Se a guerra estourasse e tivéssemos a chance de esmagar o fascismo de uma vez por todas, o senhor não lutaria? Se fosse jovem, quero dizer.

Suponho que ele pense que tenho cerca de 60 anos.

– Pode apostar que não – respondi. – Já tive o suficiente para superar da última vez.

– Mas para esmagar o fascismo!

– Ah, p---- de fascismo! Já houve bastante destruição, se você quer saber.

O pequeno trotskista aposta no social-patriotismo e na traição dos trabalhadores, mas os outros o interrompem:

– Mas você está pensando em 1914. Essa foi apenas uma guerra imperialista comum. Desta vez é diferente. Olhe aqui. Quando o senhor ouve o que está acontecendo na Alemanha, os campos de concentração e os nazistas espancando as pessoas com cassetetes de borracha e fazendo os judeus cuspir na cara uns dos outros, isso não faz seu sangue ferver?

Eles estão sempre falando sobre o sangue fervendo. A mesma frase durante a guerra, eu me lembro.

– Fervi em 1916 – disse a ele. – E você também vai quando sentir o cheiro de uma trincheira.

E então, de repente, eu parecia vê-lo. Era como se eu não o tivesse visto direito até aquele momento.

Um rosto muito jovem e ansioso, poderia ter pertencido a um estudante bonito, com olhos azuis e cabelos loiros, olhando nos meus, e por um momento ele realmente ficou com lágrimas nos olhos! Sentido tão fortemente quanto a tudo sobre os judeus alemães! Mas, na verdade, eu sabia exatamente o que ele sentia. É um rapaz robusto, provavelmente joga rúgbi pelo banco. Também tem cérebro. E aqui está ele, um funcionário de banco em um subúrbio sem Deus, sentado atrás da janela fosca, inserindo números em um livro-razão, contando pilhas de notas, zunindo para o gerente. Sente a vida apodrecendo. E o tempo todo, na Europa, as grandes coisas acontecem. Bombas explodindo nas trincheiras e ondas de infantaria avançando em meio à fumaça. Provavelmente alguns de seus amigos estão lutando na Espanha. Claro que ele quer uma guerra. Como você pode culpá-lo? Por um momento, tive a sensação peculiar de que era meu filho, o que em alguns anos poderia ter sido. E pensei naquele dia escaldante de agosto, quando o jornaleiro pendurou o pôster INGLATERRA DECLARA GUERRA À ALEMANHA, e todos nós corremos para a calçada em nossos aventais brancos e comemoramos.

– Escute, filho – disse eu –, você entendeu tudo errado. Em 1914, nós pensamos que seria um negócio glorioso. Bem, não foi. Foi apenas uma bagunça dos diabos. Se acontecer de novo, fique fora disso. Por que tem que encher seu corpo de chumbo? Guarde para alguma garota. Acha que a guerra é heroísmo e investidas contra o inimigo, mas eu digo que não é assim. Você não tem munição de baioneta hoje em dia e, quando tem, não é como você imagina. Você não se sente um herói. Tudo o que sabe é que não dormiu por três dias e fede como um furão, mijou nas calças de susto e suas mãos estão tão frias que não consegue segurar o rifle. Mas isso também não importa. São as coisas que acontecem depois.

Não impressiona, claro. Eles só pensam que você está desatualizado. É melhor ficar na porta de uma loja distribuindo folhetos.

As pessoas estavam começando a se afastar. Witchett estava levando o palestrante para casa. Os três comunistas e o pequeno judeu subiram a rua juntos, e estavam indo para lá novamente com a solidariedade proletária e a dialética da dialética e o que Trotsky disse em 1917. São todos iguais, realmente. Era uma noite úmida, parada e muito escura. As lâmpadas pareciam pairar na escuridão como estrelas e não iluminavam a rua. A distância, você podia ouvir o barulho dos trens na High Street. Eu queria uma bebida, mas eram quase dez horas, e o bar mais próximo ficava a oitocentos metros de distância. Além disso, eu queria conversar com alguém, do jeito que não se pode falar em um bar. Era engraçado como meu cérebro tinha estado em movimento o dia todo. Em parte, devido à folga, é claro, e em parte devido aos novos dentes postiços, que meio que me renovaram. O dia todo eu estive pensando no futuro e no passado. Eu queria falar sobre os maus momentos que estão chegando ou não, as palavras de ordem e a cor das camisas e os homens simples do Leste Europeu que vão deixar a velha Inglaterra de olhos arregalados. Impossível tentar falar com Hilda. De repente, pensei em procurar o velho Porteous, que é meu amigo e trabalha até tarde.

Porteous é professor aposentado de uma escola de primeira linha. Ele mora em uma pensão, que felizmente fica na metade inferior da casa, na parte antiga da cidade, perto da igreja. Ele é solteiro, claro. Não dá para imaginar um tipo daquele casado. Vive sozinho com seus livros e seu cachimbo e tem uma mulher para cuidar dele. É um tipo de sujeito erudito, com seu grego, latim, poesia e tudo o mais. Suponho que, se a filial local do Clube do Livro de Esquerda representa o Progresso, o velho Porteous significa Cultura. Nenhum deles tem muita influência em West Bletchley.

A luz estava acesa no quartinho onde o velho Porteous fica sentado lendo até altas horas da noite. Quando bati na porta da frente, ele saiu andando como sempre, com o cachimbo entre os dentes e os dedos em um livro para marcar a passagem em que estava. Ele é um sujeito de aparência impressionante, muito alto, com cabelos grisalhos encaracolados, um rosto magro e sonhador um pouco descorado, mas que quase poderia ser de um menino, embora deva ter quase 60 anos. É engraçado como alguns desses caras de escolas públicas e universidades conseguem parecer meninos até o dia da morte. É algo nos movimentos. O velho Porteous tem um jeito de andar para cima e para baixo, com aquela cabeça bonita dele, com os cachos grisalhos, um pouco inclinada para trás, que faz você sentir que o tempo todo ele está sonhando com um ou outro poema e não tem consciência do que está acontecendo em torno dele. Você não pode olhar para ele sem ver seu modo de vida estampado por ele todo. Escola de primeira linha, Oxford, e depois de volta à sua antiga escola como professor. Toda a vida vivida em uma atmosfera de latim, grego e críquete. Ele tem todos os maneirismos. Sempre usa um velho paletó Harris de *tweed* e velhas calças de flanela cinza que ele gosta que você chame de "vergonhosas", fuma cachimbo e menospreza cigarros e, embora fique acordado metade da noite, aposto que toma banho frio todas as manhãs. Acho que, do ponto de vista dele, sou meio ignorante. Não frequentei escola de primeira linha, não sei latim e nem quero. Ele, às vezes, me diz que é uma pena que eu seja "insensível à beleza", o que, suponho, é uma forma educada de dizer que não tive educação. Mesmo assim, gosto dele. Ele é muito hospitaleiro, do jeito certo, sempre pronto para receber as pessoas e conversar a qualquer hora, e sempre tem bebidas à mão. Quando se mora em uma casa como a nossa, mais ou menos infestada de mulheres e crianças, faz bem sair dela às vezes para uma atmosfera de solteiro, uma espécie de atmosfera de livro-cachimbo-lareira. E a sensação elegante de Oxford de que nada importa, exceto livros, poesia e estátuas gregas, e nada que valha a pena mencionar que aconteceu desde que os godos saquearam Roma – às vezes isso também é um conforto.

 Ele me empurrou para a velha poltrona de couro perto da lareira e serviu uísque com refrigerante. Nunca vi sua sala de estar sem a penumbra de fumaça de cachimbo. O teto está quase preto. É um cômodo pequeno e, com exceção da porta, da janela e do espaço sobre a lareira, as paredes são cobertas de livros do chão até o teto. Sobre a lareira estão todas as coisas que alguém esperaria. Uma fileira de velhos cachimbos de urze, todos imundos, algumas moedas gregas de prata, um frasco de tabaco com os brasões do colégio do velho Porteous e uma pequena lamparina de barro que ele me disse ter escavado em uma montanha da Sicília. Sobre a lareira, há fotos de estátuas gregas. Há uma grande no meio, de uma mulher com asas e sem cabeça que parece estar saindo para pegar um ônibus. Lembro-me de como o velho Porteous ficou chocado quando, na primeira vez que a vi, sem saber de nada, perguntei a ele por que eles não colocaram uma cabeça na estátua.

Porteous começou a encher o cachimbo do pote sobre a lareira.

– Aquela mulher insuportável lá em cima comprou um aparelho sem fio – disse ele. – Esperava viver o resto da minha vida sem o som dessas coisas. Suponho que não haja nada que se possa fazer. Por acaso você conhece as regras legais sobre isso?

Eu disse a ele que não havia nada que se pudesse fazer. Gosto da maneira oxfordiana que ele diz "intolerável", e me faz rir, em 1938, encontrar alguém que se opõe a ter um rádio em casa. Porteous estava andando para cima e para baixo com seu jeito sonhador de sempre, com as mãos nos bolsos do casaco e o cachimbo entre os dentes, e quase instantaneamente começou a falar sobre alguma lei contra instrumentos musicais que foi aprovada em Atenas na época de Péricles. É sempre assim com o velho Porteous. Toda a sua conversa é sobre coisas que aconteceram séculos atrás. O que quer que você comece, sempre volta às estátuas e à poesia e aos gregos e romanos. Se você mencionar a Rainha Maria, ele começará a falar sobre as trirremes fenícias. Ele nunca lê um livro moderno, se recusa a saber seus nomes, nunca olha nenhum jornal exceto o *The Times* e se orgulha de dizer que nunca esteve em fotos. Exceto por alguns poetas como Keats e Wordsworth, ele acha que o mundo moderno – e de seu ponto de vista o mundo moderno são os últimos dois mil anos – simplesmente não deveria ter acontecido.

Eu mesmo faço parte do mundo moderno, mas gosto de ouvi-lo falar. Ele anda pelas prateleiras e pega primeiro um livro e depois outro, e de vez em quando lê para você um pedaço entre pequenas baforadas de fumaça, geralmente tendo que traduzir do latim ou algo assim. É tudo meio pacífico, suave. Tudo um pouco parecido com um professor de escola, mas ainda assim acalma de alguma forma. Enquanto ouve, você não está no mesmo mundo que trens, contas de gás e seguradoras. Tudo se resume a templos e oliveiras, pavões e elefantes, e sujeitos na arena com suas redes e tridentes, e leões alados e eunucos e galés e fundas, e generais em armaduras de latão galopando seus cavalos sobre os escudos dos soldados. É engraçado que ele sempre recebesse um homem como eu. Mas é uma das vantagens de ser gordo, poder se encaixar em quase todos os círculos. Além disso, nos encontramos em um terreno comum quando se trata de histórias picantes. Elas são a única coisa moderna com que ele se preocupa, embora, como sempre me lembra, elas não são modernas. Ele é um tanto velhinho quanto a isso, sempre conta uma história de forma velada. Às vezes, escolhe algum poeta latino e traduz uma rima obscena, deixando muito para a imaginação, ou dá dicas sobre a vida privada dos imperadores romanos e as coisas que aconteciam nos templos de Astaroth. Parecem ter sido um povo ruim, aqueles gregos e romanos. O velho Porteous tem fotos de pinturas de parede em algum lugar da Itália que deixariam os cabelos em pé.

Quando estou farto dos negócios e da vida doméstica, muitas vezes me faz bem ir conversar com Porteous. Mas esta noite não me parecia. Minha mente ainda estava funcionando nas mesmas linhas do dia inteiro. Assim como fiz com o conferencista do Clube do Livro de Esquerda, não ouvi exatamente o que Porteous estava dizendo, apenas o som de sua voz. Mas enquanto a voz do palestrante me irritou, a do velho Porteous, não. Era muito pacífico, muito oxfordiano. Finalmente, quando estava prestes a dizer algo, eu o interrompi e disse:

– Diga-me, Porteous, o que acha de Hitler?

O velho Porteous estava inclinado do seu jeito esguio e gracioso, com os cotovelos no consolo da lareira e o pé na proteção de ferro. Ele ficou tão surpreso que quase tirou o cachimbo da boca.

– Hitler? Esse alemão? Meu querido amigo! Eu não PENSO nele.

– Mas o problema é que o maldito vai nos fazer pensar nele antes de terminar.

O velho Porteous se esquiva um pouco da palavra "maldito", coisa de que ele não gosta, embora seja claro que faz parte de sua pose nunca ficar chocado. Começa a andar para cima e para baixo novamente, soltando fumaça.

– Não vejo razão para prestar atenção nele. Um mero aventureiro. Essas pessoas vêm e vão. Efêmero, puramente efêmero.

Não tenho certeza do que a palavra "efêmero" significa, mas me atenho ao que quero dizer:

– Acho que você entendeu errado. O velho Hitler é diferente. Joe Stálin também. Não são como aqueles caras dos velhos tempos que crucificavam as pessoas e cortavam cabeças e assim por diante apenas para se divertir. Estão atrás de algo totalmente novo, algo que nunca foi ouvido antes.

– Meu querido amigo! Não há nada novo sob o sol.

Claro que essa é uma frase favorita do velho Porteous. Ele não vai ouvir falar da existência de nada novo. Assim que você conta a ele sobre qualquer coisa que está acontecendo hoje em dia, ele diz que exatamente a mesma coisa aconteceu no reinado do Rei Fulano de Tal. Mesmo que você mencione coisas como aviões, ele diz que provavelmente eles os tinham em Creta, ou Micenas, ou onde quer que fosse. Tentei explicar a ele o que senti enquanto o rapazinho estava dando a palestra e o tipo de visão que tive dos maus momentos que se aproximavam, mas ele não quis me ouvir. Simplesmente repetiu que não há nada de novo sob o sol. Por fim, ele puxa um livro das prateleiras e lê para mim uma passagem sobre um tirano grego nos anos antes de Cristo, que certamente poderia ser irmão gêmeo de Hitler.

A discussão continuou um pouco. O dia todo estive querendo falar com alguém sobre esse negócio. É engraçado. Não sou idiota, mas também não sou intelectual, e Deus sabe que, em tempos normais, não tenho muitos interesses que não se esperariam de um camarada de meia-idade de sete libras por semana com dois filhos para criar. E, no entanto, tenho bom senso suficiente para ver que a velha vida a que estamos acostumados está sendo cortada pela raiz. Posso sentir acontecendo. Consigo ver a guerra que está chegando e o pós-guerra, as filas de comida, a polícia secreta, os alto-falantes dizendo o que pensar. E não sou nem excepcional nisso. Existem milhões de outras pessoas como eu. Sujeitos comuns que encontro em toda parte, rapazes que encontro em bares, motoristas de ônibus e vendedores ambulantes de firmas de ferragens têm a sensação de que o mundo deu errado. Conseguem sentir as coisas quebrando e desmoronando sob seus pés. E, no entanto, aqui está esse sujeito erudito, que viveu toda a sua vida com livros e mergulhou na História até que ela escorresse dos poros, e ele nem consegue ver que as coisas estão mudando. Não acha que Hitler importa. Recusa-se a acreditar que há outra guerra chegando. Em todo caso, como não lutou na última guerra, isso não penetra muito em seus pensamentos – ele acha que foi um espetáculo pobre em comparação com o cerco de Troia. Não vê por que devemos nos preocupar com as palavras de ordem e os alto-falantes e as camisas coloridas. "Que pessoa inteligente prestaria atenção a essas coisas?", ele sempre diz. Hitler e Stálin morrerão, mas algo que o velho Porteous chama de "as verdades eternas" não passará. Isso, claro, é simplesmente outra maneira de dizer que as coisas sempre continuarão exatamente como ele as conheceu. Para todo o sempre, os caras cultos de Oxford percorrerão os gabinetes cheios de livros, citando frases em latim e fumando bom tabaco em cachimbos com brasões. Realmente não adiantava falar com ele. Eu teria arrancado mais do rapaz de cabelo louro. Aos poucos, a conversa se desviou, como sempre acontece, para coisas que aconteceram antes de Cristo. Em seguida, transformou-se em poesia. Finalmente, o velho Porteous pega outro livro das prateleiras e começa a ler "Ode a um Rouxinol", de Keat (ou talvez fosse uma cotovia – esqueci).

No que me diz respeito, um pouco de poesia ajuda muito. Mas é curioso que eu goste de ouvir o velho Porteous ler em voz alta. Não há dúvida de que ele lê bem. Ele tem o hábito, claro, acostumado a ler para as turmas de meninos. Ele vai se encostar em algo em seu jeito vagaroso, com o cachimbo entre os dentes e pequenos jatos de fumaça saindo, e sua voz fica meio solene e sobe e desce com a frase. Você pode ver que isso o toca de alguma forma. Não sei o que é poesia ou o que deve fazer. Eu imagino que tenha um efeito nos nervos de algumas pessoas como a música em outras. Quando ele está lendo, eu realmente não ouço, quer dizer que não entendo as palavras, mas às vezes o som delas traz uma espécie de sentimento de paz em minha mente. No geral, eu gosto. Mas, de alguma forma, esta noite não funcionou. Foi como se uma corrente de ar frio tivesse soprado na sala. Apenas senti que isso era tudo uma bobagem. Poesia! O que é isso? Apenas uma voz, um redemoinho no ar. E, meu Deus! De que adiantaria a poesia contra metralhadoras?

Eu o observei encostado na estante. Engraçados, esses caras de escolas de primeira linha. Alunos até o fim dos dias. Toda a vida girando em torno da velha escola e de seus bocados de latim, grego e poesia. E, de repente, lembrei que, na primeira vez em que estive aqui com Porteous, ele leu para mim o mesmo poema. Leu exatamente da mesma maneira, e sua voz estremeceu quando ele chegou à mesma parte – a parte sobre caixilhos mágicos ou algo assim. E um pensamento curioso me ocorreu. Ele está morto. É um fantasma. Todas as pessoas assim estão mortas.

Ocorreu-me que, talvez, muitas das pessoas que você vê andando por aí estejam mortas. Dizemos que um homem morre quando seu coração para, e não antes. Parece um pouco arbitrário. Afinal, partes do corpo não param de funcionar – o cabelo continua crescendo durante anos, por exemplo. Talvez um homem realmente morra quando seu cérebro para, quando perde o poder de absorver uma nova ideia. O velho Porteous é assim. Maravilhosamente erudito, maravilhosamente de bom gosto, mas não é capaz de mudar. Apenas diz as mesmas coisas e pensa os mesmos pensamentos infinitamente. Existem muitas pessoas assim. Mentes mortas, paradas por dentro. Apenas continuam indo para a frente e para trás na mesma trilhazinha, ficando cada vez mais fracos, como fantasmas.

A mente do velho Porteous, pensei, provavelmente parou de funcionar por volta da época da Guerra Russo-Japonesa. E é horrível que quase todas as pessoas decentes, as pessoas que NÃO querem sair por aí arrebentando rostos com chaves de boca, sejam assim. Eles são decentes, mas suas mentes pararam. Não podem se defender do que está vindo para eles, porque não podem ver, mesmo quando está sob o nariz deles. Acham que a Inglaterra nunca vai mudar e que a Inglaterra é o mundo inteiro. Não conseguem entender que é apenas uma sobra, um pequeno canto que por acaso as bombas não acertaram. Mas, e quanto ao novo tipo de homens da Europa Oriental, os homens simples que pensam em palavras de ordem e falam em balas? Eles estão no nosso caminho. Não há muito tempo antes de eles nos alcançarem. Nenhuma regra do Marquês de Queensbury para esses rapazes. E todas as pessoas decentes estão paralisadas. Homens mortos e gorilas vivos. Não parece haver algo no meio.

Saí meia hora depois, sem conseguir convencer o velho Porteous de que Hitler era importante. Permaneci com os mesmos pensamentos enquanto caminhava para casa pelas ruas trêmulas. Os trens já não circulavam mais. A casa estava escura, e Hilda estava dormindo. Deixei cair meus dentes postiços no copo d'água do banheiro, vesti o pijama e empurrei Hilda para o outro lado da cama. Ela rolou sem acordar, e o calombo entre seus ombros veio na minha direção. É engraçada a tremenda escuridão que às vezes toma conta da gente tarde da noite. Naquele momento, o destino da Europa me parecia mais importante do que o aluguel, as contas da escola dos filhos, o trabalho que eu teria que fazer amanhã. Para quem tem que ganhar a vida, tais pensamentos são pura tolice. Mas eles não saíam da minha mente. Ainda a visão das camisas coloridas e das metralhadoras disparando. A última coisa que me lembro de ter me perguntado antes de adormecer era por que diabos um cara como eu deveria se importar.

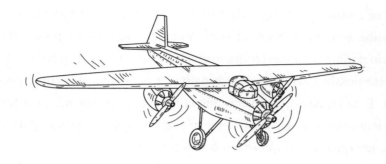

CAPÍTULO 2

As prímulas começaram a florir. Acho que já era março.

Segui por Westerham e estava indo para Pudley. Teria que fazer uma avaliação da oficina de um latoeiro e, então, se pudesse encontrá-lo, avaliar um caso de seguro de vida que estava na corda bamba. O nome dele havia sido enviado por nosso agente local, mas no último momento ele se assustou e começou a duvidar se poderia pagar por isso. Eu sou muito bom em convencer as pessoas. É ser gordo que resolve. Isso deixa as pessoas de bom humor, faz com que sintam que assinar um cheque é quase um prazer. É claro que existem maneiras diferentes de lidar com pessoas diferentes. Com alguns é melhor colocar toda a ênfase nos bônus, outros você pode assustar de uma forma sutil com dicas sobre o que acontecerá com suas esposas se eles morrerem sem seguro.

O velho carro subia e descia as pequenas colinas onduladas. E, por Deus, que dia! Você conhece o tipo de dia que geralmente chega em março, quando o inverno de repente parece desistir de lutar. Nos últimos dias, tivemos o tipo de clima horrível que as pessoas chamam de clima "brilhante", quando o céu é de um azul forte, e o frio e o vento raspam em você como uma lâmina de barbear cega. Então, de repente, o vento diminuiu, e o sol teve sua chance. Você conhece esse tipo de dia. Sol amarelo pálido, nenhuma folha se mexendo, um toque de névoa ao longe, onde era possível ver as ovelhas espalhadas pelas encostas como pedaços de giz. E, lá embaixo, nos vales, havia fogueiras queimando, e a fumaça subia lentamente e se dissolvia na névoa. Eu tinha a estrada para mim. Estava tão quente que quase era possível tirar a roupa.

Cheguei a um ponto onde a grama ao lado da estrada estava coberta de prímulas. Um pedaço de solo argiloso, talvez. Vinte metros mais adiante, diminuí a velocidade e parei. O tempo estava bom demais para perder. Senti que precisava sair e sentir o cheiro do ar primaveril, e talvez até colher algumas prímulas, se não houvesse ninguém vindo. Eu até tive uma vaga ideia de colher um monte delas para levar para Hilda em casa.

Desliguei o motor e saí. Nunca gosto de deixar o carro velho rodando em ponto morto, estou sempre meio com medo de que ele derrube os para-lamas ou algo assim. Ele é um modelo de 1927 e já está bem rodado. Quando você levanta o capô e olha para o motor, ele o lembra do antigo Império Austríaco, todo amarrado com pedaços de barbante, mas, de alguma forma, continua funcionando. Você não acreditaria que alguma máquina poderia vibrar em tantas direções ao mesmo tempo. É como o movimento da Terra, que tem vinte e dois tipos diferentes de oscilação, ou assim me lembro de ter lido. Se você olhar para ele por trás, quando está correndo em ponto morto, é como assistir a uma daquelas garotas havaianas dançando hula-hula.

Havia um portão com cinco barras ao lado da estrada. Aproximei e inclinei-me sobre ele. Nenhuma alma à vista. Eu puxei meu chapéu um pouco para trás para sentir o tipo de sensação agradável do ar contra minha testa. A grama sob a sebe estava cheia de prímulas. Logo depois do portão, um vagabundo ou alguém havia deixado restos de fogueira. Uma pequena pilha de brasas brancas e um fio de fumaça ainda saindo delas. Mais adiante, havia um pequeno lago coberto de lentilha-d'água. O campo era de trigo de inverno. Subia abruptamente e então havia uma depressão de calcário e um pequeno bosque de faia. Uma espécie de névoa de folhas novas nas árvores. E silêncio absoluto em todos os lugares. Nem vento suficiente para agitar as cinzas do fogo. Uma cotovia cantando em algum lugar, caso contrário, nenhum som, nem mesmo um avião.

    Fiquei ali um pouco, debruçado sobre o portão. Eu estava sozinho, muito sozinho. Estava olhando para o campo, e o campo estava olhando para mim. Eu senti – me pergunto se você vai entender.

    O que senti era algo tão incomum hoje em dia que contar parece uma tolice. Eu me senti FELIZ. Senti que, embora não vivesse para sempre, estaria pronto para isso. Se quiser, pode dizer que foi apenas porque era o primeiro dia da primavera. Efeito sazonal nas glândulas sexuais ou algo assim. Mas havia mais do que isso. Curiosamente, o que de repente me convenceu de que valia a pena viver, mais do que as prímulas ou os botões jovens na sebe, foi aquele pouco de fogueira perto do portão. Você conhece a aparência de uma fogueira em um dia calmo. Os galhos que se transformaram em cinzas brancas e ainda mantêm a forma de galhos, e sob as cinzas o tipo de vermelho vivo e que se pode ver através dele. É curioso que uma brasa vermelha parece mais viva, dá mais sensação de vida do que qualquer coisa viva. Há algo sobre isso, uma espécie de intensidade, uma vibração – não consigo pensar nas palavras exatas. Mas permite que você saiba que está mesmo vivo.

    É o ponto na imagem que faz você notar todo o resto.

    Abaixei-me para pegar uma prímula. Não foi possível alcançar – barriga demais. Eu me agachei e peguei um punhado delas. Sorte que não havia ninguém para me ver. As folhas eram meio enrugadas e em forma de orelhas de coelho. Eu me levantei e coloquei meu monte de prímulas no pilar do portão. Então, num impulso, tirei os dentes postiços da boca e dei uma olhada neles.

    Se eu tivesse um espelho, teria me visto por inteiro, embora, na verdade, já soubesse como era minha aparência. Um homem gordo de 45 anos, em um terno cinza cor de osso de arenque, um pouco abatido, e um chapéu-coco. "Esposa, dois filhos e uma casa no subúrbio", está escrito na minha testa. Rosto vermelho e olhos azuis esbugalhados. Eu sei, não precisa me dizer. Mas a única coisa que me surpreendeu, quando dei uma olhada na minha dentadura antes de colocá-la de volta na boca, foi que NÃO IMPORTA. Mesmo os dentes postiços não importam. Estou gordo, sim. Pareço o irmão malsucedido de um corretor de apostas, sim. Nenhuma mulher jamais irá para a cama comigo novamente, a menos que seja paga para isso. Sei disso tudo. Mas digo que não me importo. Não quero as mulheres, nem quero ser jovem de novo. Só quero estar vivo. E eu estava vivo naquele momento em que fiquei olhando as prímulas e as brasas vermelhas sob a sebe. É um sentimento dentro da gente, uma espécie de sentimento de paz, mas é como uma chama.

Mais abaixo na sebe, a lagoa estava coberta de lentilha-d'água, tão parecida com um tapete que, se você não soubesse o que era lentilha-d'água, poderia pensar que era sólida e pisar nela. Eu me perguntei por que somos todos tão idiotas. Por que as pessoas, em vez das idiotices em que gastam seu tempo, simplesmente não andam OLHANDO as coisas? Aquela lagoa, por exemplo – todas as coisas que há nela. Salamandras, caramujos, besouros-d'água, friganas, sanguessugas e só Deus sabe quantas outras coisas que só é possível ver com um microscópio. O mistério da vida, lá embaixo d'água. Você poderia passar a vida inteira observando-os, por dez vidas inteiras, e ainda assim não teria chegado ao fim, nem mesmo daquela lagoa. E o tempo todo, o tipo de sensação de admiração, a chama peculiar dentro de você. É a única coisa que vale a pena ter e não a queremos.

Mas eu quero isso. Pelo menos pensei assim naquele momento. E não confunda o que estou dizendo. Para começar, ao contrário da maioria dos *cockneys*, não sou sentimentalista quanto ao "interior". Fui levado para muito perto disso, para isso. Não quero impedir que as pessoas vivam em cidades ou em subúrbios. Deixe-as viver onde quiserem. E não estou sugerindo que toda a humanidade poderia passar a vida inteira vagando, colhendo prímulas e assim por diante. Sei perfeitamente que precisamos trabalhar. É só porque os camaradas estão tossindo os pulmões nas minas e as meninas martelando as máquinas de escrever, que alguém tem tempo de colher uma flor. Além disso, se você não tivesse uma barriga cheia e uma casa quente, não gostaria de colher flores. Mas não é essa a questão. Aqui está a sensação que tenho dentro de mim – não com frequência, admito, mas de vez em quando. Sei que é uma sensação boa de se ter. Além do mais, o mesmo acontece com todos os outros, ou quase todos. Está sempre se aproximando, e todos nós sabemos que está lá. Pare de atirar com essa metralhadora! Pare de perseguir tudo o que está perseguindo! Acalme-se, recupere o fôlego, deixe um pouco de paz invadir seus ossos. Não adianta. Não fazemos isso. Continuamos com as mesmas malditas idiotices.

E a próxima guerra surgindo no horizonte, 1941, eles dizem. Mais três voltas de sol e então voamos direto para ela. As bombas caindo sobre você como charutos pretos, e as balas aerodinâmicas fluindo das metralhadoras Bren. Não que isso particularmente me preocupe. Estou muito velho para lutar. Haverá ataques aéreos, é claro, mas não atingirão todo mundo. Além disso, mesmo que esse tipo de perigo exista, ele realmente não entra nos pensamentos de antemão. Como já disse várias vezes, não tenho medo da guerra, apenas do pós-guerra. E mesmo isso provavelmente não me afetará pessoalmente. Afinal, quem se importaria com um sujeito como eu? Sou muito gordo para ser um suspeito político. Ninguém me bateria ou me golpearia na cabeça com um cassetete de borracha. Sou o tipo mediano comum que continua andando quando o policial pede. Quanto a Hilda e as crianças, eles provavelmente nunca notariam a diferença. E ainda assim me assusta. O arame farpado! As palavras de ordem! Os rostos enormes! As caves forradas de cortiça onde o carrasco espanca você por trás! Por falar nisso, assusta outros caras que são intelectualmente muito mais burros do que eu. Mas por quê? Porque significa adeus a isso de que estou falando, a esse sentimento especial dentro de você. Chame isso de paz, se quiser. Mas, quando digo paz, não quero dizer ausência de guerra, quero dizer paz, um sentimento nas entranhas. Que desaparecerá para sempre se os rapazes do cassetete de borracha nos pegarem.

Peguei meu monte de prímulas e senti o cheiro delas. Estava pensando em Lower Binfield. Era engraçado como nos últimos dois meses isso tinha estado dentro e fora da minha mente o tempo todo, depois de vinte anos durante os quais eu praticamente a esqueci. E bem neste momento veio o barulho de um carro subindo a estrada.

Isso me trouxe uma espécie de choque. De repente, percebi o que estava fazendo – vagando por aí colhendo prímulas quando deveria estar examinando o estoque daquela oficina de latoeiro em Pudley. Além do mais, de repente, me dei conta de como as pessoas no carro me veriam. Um gordo de chapéu-coco segurando um punhado de prímulas. Não pareceria certo. Gordos não deveram colher prímulas, muito menos em público. Só tive tempo de jogá-las sobre a sebe antes de o carro se aproximar. Foi bom ter feito isso. O carro estava cheio de jovens idiotas de 20 e poucos anos. Como teriam rido da minha cara se me vissem! Estavam todos me olhando – sabe como as pessoas olham quando estão no carro, vindo na sua direção, e me ocorreu o pensamento de que, de alguma forma, eles adivinharam o que eu estava fazendo.

Melhor deixá-los pensar que era outra coisa. Por que um cara deveria sair do carro na beira de uma estrada no interior? Óbvio! Enquanto o carro passava, fingi que estava fechando um botão.

Liguei o carro com a manivela (o arranque automático não funciona mais) e entrei. Curiosamente, no exato momento em que eu estava fechando o botão, quando minha mente estava cerca de três quartos ocupada por aqueles jovens idiotas no outro carro, uma ideia maravilhosa me ocorreu.

Eu voltaria para Lower Binfield!

Por que não?, pensei enquanto passava a marcha. Por que não deveria? O que me impediria? E por que diabos eu não pensei nisso antes? Umas férias tranquilas em Lower Binfield – exatamente o que eu queria.

Não imagine que eu tivesse pensado em voltar a VIVER em Lower Binfield. Não planejava abandonar Hilda e as crianças e começar a vida com um nome diferente. Esse tipo de coisa só acontece nos livros. Mas o que me impedia de fugir para Lower Binfield e passar uma semana lá sozinho, na tranquilidade?

Eu parecia já estar com tudo planejado em minha mente. Tudo bem no que diz respeito ao dinheiro. Ainda havia doze libras naquela minha pilha secreta, e era possível ter uma semana muito confortável com doze libras. Recebo férias de quinze dias por ano, geralmente em agosto ou setembro. Mas, se eu inventasse alguma história adequada – a morte de parentes por doença incurável ou algo assim –, provavelmente poderia conseguir que a firma me concedesse minhas férias em duas metades separadas. Então, eu poderia ter uma semana só para mim antes que Hilda soubesse o que estava acontecendo. Uma semana em Lower Binfield, sem Hilda, sem filhos, sem Flying Salamander, sem Ellesmere Road, sem a confusão sobre os pagamentos de aluguel, sem barulho de trânsito deixando a gente bobo – apenas uma semana de ócio, ouvindo o silêncio?

Mas por que eu queria voltar para Lower Binfield? você pergunta. Por que Lower Binfield em particular? O que eu pretendia fazer quando chegasse lá?

Não queria fazer nada. Isso era parte da questão. Queria paz e sossego. Paz... Já a tivemos uma vez, em Lower Binfield. Eu disse a você algo sobre nossa antiga vida lá, antes da guerra. Não estou fingindo que foi perfeito. Ouso dizer que era um tipo de vida monótona, lenta e vegetativa. Você pode dizer que éramos como nabos, se quiser. Mas os nabos não vivem com medo do patrão, não ficam acordados à noite pensando na próxima crise e na próxima guerra. Tínhamos paz dentro de nós. Claro que eu sabia que mesmo em Lower Binfield a vida teria mudado. Mas o lugar em si não teria. Ainda haveria o bosque de faias ao redor da Casa Binfield, e o caminho de reboque até a represa Burford, e o cocho para cavalos no mercado. Eu queria voltar lá, apenas por uma semana, e deixar a sensação penetrar em mim. Era um pouco como um desses sábios orientais se retirando para o deserto. E eu devo pensar, do jeito que as coisas estão indo, haverá muitas pessoas se aposentando no deserto durante os próximos anos. Vai ser como o tempo na Roma antiga de que o velho Porteous me falava, quando havia tantos eremitas que havia uma lista de espera para cada caverna.

Mas não era que eu queria cuidar do meu umbigo. Eu só queria recuperar a coragem antes que os tempos ruins começassem. Por que alguém que não esteja morto do pescoço para cima duvida que um mau momento está chegando? Nem mesmo sabemos o que será, mas sabemos que está chegando. Talvez uma guerra, talvez uma depressão – sem saber, exceto, que será algo ruim. Aonde quer que formos, estaremos indo para baixo. Para a sepultura, para a fossa – sem saber. E você não pode enfrentar esse tipo de coisa a menos que tenha o sentimento certo dentro de você. Algo saiu de nós nesses vinte anos desde a guerra. É uma espécie de suco vital que espremos até não sobrar nada. Tudo isso correndo para lá e para cá! A luta eterna por um pouco de dinheiro. Barulho eterno de ônibus, bombas, rádios, campainhas de telefone. Nervos em frangalhos, lugares vazios em nossos ossos onde o tutano deveria estar.

Pisei no acelerador. Só de pensar em voltar para Lower Binfield já tinha me feito bem. Você conhece a sensação que tive. Ir à tona para respirar! Como as grandes tartarugas marinhas que vêm remando até a superfície, empinam o nariz e enchem os pulmões com um grande gole antes de afundarem novamente entre as algas e os polvos. Estamos todos sufocados no fundo de uma lata de lixo, mas eu encontrei o caminho para a superfície. Voltar para Lower Binfield! Mantive o pé no acelerador até que o velho carro chegasse à velocidade máxima de quase sessenta quilômetros por hora. Ele chacoalhava como uma bandeja de lata cheia de louças e, sob a cobertura do barulho, quase comecei a cantar.

É claro que a pedra no sapato era Hilda. Esse pensamento me desacelerou um pouco. Diminuí até vinte por hora para pensar naquilo.

Não havia muita dúvida de que Hilda descobriria mais cedo ou mais tarde. Quanto a ter apenas uma semana de férias em agosto, talvez eu consiga driblar isso, sem problemas. Eu poderia dizer a ela que a empresa estava me dando apenas uma semana este ano. Provavelmente, ela não faria muitas perguntas sobre isso, porque aproveitaria a chance para cortar as despesas do feriado. As crianças, em todo caso, ficam sempre um mês à beira-mar. A dificuldade surgiu em encontrar um álibi para aquela semana de maio. Eu não poderia simplesmente sair sem aviso prévio. A melhor coisa, pensei, seria contar a ela com bastante antecedência que eu estava sendo enviado a algum trabalho especial para Nottingham, Derby, Bristol ou algum outro lugar bem longe dali. Se eu contasse a ela dois meses antes, pareceria que não tinha nada a esconder.

Mas é claro que ela descobriria mais cedo ou mais tarde. Confie em Hilda! Ela começava fingindo que acreditava, e então, daquela maneira quieta e obstinada que tem, farejaria o fato de eu nunca ter estado em Nottingham ou Derby ou Bristol ou em qualquer outro lugar. É surpreendente como ela faz isso. Quanta perseverança! Fica quieta até descobrir todos os pontos fracos do seu álibi e, de repente, quando você troca os pés pelas mãos em algum comentário descuidado, ela começa a atacar. De repente sai com todo o dossiê do caso. "Onde você passou a noite de sábado? Isso é uma mentira! Você saiu com uma mulher. Olha só esses cabelos que encontrei escovando seu colete. Olhe para eles! Meu cabelo é dessa cor?" E então a diversão começa. Deus sabe quantas vezes isso aconteceu. Às vezes, ela está certa sobre a mulher e, às vezes, ela está errada, mas os efeitos colaterais são sempre os mesmos. Irritante por semanas a fio! Nunca falha uma refeição – e as crianças não conseguem entender do que se trata. A única coisa completamente impossível seria dizer a ela exatamente onde passei aquela semana e por quê. Se eu explicasse até o Dia do Juízo, ela nunca acreditaria nisso.

Mas, que se dane!, pensei, *por que me preocupar?* Estava muito longe. Você sabe como essas coisas parecem diferentes antes e depois. Pisei no acelerador novamente. Tive outra ideia, quase maior que a primeira. Eu não iria em maio. Iria na segunda quinzena de junho, quando terá começado a temporada de pesca de rio, e pescaria lá!

Afinal, por que não? Queria paz, e pescar é paz. E então a maior ideia de todas veio à minha cabeça e quase me fez tirar o carro da estrada.

Eu pegaria aquelas carpas grandes na lagoa da Casa Binfield!

E, mais uma vez, por que não? Não é estranho como passamos a vida, sempre pensando que as coisas que queremos fazer são as coisas que não podem ser feitas? Por que eu não deveria pegar aquelas carpas? E, no entanto, assim que a ideia é mencionada, não parece para você algo impossível, algo que simplesmente não poderia acontecer? Pareceu-me assim, mesmo naquele momento. Parecia-me uma espécie de sonho louco, como aqueles que você tem de dormir com estrelas de cinema ou ganhar o campeonato dos pesos pesados. E, no entanto, não era absolutamente impossível, nem mesmo improvável. Dá para pagar pela pesca. Quem quer que fosse o dono da Casa Binfield agora provavelmente cederia a lagoa se ganhasse o suficiente para isso. E, meu Deus! Ficaria feliz em pagar cinco libras por um dia de pesca naquela lagoa. Por falar nisso, era bem provável que a casa ainda estivesse vazia e ninguém soubesse que a lagoa existia.

Pensei no lugar escuro entre as árvores que esperavam por mim todos aqueles anos. E o enorme peixe preto ainda planando em volta dela. Minha nossa. Se tinham esse tamanho trinta anos atrás, como estariam agora?

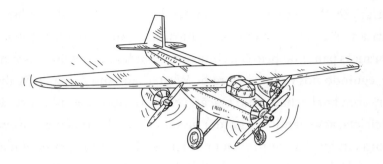

CAPÍTULO 3

Era dia 17 de junho, sexta-feira, o segundo dia da temporada de pesca de rio.

Não tive dificuldade em combinar as coisas com a empresa. Quanto a Hilda, eu a preparei com uma história fácil de engolir. Tinha escolhido Birmingham como meu álibi e, no último momento, eu até disse a ela o nome do hotel em que eu ficaria, Rowbottom's Family and Commercial. Acontece que eu sabia o endereço porque havia ficado lá alguns anos antes. Ao mesmo tempo, não queria que ela escrevesse para mim em Birmingham, o que ela faria se eu ficasse fora por uma semana. Depois de refletir sobre isso, eu confidenciei parcialmente ao jovem Saunders, que viaja para o Glisso Floor Polish. Ele mencionou por acaso que passaria por Birmingham no dia 18 de junho, e eu o fiz prometer que pararia no caminho e postaria uma carta minha para Hilda, endereçada pelo Rowbottom. Era para dizer a ela que eu poderia ser chamado para outra viagem e era melhor ela não escrever. Saunders entendeu, ou pensou que sim. Piscou para mim e disse que eu estava excelente para a minha idade. Então, isso resolveu Hilda. Ela não tinha feito nenhuma pergunta e, mesmo que suspeitasse mais tarde, um álibi como aquele duraria um pouco.

George Orwell

Dirigi por Westerham. Era uma manhã maravilhosa de junho. Uma leve brisa soprando, e os topos dos olmos balançando ao sol, pequenas nuvens brancas pairando pelo céu como um rebanho de ovelhas, e as sombras se perseguindo nos campos. Fora de Westerham, um rapaz do Walls' Ice Cream, com bochechas como maçãs, veio correndo na minha direção em sua bicicleta, assoviando até grudar na sua cabeça. De repente, me lembrei da época em que eu mesmo era um menino de recados (embora naquela época não tínhamos bicicletas de roda livre) e quase o parei e peguei um. Cortaram o feno em alguns lugares, mas ainda não o haviam juntado. Estava secando em longas fileiras brilhantes, e seu cheiro espalhou-se pela estrada e se misturou com a gasolina.

Dirigi a suaves quinze quilômetros por hora. A manhã tinha uma sensação de paz e sonho. Os patos flutuavam nos lagos como se estivessem satisfeitos demais para comer. Em Nettlefield, a aldeia além de Westerham, um homenzinho de avental branco, com cabelos grisalhos e um enorme bigode grisalho, disparou pelo gramado, plantou-se no meio da estrada e começou a fazer movimentos bruscos para chamar minha atenção. Meu carro é conhecido ao longo desta estrada, é claro. Eu parei. Era o senhor Weaver, que mantém o armazém geral da aldeia. Não, ele não quer um seguro de vida, nem para sua loja. Simplesmente está sem troco e quer saber se eu tenho uma libra de "prata grande". Eles nunca têm troco em Nettlefield, nem mesmo no bar.

Continuei dirigindo. O trigo chegava na cintura. Ondulava para cima e para baixo nas colinas como um grande tapete verde, com o vento agitando um pouco, meio espesso e de aparência sedosa. É como uma mulher, pensei. Faz você querer deitar-se sobre ele. E, um pouco à minha frente, vi a placa de sinalização onde a estrada bifurca à direita para Pudley e à esquerda para Oxford.

Eu ainda estava no meu ritmo habitual, dentro dos limites do meu "distrito", como a empresa diz. O natural, enquanto eu estava indo para o oeste, teria sido deixar Londres pela Uxbridge Road. Mas por uma espécie de instinto eu segui meu caminho de costume. O fato é que me sentia culpado por todo o negócio. Eu queria sair bem antes de ir para Oxfordshire. E, apesar de eu ter organizado as coisas tão bem com Hilda e a empresa, apesar das doze libras na minha carteira e da mala na parte de trás do carro, quando me aproximei da encruzilhada, realmente senti uma tentação – eu sabia que não sucumbiria a isso, mas era uma tentação – de jogar tudo para o alto. Tive a sensação de que, enquanto estivesse dirigindo no meu ritmo normal, ainda estaria dentro da lei. Não é tarde demais, pensei. Ainda dá tempo de fazer a coisa respeitável. Eu poderia entrar em Pudley, por exemplo, falar com o gerente do Barclay's Bank (ele é nosso agente em Pudley) e descobrir se algum novo negócio havia aparecido. Nesse sentido, eu poderia pegar o retorno, voltar para Hilda e confessar a história toda.

Diminuí a velocidade quando cheguei na esquina. Devo ou não devo? Por cerca de um segundo, fiquei realmente tentado. Mas não! Toquei a buzina e virei o carro para oeste, na estrada de Oxford.

Bem, eu fiz isso. Estava no terreno proibido. Era verdade que, oito quilômetros adiante, se eu quisesse, poderia virar à esquerda novamente e voltar para Westerham. Mas no momento eu estava indo para o oeste. A rigor, eu estava voando. E, o que era curioso, eu mal estava na estrada de Oxford quando tive certeza absoluta de que ELES sabiam de tudo. Quando digo ELES, quero dizer todas as pessoas que não aprovariam uma viagem desse tipo e que teriam me impedido se pudessem – o que, suponho, incluiria todo mundo.

Além do mais, eu realmente tinha a sensação de que eles já estavam atrás de mim. Todos eles! Todas as pessoas que não conseguiam entender por que um homem de meia-idade com dentes postiços deveria passar uma semana sossegada no lugar onde passou a infância. E todos os desgraçados mesquinhos que CONSEGUIAM entender muito bem e que levantariam céus e terra para evitá-lo. Eles estavam todos no meu rastro. Era como se um enorme exército subisse a estrada atrás de mim. Eu parecia vê-los em minha mente. Hilda seguia na frente, claro, com as crianças correndo atrás dela, e a senhora Wheeler a conduzia com uma expressão sombria e vingativa, e a senhorita Minns atrás dela, com o pincenê escorregando e um olhar de angústia no rosto, como a galinha que fica para trás quando os outros pegam a casca do toucinho. E Sir Herbert Crum e os superiores da Flying Salamander em seus Rolls-Royces e Hispano-Suizas. E todos os colegas do escritório, e todos os pobres rebaixados, burocratas da Ellesmere Road e de todas as outras ruas, alguns deles empurrando carrinhos de bebê, segadeiras e rolos de concreto para jardim, outros trabalhando no Austin Sevens. E todos os salvadores de almas e Marias-Fofoqueiras, pessoas que você nunca viu, mas que governam seu destino do mesmo jeito, o Ministro do Interior, a Scotland Yard, o Movimento da Temperança, o Banco da Inglaterra, Lorde Beaverbrook, Hitler e Stálin em uma bicicleta tandem, a bancada dos bispos, Mussolini, o Papa – todos estavam atrás de mim. Quase pude ouvi-los gritar:

– Tem um cara que pensa que vai escapar! Tem um cara que diz que não vai ser comum! Está voltando para Lower Binfield! Sigam-no! Parem-no!

É estranho. A impressão foi tão forte que dei uma espiada pela janelinha na parte de trás do carro para ter certeza de que não estava sendo seguido. Consciência culpada, suponho. Mas não havia ninguém. Apenas a estrada empoeirada e branca e a longa linha de olmos diminuindo atrás de mim.

Pisei no acelerador, e o carro velho chacoalhou na casa dos trinta por hora. Poucos minutos depois, passei pela curva de Westerham. Então, foi isso. Eu queimei meus barcos. Essa era a ideia que, de uma forma meio turva, começava a se formar em minha mente no dia em que ganhei minha nova dentadura.

PARTE 4

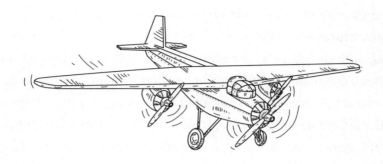

CAPÍTULO 1

Eu cheguei a Lower Binfield por Chamford Hill. Existem quatro estradas para Lower Binfield, e teria sido mais direto passar por Walton. Mas eu queria chegar por Chamford Hill, o caminho que costumávamos pegar quando voltávamos de bicicleta para casa depois de pescar no Tâmisa. Quando você passa pelo topo da colina, as árvores se abrem, e se pode ver Lower Binfield no vale abaixo de você.

É uma experiência esquisita percorrer um pedaço do interior que você não vê há vinte anos. Você se lembra dele com muitos detalhes e se lembra tudo errado. Todas as distâncias são diferentes, e os pontos de referência parecem ter se movido. Você continua sentindo, com certeza esta colina costumava ser muito mais íngreme – certamente aquela curva era do outro lado da estrada? E, por outro lado, você terá memórias perfeitamente precisas, mas que pertencem apenas a uma ocasião particular. Você se lembrará, por exemplo, de um canto de um campo, em um dia chuvoso de inverno, com a grama tão verde que era quase azul, um poste de portão podre coberto de líquen e uma vaca parada na grama olhando para você. E voltará depois de vinte anos e ficará surpreso porque a vaca não está parada no mesmo lugar, olhando para você com a mesma expressão.

Enquanto dirigia pela Chamford Hill, percebi que a imagem que eu tinha disso era quase inteiramente imaginária. Mas era fato que certas coisas mudaram. A estrada estava asfaltada, ao passo que antigamente era de macadame (lembro-me da sensação de calombos sob a bicicleta) e parecia ter ficado muito mais larga. E havia muito menos árvores. Antigamente, costumava haver faias enormes crescendo ao lado das sebes e, em alguns lugares, seus galhos se encontravam do outro lado da estrada e formavam uma espécie de arco. Agora, todas elas se foram. Eu estava quase chegando ao topo da colina quando deparei com algo que certamente era novo. À direita da estrada havia um monte de casas falsamente pitorescas, com beirais pendentes e pérgulas de rosa e tudo o mais. Você conhece os tipos de casas que são um pouco altas demais para ficar lado a lado, então são espalhadas por uma espécie de colônia, com estradas particulares levando até elas. E na entrada de uma das estradas particulares havia um enorme quadro branco que dizia:

CANIL
FILHOTES DE SEALYHAM TERRIER COM PEDIGREE
CRECHE PARA CÃES

Certamente AQUILO não costumava estar lá.

Pensei por um momento. Sim, lembrei-me! Onde essas casas ficavam, costumava haver uma pequena plantação de carvalho, e as árvores ficavam muito próximas umas das outras, de modo que eram muito altas e finas, e, na primavera, o solo embaixo delas costumava ser coberto por anêmonas. Certamente nunca houve nenhuma casa tão longe da cidade como esta.

Cheguei ao topo da colina. Mais um minuto e Lower Binfield estaria à vista. Lower Binfield! Por que eu deveria fingir que não estava animado? Só de pensar em vê-la novamente, uma sensação extraordinária, que começou em minhas entranhas, cresceu e fez algo com meu coração. Mais cinco segundos e eu estaria vendo. Sim, aqui estamos! Soltei a embreagem, pisei no freio e... Jesus!

Ah, sim, eu sei que você sabia o que estava por vir. Mas *não* fiz isso. Você pode dizer que fui um idiota por não esperar isso, e fui. Mas isso nem me ocorreu.

A primeira pergunta era: onde estava Lower Binfield?

Não quero dizer que tenha sido demolida. Apenas tinha sido engolida. O que eu estava olhando era uma cidade manufatureira de bom tamanho. Eu me lembro – meu Deus, como eu me lembro! E, neste caso, não acho que minha memória esteja muito distante da realidade – como era Lower Binfield do topo de Chamford Hill. Suponho que a High Street tivesse cerca de quatrocentos metros de comprimento e, exceto por algumas casas nos arredores, a cidade tinha aproximadamente a forma de uma cruz. Os principais marcos históricos eram a torre da igreja e a chaminé da cervejaria. Neste momento, não consegui distinguir nenhuma delas. Tudo o que pude ver foi um enorme rio de casas novas que corriam ao longo do vale em ambas as direções e na metade das colinas de cada lado. À direita, havia o que pareciam ser vários hectares de telhados vermelhos brilhantes, todos exatamente iguais. Um grande conjunto habitacional da Câmara, pelo que parece.

Mas onde estava Lower Binfield? Onde ficava a cidade que eu conhecia? Podia estar em qualquer lugar. Tudo que eu sabia era que estava enterrada em algum lugar no meio daquele mar de tijolos. Das cinco ou seis chaminés de fábrica que pude ver, não consegui adivinhar qual pertencia à cervejaria. Em direção ao extremo leste da cidade, havia duas enormes fábricas de vidro e concreto. Isso explica o crescimento da cidade, pensei, quando comecei a compreendê-la. Ocorreu-me que a população deste lugar (costumava ser cerca de dois mil nos velhos tempos) deve ser de uns bons vinte e cinco mil. A única coisa que não havia mudado, aparentemente, era a Casa Binfield. Não era muito mais do que um ponto àquela distância, mas dava para vê-la na encosta oposta, com as faias ao redor, e a cidade não tinha subido tanto. Enquanto eu olhava, uma frota de aviões pretos de bombardeio subiu a colina e zuniu pela cidade.

    Acionei a embreagem e comecei a descer lentamente a colina. As casas subiram até metade do caminho. Você conhece aquelas casinhas muito baratas que sobem uma encosta em uma fileira contínua, com os telhados se erguendo um acima do outro, como um lance de escadas, exatamente iguais. Mas, um pouco antes de chegar às casas, parei de novo. À esquerda da estrada, havia outra coisa bastante nova. O cemitério. Parei em frente ao portão para dar uma olhada.

    Era enorme, vinte acres, eu acho. Há sempre uma espécie de aparência abalada e pouco caseira em um novo cemitério, com seus caminhos de cascalho cru e seus gramados verdes ásperos e os anjos de mármore feitos à máquina que parecem saídos de um bolo de casamento. Mas o que mais me impressionou no momento foi que nos velhos tempos esse lugar não existia. Na época, não havia um cemitério separado, apenas o cemitério. Eu podia me lembrar vagamente do fazendeiro a que esses campos costumavam pertencer – Blackett era seu nome. E, de alguma forma, a aparência crua do lugar me trouxe à mente como as coisas haviam mudado. Não era só que a cidade tinha ficado tão vasta que precisavam de vinte acres para despejar seus cadáveres. Era que colocaram o cemitério aqui, na periferia da cidade. Percebeu que hoje em dia sempre fazem isso? Cada nova cidade coloca seu cemitério na periferia. Empurre-o para longe – mantenha-o fora de vista! Não suporto ser lembrado da morte. Até as lápides contam a mesma história. Nunca dizem que o sujeito embaixo delas "morreu", é sempre "faleceu" ou "descansou". Não era assim nos velhos tempos. Mandamos fazer o nosso cemitério no meio da cidade, você passava por ele todos os dias, via o lugar onde seu avô estava descansando e onde um dia você descansaria. Não nos importávamos em olhar nossos mortos. Com o tempo quente, admito, também tínhamos de cheirá-los, porque alguns dos túmulos da família não estavam muito bem vedados.

Um pouco de ar, por favor

Deixei o carro descer a colina lentamente. Estranho! Você não pode imaginar o quanto foi estranho! Durante toda a descida da colina, vi fantasmas, principalmente os fantasmas de sebes, árvores e vacas. Era como se eu estivesse olhando para dois mundos ao mesmo tempo, uma espécie de bolha fina da coisa que costumava ser, com a coisa que realmente existia brilhando através dela. Lá estava o campo onde o touro perseguiu Ginger Rodgers! E ali é o lugar onde os cogumelos costumavam crescer! Mas não havia campos, touros ou cogumelos. Eram casas, casas por toda parte, casinhas vermelhas com suas cortinas sujas e restos de quintal que não tinham nada além de um pedaço de grama ou algumas esporinhas se debatendo entre as ervas daninhas. E sujeitos andando para cima e para baixo, mulheres sacudindo tapetes e crianças de nariz empinado brincando na calçada. Todos estranhos! Todos se aglomeraram enquanto minhas costas estavam viradas. E, ainda assim, foram eles que me olharam como um estranho, eles não sabiam nada sobre a antiga Lower Binfield, nunca tinham ouvido falar de Shooter e Wetherall, ou do senhor Grimmett e do tio Ezekiel, e não se importavam, você pode apostar.

É engraçado como alguém se ajusta rapidamente. Suponho que se passaram cinco minutos desde que parei no topo da colina, na verdade um pouco sem fôlego com a ideia de ver Lower Binfield novamente. E já tinha me acostumado com a ideia de que Lower Binfield havia sido engolida e enterrada como as cidades perdidas do Peru. Eu me preparei e enfrentei. Afinal, o que mais você esperava? As cidades precisam crescer, as pessoas precisam viver em algum lugar. Além disso, a cidade velha não havia sido aniquilada. Em algum lugar ou outro ela ainda existia, embora tivesse casas ao redor em vez de campos. Em alguns minutos, eu estaria vendo tudo de novo, a igreja, a chaminé da cervejaria, a vitrine de papai e o cocho para cavalos no mercado. Cheguei ao pé da colina, e a estrada se bifurcou. Peguei a curva para a esquerda, e um minuto depois estava perdido.

Eu não conseguia me lembrar de nada. Não conseguia nem lembrar se era por aqui que a cidade costumava começar. Só sabia que antigamente essa rua não existia. Por centenas de metros, eu estava correndo ao longo dela – um tipo de rua bastante mesquinha e pobre, com as casas dando direto na calçada, e aqui e ali uma mercearia de esquina ou um barzinho sujo – e me perguntando para onde diabos isso levava. Finalmente, parei ao lado de uma mulher com um avental sujo e sem chapéu que estava andando pela calçada. Coloquei minha cabeça para fora da janela.

– Perdão, a senhora pode me dizer o caminho até o mercado?

Ela "não podia dizer". Respondeu com um sotaque que você poderia cortar com uma pá. Lancashire. Existem muitos deles no sul da Inglaterra agora. Transbordam das áreas em dificuldades. Então, vi um homem com um macacão e uma sacola de ferramentas chegando e tentei novamente. Desta vez, obtive a resposta em *cockney*, mas ele teve que pensar um pouco.

– Mercado? Mercado? Imobiliário, agora. Ah... quer dizer o mercado VEIO?

Suponho que realmente me referi ao Mercado Velho.

– Ah, bem... você pega a direita e vira...

Era um longo caminho. Quilômetros, pareceu-me, embora na verdade não desse um quilômetro. Casas, lojas, cinemas, capelas, campos de futebol – novo, tudo novo. Mais uma vez, tive a sensação de que uma espécie de invasão inimiga acontecia pelas minhas costas. Todas essas pessoas vindo de Lancashire e dos subúrbios de Londres, plantando-se neste caos bestial, sem se preocupar em conhecer os principais marcos da cidade pelo nome. Mas compreendi agora por que o que costumávamos chamar de mercado agora era conhecido como Mercado Velho. Havia uma grande praça, embora você não pudesse chamá-la corretamente de praça, porque não tinha uma forma particular, no meio da nova cidade, com semáforos e uma enorme estátua de bronze de um leão mordendo uma águia – o memorial de guerra, suponho. E a novidade de tudo! O olhar cru e cruel! Você conhece a aparência dessas novas cidades que, de repente, incharam como balões nos últimos anos, Hayes, Slough, Dagenham, e assim por diante? O tipo de frio, os tijolos vermelhos brilhantes por toda parte, as vitrines de aparência temporária cheias de chocolates baratos e peças de rádio. Era assim mesmo. Mas, de repente, entrei em uma rua com casas antigas. Poxa! A High Street!

Afinal, minha memória não havia me pregado peças. Eu conhecia cada centímetro dali. Mais algumas centenas de metros e eu estaria no mercado. A velha loja ficava do outro lado da High Street. Eu ia lá depois do almoço – ficava no George. E a cada centímetro uma memória! Eu conhecia todas as lojas, embora todos os nomes tivessem mudado e as coisas que vendiam também tivessem mudado. Lá está o Lovegrove! E o Todd's! E uma grande loja escura com vigas e janelas de mansarda. Costumava ser a loja de cortinas de Lilywhite, onde Elsie trabalhava. E o Grimmett! Aparentemente, ainda é uma mercearia. Agora, o cocho para cavalos do mercado. Havia outro carro à minha frente e eu não conseguia ver.

Virou quando passamos pelo mercado. O cocho dos cavalos havia desaparecido.

Havia um guarda de trânsito onde costumava ficar o cocho. Ele deu uma olhada no carro, viu que não tinha o sinal de oficial e decidiu não bater continência.

Virei a esquina e corri até o George. O desaparecimento do cocho tinha me deixado tão para baixo que nem olhei para ver se a chaminé da cervejaria ainda estava de pé. O George também havia mudado, exceto o nome. A frente tinha sido embonecada até parecer um daqueles hotéis à beira do rio, e a placa era diferente. Era curioso que, embora até aquele momento eu não tivesse pensado nisso uma vez em vinte anos, de repente descobri que podia me lembrar de cada detalhe da velha placa, que estava lá desde que eu conseguia me lembrar. Era um tipo de pintura grosseira, com São Jorge em um cavalo muito magro pisoteando um dragão muito gordo e, no canto, embora estivesse rachado e desbotado, dava para ler a pequena assinatura, "Wm. Sandford, Pintor & Carpinteiro". A nova placa tinha uma aparência meio artística. Dava para ver que havia sido pintada por um artista de verdade. São Jorge parecia um afrescalhado normal. O pátio de paralelepípedos, onde as carroças dos fazendeiros costumavam ficar e os bêbados costumavam vomitar, havia aumentado cerca de três vezes e foi todo concretado, com vagas de carro ao redor. Dei ré com o carro em uma das vagas e saí.

Uma coisa que tenho notado sobre a mente humana é que ela funciona em fragmentos. Nenhuma emoção permanece com a gente por muito tempo. Durante o último quarto de hora, tive o que seria possível descrever como um choque. Senti quase como uma meia nas entranhas quando parei no topo de Chamford Hill e de repente percebi que Lower Binfield havia desaparecido, e houve outra pequena facada quando vi que o cocho tinha sumido. Dirigi pelas ruas com um sentimento sombrio, tipo Ichabod. Mas, quando saí do carro e coloquei meu chapéu de feltro na cabeça, de repente senti que não tinha a menor importância. Estava um lindo dia de sol, e o jardim do hotel tinha uma aparência meio de verão, com suas flores em banheiras verdes e sei lá o quê. Além disso, estava com fome e ansioso para almoçar.

Entrei no hotel com uma espécie de ar de importância, com o engraxate, que já tinha saído para me encontrar, seguindo com a mala. Eu me sentia muito próspero e provavelmente tinha essa aparência. Um homem de negócios sólido, você diria, de qualquer forma, se não tivesse visto o carro. Fiquei feliz por ter vindo com meu novo terno: flanela azul com uma fina faixa branca, que combina com meu estilo. Tem o que o alfaiate chama de "efeito redutor". Acredito que naquele dia eu poderia ter passado por um corretor da bolsa. E, diga o que quiser, é uma coisa muito agradável, em um dia de junho, quando o sol está brilhando sobre os gerânios rosa nas janelas, entrar em um belo hotel rural com cordeiro assado e molho de hortelã à sua frente. Não que seja um prazer para mim ficar em hotéis, Deus sabe que os visito demais, mas noventa e nove vezes em cem são aqueles hotéis ímpios "familiares e para negócios", como o Rowbottom, onde eu deveria estar agora, o tipo de lugar onde você paga cinco pratas pela estadia, e os lençóis estão sempre úmidos e as torneiras nunca funcionam. O George ficou tão chique que eu não teria percebido. Antigamente, dificilmente seria um hotel, apenas um bar, embora tivesse um ou dois quartos para alugar e costumasse fazer um almoço de fazendeiros (rosbife e Yorkshire, bolinho de sebo e queijo Stilton) nos dias de feira. Tudo parecia diferente, exceto pelo bar público, que vislumbrei ao passar e que parecia o mesmo de sempre. Subi uma passagem com um tapete macio, e pegadas de caça, frigideiras de cobre e coisas assim estavam penduradas nas paredes. E vagamente podia me lembrar da passagem como costumava ser, as lajes escavadas sob os pés e o cheiro de gesso misturado com o cheiro de cerveja. Uma jovem de aparência elegante, com cabelo crespo e vestido preto, que suponho ser a balconista ou algo assim, levou meu nome ao escritório.

– Deseja um quarto, senhor? Certamente, senhor. Que nome devo colocar, senhor?

Eu estaquei. Afinal, esse era meu grande momento. Ela com certeza conheceria o meu nome. Não é comum, e há muitos de nós no cemitério. Éramos uma das antigas famílias de Lower Binfield, os Bowlings de Lower Binfield. E embora de certa forma seja doloroso ser reconhecido, eu estava ansioso por isso.

– Bowling – eu disse claramente. – Senhor George Bowling.

– Bowling, senhor. B-O-A-oh! B-O-W? Sim, senhor. E está vindo de Londres, senhor?

Sem resposta. Nada registrado. Ela nunca tinha ouvido falar de mim. Nunca ouvira falar de George Bowling, filho de Samuel Bowling – Samuel Bowling, que droga!, bebeu meio litro de cerveja neste mesmo bar todos os sábados durante mais de trinta anos.

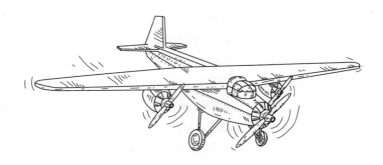

CAPÍTULO 2

A sala de jantar também havia mudado.

Eu conseguia me lembrar do antigo cômodo, embora nunca tivesse feito uma refeição lá, com sua lareira marrom e seu papel de parede amarelo-bronze – eu nunca soube se era para ser daquela cor ou se tinha ficado assim com a idade e a fumaça – e a pintura a óleo, também de Wm. Sandford, Pintor & Carpinteiro, da batalha de Tel el-Kebir. Agora, eles conseguiram deixar o lugar com um tipo de estilo medieval. Lareira de tijolo com espaço de acomodação, uma viga enorme atravessando o teto, painéis de carvalho nas paredes, e cada pedaço deles uma farsa que você poderia ter visto a cinquenta metros de distância. A trave era de carvalho genuíno, provavelmente de algum veleiro antigo, mas não sustentava nada, e tive minhas suspeitas sobre os painéis assim que os vi. Quando me sentei à mesa e o jovem garçom elegante veio em minha direção mexendo em seu guardanapo, bati na parede atrás de mim. Sim! Pensei isso! Nem mesmo madeira. Eles falsificam com algum tipo de composto e então pintam.

Mas o almoço não foi ruim. Comi meu cordeiro com molho de hortelã e uma garrafa de um ou outro vinho branco com um nome francês que me fez arrotar um pouco, mas me deixou feliz. Havia outra pessoa almoçando lá, uma mulher de cerca de 30 anos e cabelos louros, parecia uma viúva. Eu me perguntei se ela estava hospedada no George e fiz planos vagos de sair com ela. É engraçado como seus sentimentos se confundem. Metade do tempo eu via fantasmas. O passado estava se projetando no presente, dia de feira, e os grandes e sólidos fazendeiros jogando suas pernas sob a longa mesa, com suas tachas de bota raspando no chão de pedra, e abrindo caminho através de uma quantidade de carne e bolinhos que você não acreditaria que a estrutura humana poderia aguentar. E então as mesinhas, com suas toalhas brancas brilhantes, taças de vinho e guardanapos dobrados, e as decorações falsificadas, e o dispêndio geral tornaria a apagar esse cenário. E eu pensava: "Tenho doze libras e um terno novo. Sou o pequeno Georgie Bowling, e quem acreditaria que eu voltaria para Lower Binfield em meu próprio automóvel?" E então o vinho enviava uma espécie de sensação de calor estômago acima, e eu corria os olhos sobre a mulher de cabelo louro e mentalmente tirava sua roupa.

Foi a mesma coisa à tarde, enquanto eu estava deitado na sala – medieval farsesco de novo, mas tinha poltronas comuns de couro e mesas com tampo de vidro – com um pouco de conhaque e um charuto. Eu estava vendo fantasmas, mas no geral estava gostando. Na verdade, eu estava um pouco bêbado e torcendo para que a mulher de cabelos louros viesse para que eu pudesse travar um relacionamento. Mas ela nunca apareceu. Foi só quase na hora do chá que saí.

Caminhei até o mercado e virei para a esquerda. A loja! Foi divertido. Vinte e um anos atrás, no dia do funeral de mamãe, eu passei por ela na charrete da estação e vi tudo calado e empoeirado, com a placa queimada por um maçarico, e nem me importei. E agora, quando eu estava muito mais longe dela, quando na verdade havia detalhes sobre o interior da casa que eu não conseguia lembrar, a ideia de vê-la novamente afetou meu coração e minhas entranhas. Passei pela barbearia. Ainda é uma barbearia, embora o nome fosse diferente. Um cheiro quente, ensaboado e amendoado saiu pela porta. Não tão bom quanto o cheiro antigo de rum e latakia. A nossa loja ficava vinte metros adiante. Ah!

Uma placa de aparência artística – pintada pelo mesmo sujeito que a do George, não deveria me surpreender – pendurada na calçada:

CASA DE CHÁ DA WENDY
CAFÉ DA MANHÃ
BOLOS FEITOS EM CASA

Uma casa de chá!

Suponho que, se tivesse sido de um açougueiro ou de um ferreiro, ou qualquer outro, exceto de um vendedor de sementes, teria me dado o mesmo choque. É um absurdo que, pelo motivo de você ter nascido em uma certa casa, você sinta que tem direitos sobre ela para o resto da sua vida, mas você tem. O lugar fazia jus ao seu nome, certo. Cortinas azuis na janela e um ou dois bolos em volta, o tipo de bolo coberto de chocolate e com apenas uma noz presa em algum lugar no topo. Eu entrei.

Realmente não quis chá, mas precisava ver o interior.

Eles evidentemente transformaram a loja, e o que costumava ser a sala de estar, em salões de chá. Quanto ao quintal nos fundos, onde ficava o latão de lixo e o pequeno canteiro onde as ervas do meu pai costumavam crescer, eles o pavimentaram e o embonecaram com mesas rústicas, hortênsias e coisas assim. Entrei na sala. Mais fantasmas! O piano e os textos na parede, e as duas velhas poltronas vermelhas onde papai e mamãe costumavam se sentar em lados opostos da lareira, lendo a *People* e o *News of the World* nas tardes de domingo! Eles conseguiram deixar o lugar com um estilo ainda mais antigo que o do George, com mesas dobráveis, um lustre de ferro martelado, placas de estanho penduradas na parede e tudo o mais. Você percebe como eles sempre conseguem deixar esses salões de chá artísticos bem escuros? É parte da antiguidade, suponho. E, em vez de uma garçonete comum, havia uma jovem em uma espécie de embrulho estampado que me recebeu com uma expressão azeda. Pedi chá para ela, e ela demorou dez minutos para pegá-lo. Você conhece o tipo de chá – chá da China, tão fraco que você poderia pensar que é água até colocar o leite. Eu estava sentado quase exatamente onde a poltrona de papai costumava ficar. Quase dava para ouvir a voz dele, lendo um "pedaço", como ele costumava chamar, da *People*, sobre as novas máquinas voadoras, ou o sujeito que foi engolido por uma baleia, ou algo assim. Isso me deu uma sensação muito peculiar de que eu estava lá sob falsos pretextos e eles poderiam me expulsar se descobrissem quem eu era e, ao mesmo tempo, eu tinha uma espécie de desejo de contar a alguém que nasci aqui, que pertenço a esta casa, ou melhor (o que eu realmente sentia) que a casa era minha. Não havia mais ninguém tomando chá. A garota com o vestido estampado estava parada perto da janela, e pude ver que, se eu não estivesse lá, ela estaria palitando os dentes. Mordi uma das fatias de bolo que ela me trouxe. Bolos caseiros! Pode apostar que sim. Feito em casa com margarina e sucedâneo de ovo. Mas no final tive que falar.

Eu disse:

– Você está em Lower Binfield há muito tempo?

Ela se assustou, pareceu surpresa e não respondeu. Eu tentei de novo:

– Eu morei em Lower Binfield por um bom tempo.

Novamente nenhuma resposta, ou apenas algo que eu não pude ouvir. Ela me lançou um olhar meio frio e depois olhou novamente pela janela. Eu vi como foi. Muito dama para bater um papo com os clientes. Além disso, provavelmente pensou que eu estava tentando fazer um joguinho com ela. De que adiantaria contar a ela que nasci naquela casa? Mesmo que ela acreditasse, isso não lhe interessaria. Ela nunca tinha ouvido falar de Samuel Bowling, Mercado de Milho & Semente. Paguei a conta e saí.

Eu fui até a igreja. Uma coisa de que eu estava meio com medo e meio ansioso era ser reconhecido por pessoas que eu conhecia. Mas não precisava ter me preocupado, não havia um rosto que eu conhecesse em lugar nenhum nas ruas. Parecia que toda a cidade tinha uma nova população.

Quando cheguei à igreja, vi por que eles tiveram que construir um novo cemitério. O cemitério estava cheio até a borda e metade dos túmulos tinha nomes que eu não conhecia. Mas os nomes que eu conhecia eram fáceis de encontrar. Eu vaguei entre os túmulos. O sacristão acabara de cortar a grama, e até ali tinha cheiro de verão. Eles estavam sozinhos, todas as pessoas mais velhas que eu conhecia. Gravitt, o açougueiro, e Winkle, o outro vendedor de sementes, e Trew, que costumava manter o George, e a senhora Wheeler, da confeitaria – todos estavam descansando ali. Shooter e Wetherall estavam frente a frente em cada lado do caminho, como se ainda estivessem cantando um para o outro do outro lado do corredor. Então, Wetherall não fez seus cem, afinal. Nasceu em 1843 e "partiu" em 1928. Mas havia vencido o Shooter, como sempre. Shooter morreu em 1926. Que mau tempo o velho Wetherall deve ter tido naqueles dois anos em que não havia ninguém para cantar contra ele! E o velho Grimmett, sob uma coisa enorme de mármore em forma de torta de vitela e presunto, com uma grade de ferro em volta, e no canto, um lote inteiro de Simmons sob pequenas cruzes baratas. Tudo virou pó. O velho Hodges com seus dentes cor de tabaco, e Lovegrove com sua grande barba castanha, e Lady Rampling com o cocheiro e o criado de libré, e a tia de Harry Barnes que tinha um olho de vidro, e Brewer, da Fazenda do Moinho com seu rosto velho e perverso como algo esculpido em uma noz – nada sobrou de nenhum deles, exceto uma placa de pedra e Deus sabe o que por baixo.

Encontrei o túmulo de mamãe e o de papai ao lado. Ambos em bom estado de conservação. O sacristão mantinha a grama aparada. O do tio Ezequiel estava um pouco longe. Eles destruíram muitas das sepulturas mais antigas, e as velhas cabeças de madeira, aquelas que costumavam parecer a ponta de uma cama, foram todas retiradas. O que você sente quando vê o túmulo de seus pais depois de vinte anos? Não sei o que se deve sentir, mas vou lhe dizer o que senti, e não foi nada. Meu pai e minha mãe nunca desapareceram da minha mente. É como se existissem em algum lugar em uma espécie de eternidade, a mãe atrás do bule marrom, o pai com sua cabeça calva um pouco farinhenta, e seus óculos e o bigode cinza, fixados para sempre como pessoas em um quadro, e ainda, de algum modo, vivos. Aquelas caixas de ossos enterradas no chão não pareciam ter algo a ver com eles. Apenas, enquanto eu estava lá, comecei a me perguntar como você se sente quando está embaixo da terra, se você se importa muito e, quando deixa de se importar. De repente, uma sombra pesada passou por mim e me deu um susto.

Olhei para trás. Era apenas um avião bombardeiro que voou entre mim e o sol. O lugar parecia estar mais sombrio com eles.

Entrei na igreja. Quase pela primeira vez desde que voltei para Lower Binfield, não tive a sensação fantasmagórica, ou melhor, eu a tive de uma forma diferente. Porque nada mudou. Nada, exceto que todas as pessoas haviam partido. Até as almofadas do genuflexório pareciam iguais. O mesmo cheiro adocicado de cadáver empoeirado. E, minha nossa! O mesmo buraco na janela, porém, como era tarde e o sol estava batendo do outro lado, o ponto de luz não estava subindo pelo corredor. Ainda tinham bancos – não mudaram para cadeiras. Lá estava o nosso banco e aquele na frente, onde Wetherall costumava berrar contra o Shooter. Seom, rei dos amorreus, e Ogue, rei de Basã! E as pedras gastas no corredor, onde ainda se podiam ler pela metade os epitáfios dos caras que estavam debaixo delas. Eu me agachei para dar uma olhada no que ficava em frente ao nosso banco. Eu ainda sabia de cor as partes legíveis. Até mesmo o padrão que eles fizeram parecia ter ficado na minha memória. Só Deus sabe quantas vezes os li durante o sermão.

Aqui filho, Gent.,
deste paró q seu jufto e
reto..
Para sua........................ múltipla bene
volência ele acrescentou uma diligente
.... e amada espofa Amelia, por......................deixa cinco
filhas...

Lembrei-me de como o S longo costumava me intrigar quando criança. Costumava me perguntar se antigamente eles pronunciavam seus S's como F's e, em caso afirmativo, por quê.

Ouvi um passo atrás de mim. Ergui os olhos. Um sujeito de batina estava parado perto de mim. Era o vigário.

Mas quero dizer "O" vigário! Era o velho Betterton, que fora vigário nos velhos tempos – não, na verdade, desde que eu conseguia me lembrar, mas desde 1904 ou por aí. Eu o reconheci imediatamente, embora seu cabelo estivesse bastante branco.

Ele não me reconheceu. Eu era apenas um viajante gordo de terno azul fazendo um pouco de turismo. Ele disse boa tarde e prontamente começou a falar na linha de costume – eu estava interessado em arquitetura, um edifício antigo notável, fundações que remontam aos tempos saxões e assim por diante. E logo ele estava cambaleando, mostrando-me os pontos turísticos, como eles eram – arco normando sendo levado para a sacristia, efígie de bronze de Sir Roderick Bone que foi morto na Batalha de Newbury. E eu o segui com o tipo de ar canalha que os homens de negócios de meia-idade sempre têm quando são mostrados em uma igreja ou galeria de fotos. Mas eu disse a ele que já sabia de tudo? Eu disse a ele que era Georgie Bowling, filho de Samuel Bowling – ele teria se lembrado do meu pai mesmo se não se lembrasse de mim – e que eu não apenas ouvi seus sermões por dez anos e fui para suas aulas de crisma, mas até pertencia ao Círculo de Leitura de Lower Binfield e tentei ler *Sesame and Lilies* só para agradá-lo? Não, não disse. Eu simplesmente o segui, fazendo o tipo de resmungo que você faz quando alguém lhe diz que isto ou aquilo tem quinhentos anos e você não consegue pensar no que dizer, exceto que não parece ter isso tudo. A partir do momento em que coloquei os olhos nele, decidi deixá-lo pensar que eu era um estranho. Assim que pude, decentemente, coloquei seis pence na caixa de doação da igreja e saí.

Mas por quê? Por que não fazer contato, agora que finalmente encontrei alguém que conhecia?

Porque a mudança em sua aparência depois de vinte anos realmente me assustou. Suponho que você pense que quero dizer que ele parecia mais velho. Mas não parecia! Parecia mais jovem. E de repente isso me ensinou algo sobre a passagem do tempo.

Suponho que o velho Betterton teria cerca de 65 anos agora, de modo que, quando o vi pela última vez, ele teria cerca de 45 – minha idade atual. Seu cabelo estava branco agora, e, no dia em que enterrou mamãe, era uma espécie de cinza raiado, como um pincel de barbear. E, no entanto, assim que o vi, a primeira coisa que me impressionou foi que ele parecia mais jovem. Eu pensava nele como um velho, velho, e afinal ele não era tão velho. Quando menino, me ocorreu, todas as pessoas com mais de 40 anos me pareciam apenas destroços velhos e gastos, tão velhos que quase não havia diferença entre eles. Um homem de 45 anos parecia-me mais velho do que aquele velho trêmulo de 65 agora. E, minha nossa! Eu também tinha 45 anos. Isso me assustou.

Então, é assim que pareço para rapazes de 20 anos, pensei enquanto corria entre os túmulos. Apenas um pobre velho brutamontes. Acabado. Foi curioso. Como regra, não me importo nem um pouco com minha idade. Por que deveria? Sou gordo, mas forte e saudável. Posso fazer tudo o que quero fazer. Uma rosa tem o mesmo cheiro para mim agora como quando eu tinha 20 anos. Ah, mas eu cheiro o mesmo para a rosa? Como uma resposta, uma garota, que poderia ter 18 anos, veio pela alameda do cemitério. Ela teve que passar a um ou dois metros de mim. Eu vi o olhar que ela me deu, apenas um olhar minúsculo e momentâneo. Não, não com medo, nem hostil. Apenas meio selvagem, remoto, como um animal selvagem quando você chama a atenção. Ela nasceu e cresceu naqueles vinte anos enquanto eu estava longe de Lower Binfield. Todas as minhas lembranças não teriam significado nada para ela. Vivendo em um mundo diferente do meu, como um animal.

Voltei para o George. Queria uma bebida, mas o bar só abriria em meia hora. Fiquei ali um pouco, lendo um *Sporting and Dramatic* do ano anterior, e logo a senhora loira, aquela que eu pensei que poderia ser uma viúva, entrou. Tive um desejo desesperado de sair com ela. Queria mostrar para mim mesmo que o velho sabujo ainda tem vida, mesmo que ele tenha de usar dentes postiços. Afinal, pensei, se ela tem 30 e eu tenho 45, é justo. Eu estava parado em frente à lareira vazia, fingindo que esquentava minha bunda, como se faz num dia de verão. No meu terno azul, eu não parecia tão ruim. Um pouco gordo, sem dúvida, mas distinto. Um homem do mundo. Eu poderia me passar por um corretor da bolsa. Coloquei meu sotaque mais forte e disse casualmente:

– Estamos tendo um clima maravilhoso de junho.

Foi uma observação bastante inofensiva, não foi? Nem na mesma classe de "Não conheci você em algum lugar antes?".

Mas não foi um sucesso. Ela não respondeu, apenas abaixou por cerca de meio segundo o jornal que estava lendo e me lançou um olhar que teria rachado uma janela. Foi terrível. Ela tinha um daqueles olhos azuis que penetram em você como uma bala. Naquela fração de segundo eu vi o quanto eu a entendera errado de uma forma desesperada. Ela não era o tipo de viúva de cabelos tingidos que gosta de ser levada a salões de dança. Era de classe média alta, provavelmente filha de um almirante, e frequentou uma dessas boas escolas onde se joga hóquei. E eu também me enganei. Com terno novo ou sem terno novo, NÃO PODERIA passar por um corretor da bolsa. Parecia apenas um caixeiro-viajante que por acaso conseguiu um pouco de dinheiro. Eu me esgueirei para o bar para tomar uma ou duas cervejas antes do jantar.

A cerveja não era a mesma. Lembro-me da cerveja velha, da boa cerveja do Vale do Tâmisa, que costumava ter um pouco de sabor porque era feita de água com calcário. Eu perguntei à garçonete:

– A "Bessemers" ainda tem a cervejaria?

– Bessemers? Ah, NÃO, senhor! Eles fecharam. Ah, anos atrás... muito antes de virmos "pra cá".

Ela era do tipo amigável, o que chamo de garçonete do tipo irmã mais velha, 35 anos, um rosto suave e os braços gordos que elas desenvolvem ao mexer na torneira de cerveja. Ela me disse o nome do grupo que assumiu a cervejaria. Eu poderia ter adivinhado pelo gosto, na verdade. Os diferentes balcões circundavam o espaço, com compartimentos entre eles. Do outro lado do bar, dois rapazes jogavam dardos e, no Jarro e Garrafa, havia um sujeito, que eu não pude ver, que ocasionalmente fazia uma observação com uma voz sepulcral. A garçonete apoiou os cotovelos gordos no balcão e conversou comigo. Repassei os nomes das pessoas que eu conhecia, e ela não tinha ouvido falar de nenhuma delas. Ela disse que estava em Lower Binfield há apenas cinco anos. Ela nem tinha ouvido falar do velho Trew, que costumava gerenciar o George nos velhos tempos.

– Eu também morava em Lower Binfield. – disse a ela. – Foi há um bom tempo, antes da guerra.

– Antes da guerra? Ora, essa! Você não me parece tão velho.

– Vê algumas mudanças, creio – disse o sujeito no Jarro e na Garrafa.

– A cidade cresceu – respondi. – São as fábricas, suponho.

– Bem, é claro que a maioria deles trabalha principalmente nas fábricas. Lá o gramofone funciona e há Truefitt Stockings. Mas, claro, estão fazendo bombas hoje em dia.

Não entendi direito por que era claro, mas ela começou a me contar sobre um jovem que trabalhava na fábrica de Truefitt e às vezes ia ao George, e ele disse a ela que estavam fazendo bombas e também meias, os dois, por algum motivo que não entendi, sendo fáceis de combinar. E então ela me contou sobre o grande aeródromo militar perto de Walton – responsável pelos bombardeiros que eu continuava vendo – e no momento seguinte começamos a falar sobre a guerra, como de costume. Engraçado. Foi exatamente para fugir da ideia de guerra que vim aqui. Mas como seria possível, afinal? Está no ar que você respira.

Eu disse que aconteceria em 1941. O cara no Jarro e Garrafa disse que achava que era um trabalho ruim. A garçonete disse que lhe dava arrepios. Ela comentou:

– Parece que não adianta muito, não é, depois de tudo dito e feito? E às vezes fico acordada à noite e ouço uma daquelas grandes coisas enormes passando por cima de mim, e penso comigo mesmo: "Ora essa, suponha que ela fosse jogar uma bomba bem em cima de mim! E toda essa Precaução Contra Ataques Aéreos (P.C.A.A.), e a senhorita Todgers, ela é a Vigilante do Ar, dizendo que vai ficar tudo bem se você mantiver a cabeça e encher as janelas de jornal, e eles dizem que vão cavar um abrigo sob a Prefeitura. Mas, pelo que vejo, como você poderia colocar uma máscara de gás em um bebê?"

O sujeito do Jarro e da Garrafa disse que tinha lido no jornal que você deveria tomar um banho quente até que tudo acabasse. Os rapazes do bar ouviram isso, e houve um pequeno desvio para o assunto de quantas pessoas poderiam entrar no mesmo banheiro, e os dois perguntaram à garçonete se poderiam compartilhar o banheiro com ela. Ela disse a eles para não ficarem atrevidos e foi até a outra extremidade do bar e tirou mais alguns litros de cerveja velha e sem graça. Dei uma talagada na minha cerveja. Era muito vagabunda. Amarga, eles chamam. E era amarga, com certeza, muito amarga, uma espécie de gosto sulfuroso. Químicos. Dizem que nenhum lúpulo inglês vai para a cerveja hoje em dia, todos são transformados em produtos químicos. Os produtos químicos, por outro lado, são transformados em cerveja. Eu me peguei pensando no tio Ezequiel, o que ele teria dito para uma cerveja assim e o que teria dito sobre a P.C.A.A. e os baldes de areia com os quais você deveria colocar as bombas de termite. Quando a garçonete voltou para o meu lado do bar, eu disse:

– A propósito, quem está com o Salão hoje em dia?

Sempre costumávamos chamá-lo de Salão, embora seu nome fosse Casa Binfield. Por um momento, ela pareceu não entender.

– O Salão, senhor?

– É a Casa Binfield – disse o sujeito no Jarro e Garrafa.

– Ah, Casa Binfield! Pensei que você se referia ao Salão Memorial. É o doutor Merrall que está com a Casa Binfield agora.

– Doutor Merrall?

– Sim, senhor. Ele tem mais de sessenta pacientes lá, dizem eles.

Um pouco de ar, por favor

– Pacientes? Transformaram em um hospital ou algo assim?
– Bem, não é o que você chamaria de um hospital comum. Mais como um sanatório. São pacientes mentais, na verdade. O que chamam de Lar para Pacientes Mentais.
Um manicômio!
Mas afinal, o que mais você poderia esperar?

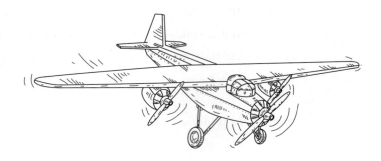

CAPÍTULO 3

Rastejei para fora da cama com um gosto ruim na boca e os ossos rangendo.

O fato é que, com uma garrafa de vinho no almoço e outra no jantar, e várias canecas de cerveja no meio, além de um ou dois conhaques, bebi um pouco demais no dia anterior. Por vários minutos, fiquei parado no meio do tapete, olhando para nada em particular e muito cansado para fazer qualquer movimento. Você conhece aquela sensação horrível que você tem às vezes de manhã cedo. É uma sensação principalmente nas pernas, mas diz a você com mais clareza do que qualquer palavra poderia dizer: "Por que diabos você continua com isso? Acabe com isso, meu velho! Enfie a cabeça no forno a gás!".

Então, botei meus dentes e fui até a janela. Um lindo dia de junho, novamente, e o sol estava começando a se inclinar sobre os telhados e atingir as fachadas das casas do outro lado da rua. Os gerânios rosa nas floreiras das janelas não pareciam tão ruins. Embora fossem apenas oito e meia e esta fosse apenas uma rua lateral da praça do mercado, havia uma multidão de pessoas entrando e saindo. Um fluxo de rapazes com aparência de funcionários em ternos escuros com malas de despacho corria, todos na mesma direção, como se aquilo fosse um subúrbio de Londres e estivessem fugindo para o metrô, e os alunos se esgueirando em direção ao mercado – em pares e trios. Tive a mesma sensação que tivera no dia anterior, quando vi a selva de casas vermelhas que engoliu Chamford Hill. Intrusos malditos! Vinte mil penetras que nem sabiam meu nome. E aqui estava toda essa nova vida fervilhando de um lado para o outro, e aqui estava eu, um pobre velho gordo com dentes postiços, observando-os de uma janela e resmungando coisas que ninguém queria ouvir sobre coisas que aconteceram há trinta e quarenta anos. Meu Deus. Eu pensei, eu estava errado em pensar que estava vendo fantasmas. Eu mesmo sou o fantasma. Estou morto, e eles estão vivos.

Mas, depois do café da manhã com hadoque, rins grelhados, torradas com geleia e um bule de café, me senti melhor. A dama gelada não estava tomando café da manhã na sala de jantar, havia uma sensação agradável de verão no ar e eu não conseguia me livrar da sensação de que naquele meu terno de flanela azul eu parecia um pouco distinto. Por Deus! Eu pensei, se sou um fantasma, SEREI um fantasma! Vou caminhar. Vou assombrar os lugares antigos. E talvez eu possa usar um pouco de magia negra em alguns desses desgraçados que roubaram minha cidade natal de mim.

Comecei, mas não fui além do mercado quando fui puxado por algo que não esperava ver. Uma procissão de cerca de cinquenta alunos marchava pela rua em colunas de quatro – bastante militares, pareciam – com uma mulher de aparência sombria marchando ao lado deles como um sargento-mor. Os quatro primeiros carregavam uma bandeira com uma borda vermelha, branca e azul e com "BRITÂNICOS, PREPAREM-SE" escrito nela em letras enormes. O barbeiro da esquina saiu à sua porta para dar uma olhada neles. Falei com ele. Ele era um sujeito com cabelo preto brilhante e um tipo de rosto sem graça.

– O que essas crianças estão fazendo?

— É o treino de precaução contra ataque aéreo daqui – disse ele vagamente. – A P.C.A.A. como prática. Aquela é a senhorita Todgers, quero dizer.

Devo ter adivinhado que era a senhorita Todgers. Era possível ver nos olhos dela. Você conhece o tipo de velha demônia durona com cabelos grisalhos e rosto enrugado, que sempre está encarregada da separação do Guia para Meninas, dos albergues da YWCA e sei lá o quê. Ela usava um casaco e uma saia que de alguma forma pareciam um uniforme e davam uma forte impressão de que ela estava usando um cinto Sam Browne, embora na verdade não fosse. Eu conhecia seu tipo. Estive nas Forças Armadas das Mulheres na guerra e nunca mais me diverti um dia desde então. Essa P.C.A.A. era música para ela. Quando as crianças passaram, ouvi-a soltar um grito de sargento-mor de verdade: "Mônica! Levante os pés!", e vi que os quatro da retaguarda tinham outra bandeira com uma borda vermelha, branca e azul, e no meio

ESTÃO PRONTOS. NÃO ESTÃO?

— Por que eles querem marchar para cima e para baixo? – perguntei ao barbeiro.

— Sei lá. Acho que é uma espécie de propaganda.

Eu sabia, é claro. Faça as crianças pensarem na guerra. Dê a todos nós a sensação de que não há como escapar, os bombardeiros estão chegando tão certos quanto o Natal, então vá para o porão e não discuta. Dois dos grandes aviões pretos de Walton voavam sobre o extremo leste da cidade. *Meu Deus!*, pensei, *quando começar não nos surpreenderá mais do que uma enxurrada*. Já estamos ouvindo a primeira bomba. O barbeiro continuou dizendo que, graças aos esforços da senhorita Todgers, os alunos já haviam recebido suas máscaras de gás.

Bem, comecei a explorar a cidade. Passei dois dias apenas vagando pelos antigos marcos, os que pude identificar. E, todo esse tempo, nunca encontrei uma alma que me conhecesse. Eu era um fantasma e, se eu não fosse realmente invisível, era o que parecia ser.

Era esquisito, mais esquisito do que posso dizer. Você já leu uma história de H. G. Wells sobre um sujeito que estava em dois lugares ao mesmo tempo – quer dizer, ele estava realmente em sua própria casa –, mas teve uma espécie de alucinação de que estava no fundo do mar? Estava andando pelo quarto, mas, em vez das mesas e cadeiras, ele via a alga ondulada e os grandes caranguejos e moluscos estendendo tentáculos para pegá-lo. Bem, foi assim mesmo. Por horas a fio, eu caminharia por um mundo que não existia. Eu contava meus passos enquanto descia a calçada e pensava: "Sim, é aqui que começa o campo de fulano. A cerca viva atravessa a rua e atinge aquela casa. Aquela bomba de gasolina, na verdade, é um olmo. E ali está a margem dos loteamentos. E esta rua (era uma pequena fileira sombria de casas geminadas chamada Cumberledge Street, eu me lembro) é a rua onde costumávamos ir com Katie Simmons, e os arbustos de nozes cresciam dos dois lados. Sem dúvida eu pensei nas distâncias erradas, mas as instruções gerais estavam certas. Não acredito que alguém que não tivesse nascido aqui teria acreditado que essas ruas eram campos há apenas vinte anos. Era como se o campo tivesse sido soterrado por uma espécie de erupção vulcânica dos subúrbios externos. Quase tudo o que costumava ser a terra do velho Brewer foi engolido pelo conjunto habitacional do Conselho. A Fazenda do Moinho havia desaparecido, o pasto encharcado das vacas onde pesquei meu primeiro peixe tinha sido drenado, cheio e reconstruído, de modo que eu não conseguia nem dizer exatamente onde ficava. Eram todas casas, casas, pequenos cubos vermelhos de casas iguais, com cercas-vivas e caminhos de asfalto que conduziam à porta da frente. Além do Conselho do Estado, a cidade se diluía um pouco, mas os construtores de vagões estavam fazendo o melhor que podiam. E havia pequenos nós de casas despejados aqui e ali, onde quer que alguém tivesse podido comprar um terreno, e as estradas improvisadas que levavam às casas, e lotes vazios com tábuas de construtores, e pedaços de campos em ruínas cobertos de cardos e latas.

No centro da cidade velha, por outro lado, as coisas não mudaram muito no que diz respeito aos edifícios. Muitas lojas ainda mantinham o mesmo ramo de atividade, embora os nomes fossem diferentes. A de Lillywhite ainda era de cortinas, mas não parecia muito próspera. O que costumava ser Gravitt, o açougue, agora era uma loja que vendia peças de rádio. A pequena janela da Mãe Wheeler fora fechada com tijolos. O Grimmett ainda era uma mercearia, mas fora adquirido pela Internacional. Dá a você uma ideia do poder dessas grandes colheitadeiras, que podem até engolir um velho e fofo símio como o Grimmett. Mas, pelo que sei dele – sem falar daquela lápide derrubada no cemitério da igreja –, aposto que ele saiu enquanto as coisas estavam boas e tinha de dez a quinze mil libras para levar ao céu com ele. A única loja que ainda estava nas mesmas mãos era a de Sarazins, as pessoas que arruinaram meu pai. Eles haviam inchado a dimensões enormes e tinham outra grande filial na nova parte da cidade. Mas se transformaram em uma espécie de armazém geral e vendiam móveis, remédios, ferragens, bem como material antigo de jardinagem.

Passei a maior parte de dois dias vagando por aí, sem realmente gemer e balançar uma corrente, mas às vezes sentindo que gostaria. Também bebia mais do que era bom para mim. Quase assim que cheguei a Lower Binfield, comecei a beber, e depois disso os bares pareciam nunca abrir bem cedo. Minha língua estava sempre saindo da boca na última meia hora antes do horário de abertura.

Veja bem, eu não estava com o mesmo humor o tempo todo. Às vezes, parecia-me que não importava nada se Lower Binfield tivesse sido destruída. Afinal, para que vim aqui, exceto para fugir da família? Não havia razão para que eu não fizesse todas as coisas que queria, até mesmo ir pescar, se quisesse. No sábado à tarde, fui até a loja de apetrechos de pesca na High Street e comprei uma vara de cana-de-ferro (sempre desejei uma vara de cana-de-ferro quando era menino – é um pouco mais caro do que uma vara verde), anzóis, tripas e assim por diante. A atmosfera da loja me animou. O que quer que mude, o equipamento de pesca não muda – porque, é claro, os peixes também não mudam. E o vendedor não via nada de engraçado em um homem gordo de meia-idade comprar uma vara de pescar. Pelo contrário, conversamos um pouco sobre a pesca no Tâmisa e a grande cavala que alguém tinha pegado no ano retrasado com uma pasta feita de pão preto, mel e coelho cozido picado. Eu mesmo – embora eu não tenha dito a ele para que os queria, e dificilmente admitisse para mim mesmo – comprei o pouco do salmão mais forte que ele conseguiu e alguns anzóis para lúcios nº 5, com foco naquelas grandes carpas da Casa Binfield, caso ainda existissem.

Na maior parte da manhã de domingo, eu estava meio que debatendo isso em minha mente – eu deveria ir pescar ou não? Num momento eu pensava por que diabos não, e no momento seguinte parecia-me que era apenas uma daquelas coisas com que você sonha e nunca faz. Mas à tarde tirei o carro e dirigi até a represa Burford. Pensei em dar uma olhada no rio e, no dia seguinte, se o tempo estivesse bom, talvez eu pegasse minha nova vara de pescar e colocasse o casaco velho e as bolsas de flanela cinza que eu tinha na minha mala, e teria um bom dia de pesca. Três ou quatro dias, se eu quisesse.

Passei por Chamford Hill. Lá embaixo, a estrada vira e corre paralela ao caminho de reboque. Saí do carro e caminhei. Ah! Um grupo de pequenos bangalôs vermelhos e brancos surgiu ao lado da estrada. Era esperado, claro. E parecia haver muitos carros parados. Ao me aproximar do rio, cheguei ao som – sim, *plom-tim-tim-plom*! – sim, o som de gramofones.

Fiz a curva e avistei o caminho de reboque. Meu Deus! Outra sacudida. O lugar estava coalhado de gente. E onde os prados de água costumavam ser – casas de chá, máquinas caça-níqueis, quiosques de doces e rapazes vendendo sorvete da Walls. Poderia até mesmo estar em Margate. Lembro-me do antigo caminho de reboque. Você poderia caminhar por quilômetros e, exceto pelos caras nos portões da entrada e, de vez em quando, um barqueiro vagando atrás de seu cavalo, você nunca encontraria uma alma. Quando íamos pescar, sempre tínhamos o lugar só para nós. Frequentemente, ficava ali sentado uma tarde inteira, e uma garça podia estar parada na água rasa quarenta e cinco metros rio acima e, por três ou quatro horas a fio, não haveria ninguém passando para assustá-la. Mas de onde tirei a ideia de que homens adultos não vão pescar? Subindo e descendo a margem, pelo que eu podia ver nas duas direções, havia uma cadeia contínua de homens pescando, um a cada cinco metros. Eu me perguntei como eles poderiam ter ido parar ali, caramba, até que me ocorreu que deviam ser de algum clube de pesca. E o rio estava abarrotado de barcos – barcos a remos, canoas, chalanas, lanchas a motor, cheios de jovens idiotas quase sem nada no corpo, todos gritando e berrando e a maioria com gramofone a bordo também. As boias dos coitados que tentavam pescar balançavam para cima e para baixo na água dos barcos a motor.

Eu andei um pouco. Água suja e agitada, apesar do dia bom. Ninguém estava pegando nada, nem mesmo peixinhos. Eu me perguntei o que eles esperavam. Uma multidão assim seria suficiente para assustar todos os peixes da criação. Mas, na verdade, enquanto observava as boias balançando para cima e para baixo entre os palitos de sorvete e os sacos de papel, duvidei que houvesse algum peixe para pescar. Ainda há peixes no Tâmisa? Suponho que deve haver. E, no entanto, juro que a água do Tâmisa não é a mesma de antes. Sua cor é bem diferente. Claro que você pensa que é apenas minha imaginação, mas posso dizer que não é. Sei que a água mudou. Lembro-me das águas do Tâmisa como costumavam ser – uma espécie de verde luminoso que dava para ver profundamente – e dos cardumes de carpa cruzando os juncos. Não dava para ver três centímetros dentro da água agora. Está tudo marrom e sujo, com uma camada de óleo dos barcos a motor, sem falar nas pontas de cigarro e nos sacos de papel.

Depois de um tempo, voltei. Não aguentava mais o barulho dos gramofones. *Claro que é domingo,* pensei. Pode não ser tão ruim em um dia de semana. Mas, afinal, eu sabia que nunca mais voltaria. Deus os apodreça, deixe-os ficar com seu rio maldito. Aonde quer que eu vá pescar, não será no Tâmisa.

A multidão passou por mim. Multidões de idiotas de fora, quase todos jovens. Meninos e meninas se divertindo em casais. Uma tropa de garotas passou, vestindo calças boca de sino e bonés brancos como os que usam na Marinha americana, com *slogans* impressos neles. Uma delas, ela devia ter 17 anos, tinha um "POR FAVOR, ME BEIJE". Eu não teria me importado. Num impulso, de repente me virei e me pesei em uma das balanças a moeda. Ouviu-se um clique em algum lugar lá dentro – você conhece aquelas máquinas que indicam sua sorte e, também, seu peso – e um cartão datilografado saiu deslizando.

"Você possui dons excepcionais", eu li, "mas, devido à excessiva modéstia, você nunca recebeu sua recompensa. Você subestima suas habilidades. Gosta muito de ficar de lado e permitir que os outros recebam o crédito pelo que você mesmo fez. Você é sensível, afetuoso e sempre leal aos seus amigos. É profundamente atraente para o sexo oposto. Seu pior defeito é a generosidade. Persevere, pois você vai chegar longe!"

"Peso: 90 quilos."

Percebi que ganhei dois quilos nos últimos três dias. Deve ter sido a bebida.

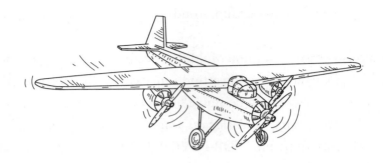

CAPÍTULO 4

Voltei para o George, joguei o carro na vaga e tomei uma xícara de chá tardia. Como era domingo, o bar só abriria em uma ou duas horas. No frescor da tarde, saí e caminhei na direção da igreja.

Eu estava atravessando o mercado quando notei uma mulher caminhando um pouco à minha frente. Assim que coloquei os olhos nela, tive a sensação muito peculiar de já tê-la visto em algum lugar antes. Você conhece essa sensação. Eu não conseguia ver seu rosto, é claro, e, no que se referia à sua visão de trás, não havia nada que eu pudesse identificar e, ainda assim, poderia jurar que a conhecia.

Ela subiu a High Street e dobrou uma das ruas laterais à direita, aquela onde o tio Ezequiel costumava ter sua loja. Eu a segui. Não sei bem o porquê – em parte por curiosidade, talvez, em parte como uma espécie de precaução. Meu primeiro pensamento foi que aqui finalmente estava uma das pessoas que eu conhecia dos velhos tempos em Lower Binfield, mas quase no mesmo momento me ocorreu que era muito provável que ela fosse alguém de West Bletchley. Nesse caso, eu teria que tomar cuidado com os meus passos, porque, se ela descobrisse que eu estava aqui, provavelmente diria a Hilda. Então, eu a segui com cautela, mantendo uma distância segura e examinando a visão traseira o melhor que pude. Não havia nada de surpreendente nisso. Ela era uma mulher alta e gorda, devia ter 40 ou 50 anos, em um vestido preto um tanto surrado. Ela estava sem chapéu, como se tivesse acabado de sair de casa por pouco tempo, e a maneira como ela andava dava a impressão de que seus sapatos estavam baixos. No geral, parecia um pouco vadia. E ainda não havia nada para identificar, apenas algo vago que eu sabia que tinha visto antes. Era algo em seus movimentos, talvez. Logo ela entrou em uma lojinha de doces e papéis, o tipo de lojinha que sempre abre no domingo. A mulher que a mantinha estava parada na porta, fazendo alguma coisa com uma pilha de cartões-postais. A mulher parou para passar o tempo.

Eu também parei, assim que encontrei uma vitrine que poderia fingir que estava olhando. Era de encanamento e decoração, cheia de amostras de papel de parede e acessórios de banheiro, e coisas assim. A essa altura, eu não estava a quinze metros das outras duas. Eu podia ouvir suas vozes arrulhando em uma daquelas conversas sem sentido que as mulheres têm quando estão apenas passando o tempo. "Sim, isso é brincadeira. É brincadeira onde está. Eu mesma disse a ele: 'Bem, o que mais você esperava?', eu disse. Não parece certo, não é? Mas de que adianta, você também pode falar com uma pedra. É uma vergonha!", e assim por diante. Eu estava ficando mais excitado. Obviamente, a mulher era a esposa de um pequeno comerciante, como a outra. Eu só estava me perguntando se ela não seria uma das pessoas que eu conheci em Lower Binfield, afinal, quando ela se virou quase para mim e vi três quartos de seu rosto. E, minha Nossa Senhora! Era Elsie!

Sim, era Elsie. Sem chance de erro. Elsie! Essa bruxa gorda!

Fiquei tão chocado – não, veja bem, não vendo Elsie, mas vendo como ela havia crescido – por um momento as coisas passaram pelos meus olhos. As torneiras de latão, os batentes de bola, as pias de porcelana e outras coisas pareciam desaparecer na distância, de modo que eu as vi e não as

vi. Além disso, por um momento, fiquei extremamente preocupado com a possibilidade de ela me reconhecer. Mas ela olhou bem na minha cara e não fez nenhum sinal. Mais um momento, ela se virou e continuou. Novamente eu a segui. Era perigoso, ela poderia perceber que eu a estava seguindo, e poderia começar a se perguntar quem eu era, mas eu só tinha que dar uma olhada nela. O fato é que ela exerceu uma espécie de fascínio horrível sobre mim. Por assim dizer, eu a observava antes, mas agora a observava com olhos bem diferentes.

Foi horrível, e ainda assim eu dei uma espécie de chute científico ao estudar sua visão traseira. É assustador as coisas que vinte e quatro anos podem fazer a uma mulher. Apenas vinte e quatro anos, e a garota que eu conhecia, com sua pele branca leitosa e boca vermelha e cabelo meio dourado opaco, havia se transformado nesta grande bruxa de ombros arredondados, cambaleando sobre saltos retorcidos. Isso me fez sentir muito feliz por ser um homem. Nenhum homem se despedaça tão completamente assim. Sou gordo, admito. Tenho a forma errada, se quiser. Mas pelo menos sou uma forma. Elsie não era nem mesmo particularmente gorda, ela era apenas disforme. Coisas horríveis aconteceram com seus quadris. Quanto à cintura, ela havia desaparecido. Era apenas uma espécie de cilindro macio e irregular, como um saco de farinha.

Eu a segui por um longo caminho, saindo da cidade velha e por muitas ruelas maldosas que eu não conhecia. Finalmente, ela entrou na porta de outra loja. Pelo jeito que ela entrou, obviamente era dela. Parei por um momento, fora da janela. G. Cookson, Confeiteira e Tabacaria. Então, Elsie era a senhora Cookson. Era uma lojinha mirrada, muito parecida com a outra onde ela havia parado antes, mas menor e muito mais desarrumada. Não parecia vender nada, exceto tabaco e os tipos de doces mais baratos. Eu me perguntei o que eu poderia comprar que levaria um ou dois minutos. Então, eu vi uma prateleira de cachimbos baratos na janela e entrei. Tive que me recompor um pouco antes de fazer isso, porque precisaria mentir com força se por acaso ela me reconhecesse.

Um pouco de ar, por favor

Ela desapareceu na sala atrás da loja, mas voltou quando eu bati no balcão. Então, ficamos cara a cara. Ah! Nenhum sinal. Não me reconheceu. Apenas me olhou do jeito que eles olham. Você conhece a maneira como os pequenos lojistas olham para seus clientes – com total falta de interesse.

Foi a primeira vez que vi seu rosto inteiro e, embora eu meio que esperasse o que vi, me deu um choque quase tão grande quanto no primeiro momento em que a reconheci. Suponho que, quando você olha para o rosto de alguém jovem, mesmo de uma criança, você deve ser capaz de prever como será quando envelhecer. É tudo uma questão de forma dos ossos. Mas, se alguma vez me tivesse ocorrido, quando eu tinha 20 e ela 22, imaginar como seria a aparência de Elsie aos 47, não teria passado pela minha cabeça que ela pudesse ser ASSIM. Todo o rosto estava meio curvado, como se tivesse sido puxado para baixo. Você conhece aquele tipo de mulher de meia-idade que tem o rosto de um buldogue? Mandíbula grande arqueada, boca voltada para baixo nos cantos, olhos fundos, com bolsas embaixo. Exatamente como um buldogue. E ainda assim era o mesmo rosto, eu o teria conhecido em um milhão. Seu cabelo não estava completamente grisalho, era uma espécie de cor suja e havia muito menos do que costumava ser. Ela não me conhecia desde sempre. Eu era apenas um cliente, um estranho, um gordo desinteressante. É estranho o que uma ou duas polegadas de gordura podem fazer. Eu me perguntei se eu tinha mudado ainda mais do que ela, ou se era simplesmente porque ela não esperava me ver, ou se – o que era mais provável de tudo – ela simplesmente esqueceu minha existência.

– Tarde – disse ela, daquele jeito apático que eles têm.
– Eu quero um cachimbo. – disse categoricamente. – Um cachimbo de sarça.
– Um cachimbo. Bem, deixe-me ver. Sei que nós os enfiamos em algum lugar. Agora, onde eu... ah! Aqui estão.

Ela pegou uma caixa de papelão cheia de cachimbos de algum lugar embaixo do balcão. Como seu sotaque tinha ficado ruim! Ou talvez eu estivesse apenas imaginando isso porque meus próprios padrões mudaram? Mas não, ela costumava ser tão "superior", todas as garotas da Lilywhite eram tão "superiores", e ela era membro do Círculo de Leitura do vigário. Juro que ela não tinha o costume de não pronunciar bem as palavras. É estranho como essas mulheres se despedaçam depois de casadas. Mexi nos cachimbos por um momento e fingi examiná-los. Por fim, disse que gostaria de um com piteira âmbar.

– Âmbar? Não sei se temos... – ela se virou para o fundo da loja e chamou: – Ge-orge!

Então, o nome do outro cara era George também. Um ruído que parecia algo como *"Ur!"* veio da parte de trás da loja.

– Ge-orge! Onde você colocou aquela outra caixa de cachimbos?

George entrou. Era um sujeito pequeno e corpulento, de camiseta, careca e um grande bigode cor de gengibre. Sua mandíbula estava trabalhando como a de um ruminante. Obviamente, foi interrompido no meio do chá. Os dois começaram a vasculhar em busca da outra caixa de cachimbos. Passaram-se cerca de cinco minutos antes que a colocassem no chão atrás de algumas garrafas de doces. É maravilhosa a quantidade de lixo que eles conseguem acumular nessas lojinhas desmazeladas, onde todo o estoque vale cerca de cinquenta libras.

Observei a velha Elsie remexendo aquele lixo e resmungando para si mesma. Você conhece o tipo de movimento arrastado de ombros largos de uma velha que perdeu algo? Não adianta tentar descrever para você o que eu senti. Uma espécie de sentimento frio e mortal de desolação. Você não pode concebê-lo a menos que o tenha. Tudo o que posso dizer é: se você gostava de uma garota há cerca de vinte e cinco anos, vá dar uma olhada nela agora. Então talvez você saiba o que eu senti.

Mas, na verdade, o pensamento que estava principalmente em minha mente era como as coisas acontecem de maneira diferente do que você espera. Os momentos que tive com Elsie! As noites de julho sob as castanheiras! Você não acha que isso deixaria algum tipo de efeito colateral para trás? Quem poderia imaginar que chegaria o tempo em que não haveria nenhum sentimento entre nós? Aqui estava eu e aqui estava ela, nossos corpos podiam estar a um metro de distância e éramos tão estranhos como se nunca tivéssemos nos conhecido. Quanto a ela, nem me reconheceu. Se eu contasse a ela quem sou, muito provavelmente não se lembraria. E, se ela lembrasse, o que sentiria? Nada. Provavelmente nem ficaria com raiva porque eu fiz uma sujeira com ela. Foi como se a coisa toda nunca tivesse acontecido.

E, por outro lado, quem poderia prever que Elsie acabaria assim? Ela parecia o tipo de garota que está fadada a se danar. Eu sei que houve pelo menos um outro homem antes de eu conhecê-la, e é seguro apostar que havia outros entre mim e o segundo George. Não me surpreenderia saber que ela tinha uma dúzia ao todo. Tratei-a mal, não há dúvida quanto a isso, e muitas vezes isso me dava um pouco de remorso. Ela vai acabar na rua, eu pensava, ou enfiar a cabeça no forno a gás. E às vezes eu sentia que tinha sido um pouco canalha, mas outras vezes refletia (o que era verdade) que, se não fosse eu, teria sido outra pessoa. Mas você vê a maneira como as coisas acontecem, o tipo de maneira enfadonha e sem sentido. Quantas mulheres acabam realmente nas ruas? Uma visão maldita, a maioria acaba destroçada. Ela não tinha ido para o mal ou para o bem também. Acabou como todo mundo, uma velha gorda vagando por uma lojinha desmazelada, com um George de bigode ruivo para chamar de seu. Provavelmente, tem uma penca de filhos também. Senhora George Cookson. Viveu respeitada e morreu lamentada – e poderia morrer deste lado do tribunal de falências, se tivesse sorte.

Eles encontraram a caixa de cachimbos. Claro que não havia nenhum com piteiras âmbar entre eles.

– Não sei se temos algum âmbar no momento, senhor. Não âmbar. Nós temos uns bons de vulcanita.

– Eu queria um âmbar – disse eu.

– Fazemos bons cachimbos aqui. – Ela estendeu um. – Esse é um belo cachimbo. Meia coroa, esse.

Eu o peguei. Nossos dedos se tocaram. Sem frisson, sem reação. O corpo não se lembra. E suponho que você pense que comprei o cachimbo, só pelo bem de todos, para colocar meia coroa no bolso de Elsie. Mas nem foi isso. Eu não queria aquela coisa. Não fumo cachimbo. Estava apenas dando um pretexto para entrar na loja. Virei-os em meus dedos e coloquei sobre o balcão.

– Tudo bem, não vou levar – eu disse. – Dê-me um Players pequeno.

Tive que comprar alguma coisa, depois de toda aquela confusão. George o segundo, ou talvez o terceiro ou quarto, entregou um maço de Players, ainda mastigando sob o bigode. Pude ver que ele estava mal-humorado porque eu o afastei do chá por nada. Mas parecia muito idiota desperdiçar meia coroa. Eu saí e foi a última vez que vi Elsie.

Voltei para o George e jantei. Depois saí com uma vaga ideia de ir ao cinema, se estivessem abertos, mas em vez disso parei em um dos grandes *pubs* barulhentos da parte nova da cidade. Lá encontrei alguns caras de Staffordshire que estavam viajando com os equipamentos militares, e começamos a conversar sobre a situação do comércio, jogando dardos e bebendo Guinness. Na hora de fechar, os dois estavam tão bêbados que tive de levá-los para casa de táxi, e eu também estava um pouco indisposto, e na manhã seguinte acordei com a cabeça pior do que nunca.

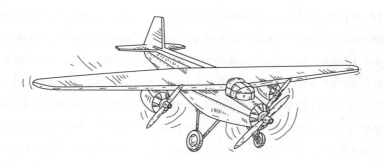

CAPÍTULO 5

Mas eu precisava ver a lagoa da Casa Binfield.

Eu me senti muito mal naquela manhã. O fato é que, desde que cheguei a Lower Binfield, tenho bebido quase continuamente, desde a hora de abrir até a hora de fechar. A razão, embora não tivesse me ocorrido até este minuto, era que realmente não havia mais nada a fazer. Isso era tudo o que minha viagem equivaleu até agora: três dias de bebedeira.

Do mesmo modo, na outra manhã eu rastejei até a janela e observei os chapéus-coco e bonés escolares indo e vindo. Meus inimigos, pensei. O exército conquistador que saqueou a cidade e cobriu as ruínas com pontas de cigarro e sacos de papel. Eu me perguntei por que me importava. Atrevo-me a dizer que você pensa que, se tive um choque ao descobrir Lower Binfield inchada em uma espécie de Dagenham, foi simplesmente porque não gosto de ver a Terra ficando mais cheia e o campo se transformando em cidade. Mas não é isso. Não me importo com o crescimento de cidades, desde que cresçam e não se espalhem simplesmente como molho sobre a toalha de mesa. Sei que as pessoas precisam ter um lugar para morar e que, se uma fábrica não está em um lugar, estará em outro.

Quanto ao pitoresco, ao falso material campestre, aos painéis de carvalho, aos pratos de estanho, às frigideiras de cobre e tudo o mais, isso apenas me dá enjoo. O que quer que fôssemos nos velhos tempos, não éramos pitorescos. Mamãe nunca teria visto qualquer sentido nas antiguidades com que Wendy enchera nossa casa. Ela não gostava de mesas dobradiças – ela disse que "pegavam nas pernas". Quanto ao peltre, ela não o teria em casa. "Coisa gordurosa nojenta", ela chamava. E, no entanto, diga o que quiser, havia algo que tínhamos naquela época e não temos agora, algo que provavelmente você não pode ter em um café comum, com o rádio tocando. Voltei para procurá-lo e não o havia encontrado. E, no entanto, de alguma forma, meio que acredito nisso até agora, quando ainda não tinha colocado meus dentes e minha barriga clamava por uma aspirina e uma xícara de chá.

E isso me fez começar a pensar novamente sobre a lagoa na Casa Binfield. Depois de ver o que eles fizeram à cidade, tive a sensação de que você só poderia descrever como medo de ir ver se a lagoa ainda existia. E, ainda assim, não havia como saber. A cidade foi sufocada por tijolos vermelhos, nossa casa estava cheia de Wendy e seu lixo, o Tâmisa foi envenenado com óleo de motor e sacos de papel. Mas talvez a lagoa ainda estivesse lá, com os grandes peixes pretos ainda navegando em volta dela. Talvez até mesmo ainda estivesse escondida na floresta e daquele dia em diante ninguém havia descoberto que existia. Era bem possível. Era um pedaço de madeira muito grosso, cheio de amoreiras e arbustos podres (as faias deram lugar a carvalhos por ali, o que tornava a vegetação rasteira mais densa), o tipo de lugar que a maioria das pessoas não se importa em penetrar. Coisas estranhas tinham acontecido.

Eu não comecei até o final da tarde. Devia ser cerca de quatro e meia quando tirei o carro e dirigi para a estrada Upper Binfield. No meio da colina, as casas se diluíram e pararam e as faias começaram. A estrada se bifurca ali, e eu peguei a bifurcação da direita, pretendendo fazer um desvio e voltar para a Casa Binfield na estrada. Mas logo parei para dar uma olhada no bosque por onde estava passando. As faias pareciam iguais. Senhor, como eram iguais! Apoiei o carro em um gramado ao lado da estrada, sob uma queda de calcário, saí e andei. Apenas o mesmo. A mesma quietude, os mesmos grandes canteiros de folhas farfalhantes que parecem passar ano após ano sem apodrecer. Nenhuma criatura se mexendo, exceto os pequenos pássaros que você não podia ver nas copas das árvores. Não era fácil acreditar que aquela cidade grande e barulhenta estava a apenas cinco quilômetros de distância. Comecei a abrir caminho pelo pequeno bosque, na direção da Casa Binfield. Eu podia me lembrar vagamente de como eram os caminhos. E, Senhor! Isso! A mesma cavidade de calcário onde o Mão Negra foi e deu tiros de estilingue, e Sid Lovegrove nos contou como os bebês nasceram, no dia em que peguei meu primeiro peixe, quase quarenta anos atrás!

À medida que as árvores diminuíam novamente, você podia ver a outra estrada e a parede da Casa Binfield. A velha cerca de madeira apodrecida havia sumido, é claro, e eles ergueram um muro alto de tijolos com espigões no topo, como você esperaria ver em volta de um manicômio. Eu fiquei intrigado por algum tempo sobre como entrar na Casa Binfield, até que finalmente me ocorreu que eu só deveria dizer a eles que minha esposa estava louca e que eu estava procurando um lugar para colocá-la. Depois disso, eles estariam prontos para me mostrar o terreno. Com meu novo terno, provavelmente parecia próspero o suficiente para ter uma esposa em um asilo particular. Só quando eu estava realmente no portão que me ocorreu perguntar se a lagoa ainda ficava dentro do terreno.

Os antigos terrenos da Casa Binfield cobriam cinquenta acres, suponho, e os terrenos do manicômio provavelmente não teriam mais de cinco ou dez. Não iriam querer uma grande lagoa de água para os malucos se afogarem. A cabana, onde o velho Hodges morava, era a mesma de sempre, mas a parede de tijolos amarelos e os enormes portões de ferro eram novos. Pelo vislumbre que passei pelos portões, não teria conhecido o lugar. Passeios de cascalho, canteiros de flores, gramados e alguns tipos vagando sem destino – malucos, suponho. Subi a estrada à direita. A lagoa – a lagoa grande, onde eu costumava pescar – ficava algumas centenas de metros atrás da casa. Deviam ter passado cem metros antes que eu chegasse ao canto da parede. Portanto, a lagoa estava fora do terreno. As árvores pareciam ter ficado muito mais finas. Eu podia ouvir vozes de crianças. E, meu Deus! Lá estava a lagoa.

Fiquei parado por um momento, imaginando o que teria acontecido com ela. Então eu vi o que era – todas as árvores haviam sumido de sua borda. Parecia totalmente vazia e diferente; na verdade, parecia extraordinariamente com o Lago Redondo em Kensington Gardens. Crianças brincavam em volta da orla, velejando e remando, e algumas crianças bem mais velhas corriam naquelas pequenas canoas que se maneja girando uma manivela. Mais à esquerda, onde ficava a velha casa de barcos apodrecida entre os juncos, havia uma espécie de pavilhão e um quiosque bonito, e uma enorme placa branca dizendo "UPPER BINFIELD CLUBE DE IATES".

Eu olhei para a direita. Tudo era casa, casa, casa. Parecia muito com qualquer subúrbio. Todas as árvores que costumavam crescer além da lagoa e eram tão densas que pareciam uma espécie de selva tropical haviam sido inteiramente cortadas. Apenas alguns grupos de árvores ainda se erguiam em volta das casas. Havia casas que pareciam artísticas, outras daquelas colônias Tudor falsas, como a que eu vira no primeiro dia no topo de Chamford Hill, só que mais ainda. Que idiota fui ao imaginar que aquela floresta ainda era a mesma! Eu vi como foi. Havia apenas um pedacinho de bosque, talvez meia dúzia de acres, que não havia sido cortado, e foi puro acaso que eu o atravessei no meu caminho até aqui. Upper Binfield, que fora apenas um nome nos velhos tempos, tornou-se uma cidade de tamanho decente. Na verdade, era apenas um pedaço periférico de Lower Binfield.

Eu vaguei até a beira da lagoa. As crianças estavam chapinhando e fazendo um barulho do inferno. Parecia haver enxames delas. A água parecia meio morta. Nenhum peixe agora. Havia um cara parado observando as crianças. Era um sujeito idoso, com uma cabeça careca e alguns tufos de cabelo branco, e um pincenê num rosto muito queimado de sol. Havia algo vagamente estranho em sua aparência. Ele estava de *short* e sandálias e uma camisa de celanesa aberta no pescoço, eu percebi, mas o que mais me impressionou foi o olhar dele. Ele tinha olhos muito azuis que piscavam para você por trás dos óculos. Pude ver que ele era um daqueles velhos que nunca envelheciam. São sempre os excêntricos da comida saudável ou então têm algo a ver com os escoteiros – em qualquer caso, eles são ótimos para a natureza e o ar livre. Ele estava olhando para mim como se quisesse falar.

– Upper Binfield cresceu muito – eu disse.

Ele piscou para mim.

– Cresceu? Meu caro senhor, nunca permitimos que Upper Binfield cresça. Temos orgulho de sermos pessoas excepcionais aqui, você sabe. Apenas uma pequena colônia de nós, todos sozinhos. Sem intrusos... haha!

– Quero dizer, em comparação com antes da guerra – eu disse. – Eu morava aqui quando era menino.

– Oh-ah. Sem dúvida. Isso foi antes do meu tempo, claro. Mas a Propriedade Upper Binfield tem algo bastante especial na forma de construir propriedades, você sabe. Um pequeno mundo próprio. Tudo projetado pelo jovem Edward Watkin, o arquiteto. Você já ouviu falar dele, é claro. Vivemos no meio da Natureza, aqui em cima. Nenhuma conexão com a cidade lá embaixo – ele apontou na direção de Lower Binfield. – Os moinhos satânicos escuros. Haha!

Ele tinha uma velha risada benevolente e um jeito de franzir o rosto, como um coelho. Imediatamente, como se eu tivesse perguntado, ele começou a me contar tudo sobre a Propriedade Upper Binfield e o jovem Edward Watkin – o arquiteto que tinha um sentimento muito grande pelos Tudors e era um sujeito maravilhoso em encontrar vigas elisabetanas genuínas em casas de fazenda e comprá-las a preços ridículos. E um jovem tão interessante, com toda a vida e alma das festas nudistas. Ele repetiu várias vezes que eram pessoas muito excepcionais em Upper Binfield. Bem diferente de Lower Binfield, eles estavam determinados a enriquecer o campo em vez de contaminá-lo (estou usando a frase dele), e não havia conjuntos habitacionais na propriedade.

– Eles falam de suas Cidades-Jardim. Mas chamamos Upper Binfield de Cidade da Floresta, haha! Natureza! – Ele acenou com a mão para o que restava das árvores. – A floresta primitiva pairando ao nosso redor. Nossos jovens crescem em um ambiente de belezas naturais. Quase todos nós somos pessoas iluminadas, claro. Você poderia acreditar que três quartos de nós aqui em cima são vegetarianos? Os açougueiros locais não gostam de nós, haha! E algumas pessoas bastante eminentes vivem aqui. A senhorita Helena Thurloe, a romancista, você já ouviu falar dela, claro. E o professor Woad, o pesquisador psíquico. Um personagem tão poético! Ele sai vagando pela floresta, e a família não consegue encontrá-lo na hora das refeições. Ele diz que está caminhando entre as fadas. Você acredita em fadas? Eu admito, haha! Sou um pouco cético. Mas as fotos dele são muito convincentes.

Comecei a me perguntar se ele era alguém que escapou da Casa Binfield. Mas não, ele estava são o suficiente, de certo modo. Eu conhecia o tipo. Vegetarianismo, vida simples, poesia, adoração da natureza, passeio no orvalho antes do café da manhã. Eu conheci alguns deles anos atrás em Ealing. Começou a me mostrar a propriedade. Não havia mais nada da floresta. Eram todas as casas, casas – e que casas! Você conhece essas casas Tudor falsificadas com telhados ondulados e contrafortes que não sustentam nada, e os jardins de pedras com piscinas de concreto para pássaros e aqueles elfos de gesso vermelho que você pode comprar na floricultura? Você podia ver em sua mente a terrível gangue de viciados em comida, caçadores de fantasmas e simples sobreviventes com mil libras por ano que viviam ali. Até as calçadas eram malucas. Eu não o deixei me levar longe.

Um pouco de ar, por favor

Algumas das casas me fizeram desejar ter uma granada de mão no bolso. Tentei contê-lo perguntando se as pessoas não se opunham a morar tão perto do manicômio, mas não surtiu muito efeito. Finalmente parei e disse:

– Costumava haver outra lagoa, além da grande. Não deve ser longe daqui.

– Outra lagoa? Claro que não. Acho que nunca houve outra lagoa.

– Eles podem ter drenado tudo – comentei. – Era uma lagoa bem funda. Ela deixaria um grande buraco para trás.

Pela primeira vez, ele pareceu um pouco inquieto. Esfregou o nariz.

– Oh-ah. Claro, você deve entender que nossa vida aqui é, de certa forma, primitiva. A vida simples, você sabe. Nós preferimos assim. Mas estar tão longe da cidade tem seus inconvenientes, claro. Alguns de nossos arranjos sanitários não são totalmente satisfatórios. O caminhão de lixo só vem uma vez por mês, acredito.

– Você quer dizer que eles transformaram a lagoa em um depósito de lixo?

– Bem, EXISTE algo com a natureza de... – ele se esquivou da palavra lixeira. – Temos que descartar latas e assim por diante, é claro. Lá, atrás daquele grupo de árvores.

Fomos até lá. Eles deixaram algumas árvores para escondê-la. Mas, sim, lá estava. Era minha lagoa, certo. Eles haviam drenado a água. Resultou em um grande buraco redondo, como um enorme poço, com seis ou nove metros de profundidade. Já estava meio cheio de latas.

Fiquei olhando para as latas.

– Pena que a drenaram – disse eu. – Costumava haver alguns peixes grandes naquela lagoa.

– Peixes? Ah, nunca ouvi nada sobre isso. Claro que dificilmente poderíamos ter uma poça com água aqui entre as casas. Os mosquitos, sabe? Mas foi antes do meu tempo.

– Suponho que essas casas foram construídas há muito tempo – disse eu.

– Ah, dez ou quinze anos, acho.

– Eu conheci este lugar antes da guerra – falei. – Era tudo bosque. Não havia nenhuma casa, exceto a Casa Binfield. Mas aquele pequeno bosque ali não mudou. Eu o atravessei no meu caminho até aqui.

– Ah, isso! Isso é sacrossanto. Decidimos nunca construir nele. É sagrado para os jovens. Natureza, você sabe. – Ele piscou para mim, uma espécie de olhar maroto, como se estivesse me contando um segredinho. – Chamamos de Vale da Fada.

O Vale da Fada. Eu me livrei dele, voltei para o carro e dirigi até Lower Binfield. O Vale da Fada. E eles encheram minha lagoa com latas. Deus os apodreça e os prenda! Diga o que quiser – chame de bobo, infantil, qualquer coisa –, mas, às vezes, isso não faz você querer vomitar ao ver o que eles estão fazendo na Inglaterra, com suas banheirinhas para pássaros, seus gnomos de gesso, seus duendes e suas fadas, e latas, onde ficava o bosque de faia?

Sentimental, você diz? Antissocial? Não deveria preferir árvores aos homens? Eu digo que depende de quais árvores e de quais homens. Não que haja algo que se possa fazer a respeito, exceto desejar-lhes varíola nas entranhas.

Uma coisa, pensei enquanto dirigia morro abaixo, estou farto dessa noção de voltar ao passado. De que adianta tentar revisitar as cenas da sua infância? Elas não existem. Ir à tona para respirar! Mas não há ar. A lata de lixo em que estamos chega até a estratosfera. Mesmo assim, não me importei particularmente. Afinal, pensei, ainda tenho três dias restantes. Eu teria um pouco de paz e sossego, e pararia de me preocupar com o que eles fizeram em Lower Binfield. Quanto à minha ideia de ir pescar – isso estava errado, é claro. Pesca, de fato! Na minha idade! Realmente, Hilda estava certa.

Larguei o carro na vaga do George e entrei no saguão. Eram seis horas. Alguém havia ligado o rádio e o noticiário estava começando. Eu entrei bem a tempo de ouvir as últimas palavras de um SOS. E isso me deu um choque, eu admito. Pois as palavras que ouvi foram:

– ... pois sua esposa, Hilda Bowling, está gravemente doente.

No momento seguinte a voz amável continuou:

– Aqui está outro SOS. De Will Percival Chute, que foi ouvido da última vez no...

Mas não esperei para ouvir mais nada. Só segui em frente. O que me deixou bastante orgulhoso, quando pensei sobre isso depois, foi quando ouvi aquelas palavras sair da caixa de som, eu não virei nem um cílio. Nem mesmo uma pausa, enquanto andava, para avisar às pessoas que eu era George Bowling, cuja esposa, Hilda Bowling, estava gravemente doente. A esposa do senhorio estava no saguão, e ela sabia que meu nome era Bowling; de qualquer forma, ela teria visto no registro.

De outra forma, não havia ninguém lá à exceção de alguns caras que estavam hospedados no George e que não me conheciam desde sempre. Mas mantive a cabeça em ordem. Nenhum sinal para ninguém. Simplesmente entrei no bar, que tinha acabado de abrir, e pedi minha cerveja como de costume. Precisava pensar naquela situação. Quando bebi cerca de meio litro, comecei a entender a situação. Em primeiro lugar, Hilda NÃO ESTAVA doente, seriamente ou não. Eu sabia. Ela estava perfeitamente bem quando saí, e não era a época do ano para gripe ou qualquer coisa do tipo. Ela estava fingindo. Por quê?

Obviamente, era apenas mais uma de suas esquivas. Eu vi como foi. Ela percebeu de alguma forma – acredite em Hilda! – que eu não estava realmente em Birmingham, e essa era apenas sua maneira de me levar para casa. Não suportava pensar em mim com aquela outra mulher. Porque, é claro, ela teria como certo que eu estava com uma mulher. Não consigo imaginar nenhum outro motivo. E, naturalmente, ela presumiu que eu voltaria correndo para casa assim que soube que ela estava doente.

Mas é aí que você entendeu errado, pensei comigo mesmo enquanto terminava a cerveja. Sou muito fofo para ser pego dessa maneira. Lembrei-me das esquivas que ela já havia feito e do trabalho extraordinário que ela terá para me pegar. Eu até a reconheci, quando estive em alguma viagem da qual ela suspeitou, verificou tudo com um Bradshaw e um mapa rodoviário, só para ver se eu estava dizendo a verdade sobre meus movimentos. E então houve aquela vez em que ela me seguiu por todo o caminho até Colchester e, de repente, apareceu no Hotel Temperance. E dessa vez, infelizmente, ela estava certa – pelo menos não estava, mas havia circunstâncias que faziam parecer que estava. Eu não tinha a menor crença de que ela estava doente. Na verdade, eu sabia que ela não estava, embora não pudesse dizer exatamente como.

Tomei outra cerveja e as coisas pareceram melhores. Claro que havia uma briga em vista quando eu chegasse em casa, mas teria havido uma briga de qualquer maneira. Tenho três bons dias pela frente, pensei. Curiosamente, agora que as coisas que vim procurar acabaram não existindo, a ideia de tirar um pouco de férias me atraiu ainda mais. Estar longe de casa – essa era a grande coisa. Paz, paz perfeita com os entes queridos distantes, como diz o hino. E, de repente, decidi que teria uma mulher se eu quisesse. Isso serviria para Hilda por ser tão cabeça-dura; além disso, onde está o sentido de ser suspeito se não for verdade?

Mas, à medida que a segunda cerveja trabalhava dentro de mim, a coisa começou a me divertir. Eu não tinha caído nessa, mas era malditamente engenhoso do mesmo jeito. Eu me perguntei como ela arrumou o SOS. Não tenho ideia de qual é o procedimento. Você precisa de um atestado médico ou apenas manda seu nome? Tive certeza de que foi aquela Wheeler que a incumbiu disso. Parecia-me ter o toque de Wheeler.

Mas, mesmo assim, que ousada! Até onde as mulheres vão? Às vezes, não dá para deixar de admirá-las.

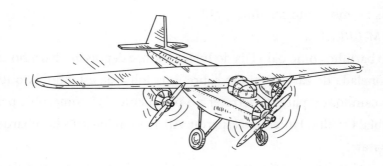

CAPÍTULO 6

Depois do café da manhã, fui até o mercado. Era uma manhã adorável, meio fria e tranquila, com uma luz amarela pálida como vinho branco brincando em cima de tudo. O cheiro fresco da manhã misturava-se ao cheiro do meu charuto. Mas ouviu-se um zumbido vindo de trás das casas e, de repente, uma frota de grandes bombardeiros pretos passou zunindo. Eu olhei para eles. Eles pareciam estar batendo lá em cima.

No momento seguinte, ouvi algo. E, no mesmo momento, se você estivesse lá, teria visto um exemplo interessante do que acredito ser chamado de reflexo condicionado. Porque o que eu tinha ouvido – indubitavelmente – foi o apito de uma bomba. Eu não tinha ouvido tal coisa por vinte anos, mas não precisava que me dissessem o que era. E, sem pensar em nada, fiz a coisa certa. Eu me joguei no chão.

Afinal, estou feliz que você não tenha me visto. Acho que não pareceria digno. Fiquei achatado na calçada como um rato quando se espreme sob uma porta. Ninguém mais foi tão pontual. Eu agi tão rapidamente que, na fração de segundo enquanto a bomba estava assobiando, eu até tive tempo para temer que fosse tudo um engano e que eu tivesse feito papel de bobo por nada.

Mas no momento seguinte – ah!
BUM-BRRRRR!
Um barulho como o do Dia do Julgamento, e depois um barulho como uma tonelada de carvão caindo sobre uma folha de estanho. Isso foram tijolos caindo. Eu parecia derreter no pavimento. "Já começou", pensei. "Eu sabia! O velho Hitler não esperou. Apenas enviou seus bombardeiros sem avisar."

No entanto, aqui está uma coisa peculiar. Mesmo com o eco daquele estrondo terrível e ensurdecedor, que pareceu me congelar da cabeça aos pés, tive tempo de pensar que há algo grandioso no estouro de um grande projétil. Com que parece? É difícil dizer, porque o que você ouve se confunde com o que você tem medo. Principalmente, dá a você uma visão de metal explodindo. Você parece ver grandes placas de ferro se abrindo. Mas o peculiar é a sensação de ser repentinamente empurrado contra a realidade. É como ser acordado por alguém jogando um balde de água sobre você. De repente, você é arrastado para fora dos seus sonhos por um estrondo de metal estourando, e é terrível e real.

Houve um som de gritos e berros e também de freios de carro sendo subitamente acionados. A segunda bomba que eu esperava não caiu. Eu levantei minha cabeça um pouco. Por todos os lados, as pessoas pareciam estar correndo e gritando. Um carro derrapava diagonalmente na estrada, pude ouvir a voz de uma mulher gritando "Os alemães! Os alemães!". À direita, tive uma vaga impressão do rosto redondo e branco de um homem, como um saco de papel amassado, olhando para mim. Ele estava meio hesitante:

– O que é isso? O que aconteceu? O que estão fazendo?
– Começou – respondi. – Aquilo foi uma bomba. Deite-se.

Mesmo assim, a segunda bomba não caiu. Mais um quarto de minuto ou mais, e levantei minha cabeça novamente. Algumas das pessoas ainda estavam correndo, outras estavam de pé como se estivessem coladas ao chão. De algum lugar atrás das casas, uma enorme névoa de poeira havia se levantado e, através dela, um jato negro de fumaça subia. E então eu tive uma visão extraordinária. Na outra extremidade do mercado, a High Street sobe um pouco. E, descendo a pequena colina, uma manada de porcos estava galopando, uma espécie de grande inundação de caras de porcos. No momento seguinte, é claro, eu vi o que era. Não eram porcos, eram apenas os alunos com máscaras de gás. Suponho que estavam fugindo para algum porão onde foram instruídos a se proteger em caso de ataque aéreo. Atrás deles, pude até ver um porco mais alto, que provavelmente era a senhorita Todgers. Mas eu digo a você, por um momento eles se pareciam exatamente com uma manada de porcos.

Eu me levantei e atravessei o mercado. As pessoas já estavam se acalmando, e uma pequena multidão começou a se aglomerar no local onde a bomba havia caído.

Ah, sim, você está certo, é claro. Afinal, não era um avião alemão. A guerra não estourou. Foi apenas um acidente. Os aviões estavam voando para fazer um pouco de prática de bombardeio – de qualquer forma, carregavam bombas – e alguém colocara as mãos na alavanca por engano. Acho que teve uma boa avaliação por isso. Quando o agente do correio ligou para Londres para perguntar se estava acontecendo uma guerra e foi informado de que não, todos perceberam que fora um acidente. Mas houve um espaço de tempo, algo entre um minuto e cinco minutos, em que vários milhares de pessoas acreditaram que estávamos em guerra. Um bom trabalho que não durou muito. Mais um quarto de hora e estaríamos linchando nosso primeiro espião.

Eu segui a multidão. A bomba havia caído em uma pequena travessa da High Street, aquela onde o tio Ezequiel costumava ter sua loja. Não ficava a cinquenta metros de onde ficava a loja. Quando virei a esquina, pude ouvir vozes murmurando "Oo-oo!" – uma espécie de barulho de admiração, como se estivessem assustados e levando um grande chute por causa disso. Felizmente, cheguei alguns minutos antes da ambulância e do carro de bombeiros e, apesar das cerca de cinquenta pessoas que já haviam recolhido, vi tudo.

À primeira vista, parecia que do céu estava chovendo tijolos e verduras. Havia folhas de repolho por toda parte. A bomba destruiu uma mercearia. Parte da casa à direita estava pegando fogo, e todas as casas tiveram suas janelas quebradas. Mas o que todos estavam olhando era a casa à esquerda. A mercearia foi tão bem arrancada do lugar, como se alguém o tivesse feito com uma faca. E era extraordinário que nos quartos do andar de cima nada fora tocado. Era como olhar para dentro de uma casa de boneca. Cômodas, papel de parede do quarto, uma cama ainda não feita e um botijão – exatamente como fora habitado, exceto aquele. Mas os cômodos inferiores sofreram a força da explosão. Havia uma confusão assustadora de tijolos, gesso, pernas de cadeira, pedaços de uma cômoda envernizada, trapos de toalha de mesa, pilhas de pratos quebrados e blocos de uma pia de copa. Um frasco de geleia rolou pelo chão, deixando uma faixa de geleia para trás e, correndo lado a lado com ele, havia uma fita de sangue. Entre as louças quebradas havia uma perna. Somente uma perna, ainda com a calça e bota preta com um salto de borracha Wood-Milne. Por isso o povo estava *"oh"* e *"ah"*.

Dei uma boa olhada e percebi. O sangue começava a se misturar com a geleia. Quando o carro de bombeiros chegou, fui até o George para fazer as malas.

Esse é o fim de Lower Binfield para mim, pensei. Eu estou indo para casa. Mas, na verdade, não tirei a poeira dos sapatos e fui embora imediatamente. Nunca se faz isso. Quando algo assim acontece, as pessoas sempre param e discutem por horas. Não houve muito trabalho na parte antiga de Lower Binfield naquele dia, todos estavam ocupados demais falando sobre a bomba, como parecia e o que pensaram quando a ouviram. A garçonete do George disse que realmente lhe deu calafrios. Ela disse que nunca mais dormiria bem em sua cama, e o que você esperava, isso apenas mostrou que com essas bombas aqui você nunca sabe. Uma mulher arrancou parte da língua com a mordida devido ao sobressalto que a explosão lhe deu. Descobriu-se que, enquanto na nossa extremidade da cidade todos haviam imaginado que era um ataque aéreo alemão, todos na outra extremidade tinham como certo que era uma explosão na fábrica de meias. Depois (tirei isso do jornal), o Ministério da Aeronáutica enviou um sujeito para inspecionar os danos e publicou um relatório dizendo que os efeitos da bomba foram "decepcionantes". Na verdade, só matou três pessoas, o verdureiro, que se chamava Perrott, e um casal de idosos que morava na casa ao lado. A mulher não estava muito esmagada e identificaram o velho pelas botas, mas nunca encontraram vestígios de Perrott. Nem mesmo um botão da calça para acompanhar o serviço fúnebre.

À tarde, paguei minha conta e sai. Não tinha muito mais do que três libras depois de pagar a conta. Eles sabem como arrancar até as calças de você, esses hotéis de interior arrumados, e com bebidas e outras coisas nas quais eu estava gastando dinheiro desenfreadamente. Deixei minha nova vara e o resto do equipamento de pesca no meu quarto. Deixe-os ficar com ele. Não servem para mim. Foi apenas uma recompensa que joguei no ralo para me ensinar uma lição. E aprendi bem a lição. Homens gordos de 45 anos não podem pescar. Esse tipo de coisa não acontece mais, é só um sonho, não haverá mais pesca deste lado da sepultura.

É engraçado como as coisas vão penetrando em você aos poucos. O que eu realmente senti quando a bomba explodiu? No momento real, claro, me assustou muito e, quando vi a casa destruída e a perna do velho, tomei o tipo de susto leve que se sofre ao ver um acidente de rua. Nojento, claro. O suficiente para me deixar farto deste feriado. Mas não me impressionou muito.

Mas, quando saí da periferia de Lower Binfield e virei o carro para o leste, tudo voltou para mim. Sabe como é quando está sozinho no carro. Há algo nas cercas vivas que passam por você ou no latejar do motor que faz seus pensamentos funcionar em um certo ritmo. Você tem a mesma sensação às vezes quando está no trem. É uma sensação de poder ver as coisas de uma perspectiva melhor do que o normal. Todos os tipos de coisas sobre as quais eu duvidava, agora tinha certeza. Para começar, eu vim para Lower Binfield com uma pergunta em minha mente. O que temos pela frente? O jogo está realmente bom? Podemos voltar à vida que costumávamos viver ou ela se foi para sempre? Bem, eu tive minha resposta. A velha vida acabou, e, para voltar para Lower Binfield, você não pode colocar Jonas de volta na baleia. Eu SABIA, embora não espere que você siga minha linha de raciocínio. E foi uma coisa estranha que eu fiz vindo aqui. Todos aqueles anos, Lower Binfield tinha estado escondida em algum lugar ou outro em minha mente. Uma espécie de canto silencioso aonde eu podia voltar quando quisesse e, finalmente, voltei para ele e descobri que não existia. Joguei uma granada nos meus sonhos e, para que não houvesse nenhum engano, a Força Aérea Real havia me seguido com duzentos quilos de TNT.

A guerra está vindo. 1941, eles dizem. E haverá muitas louças quebradas, casinhas rasgadas como caixotes de embalagem e as tripas do privilegiado atendente do contador estampadas sobre o piano que ele está comprando a perder de vista. Mas o que esse tipo de coisa importa, afinal? Vou lhe contar o que minha estadia em Lower Binfield me ensinou, e foi isto: TUDO VAI ACONTECER. Todas as coisas que você tem em sua mente, as coisas que você tem medo, as coisas que você diz a si mesmo que são apenas um pesadelo ou que acontecem apenas em países estrangeiros. As bombas, as filas de comida, os cassetetes de borracha, o arame farpado, as camisas coloridas, as palavras de ordem, os rostos enormes, as metralhadoras disparando das janelas dos quartos. Tudo vai acontecer. Eu sei disso – de qualquer forma, eu sabia então. Não há escapatória. Lute contra isso se quiser, ou olhe para o outro lado e finja não notar, ou agarre sua chave de fenda e corra para quebrar rostos com os outros. Mas não dá para escapar. É apenas algo que precisa acontecer.

Pisei no acelerador, e o carro velho zuniu para cima e para baixo nas pequenas colinas, e as vacas, olmos e campos de trigo passaram correndo até que o motor quase esquentou. Eu me sentia quase com o mesmo humor daquele dia de janeiro, quando estava descendo o Strand, o dia em que coloquei meus novos dentes postiços. Era como se o poder da profecia tivesse sido dado a mim. Pareceu-me que podia ver toda a Inglaterra, e as pessoas que nela moravam, e todas as coisas que acontecerão a todos eles. Às vezes, é claro, mesmo então, eu tinha uma ou duas dúvidas. O mundo é muito grande, é algo que você percebe quando está dirigindo um carro, e de certa forma é reconfortante. Pense nas enormes extensões de terra pelas quais você passa ao cruzar a esquina de um único condado inglês. É como a Sibéria. E os campos e bosques de faia, as casas de fazenda e igrejas, as aldeias com suas pequenas mercearias, o salão paroquial e os patos andando no gramado. Certamente, não é muito grande para ser alterado? Obrigada a permanecer mais ou menos a mesma. E logo entrei na periferia de Londres e segui a Uxbridge Road até Southall. Quilômetros e quilômetros de casas feias, com pessoas vivendo vidas decentes e enfadonhas dentro delas. E, além delas, Londres se estendendo continuamente, ruas, praças, becos, cortiços, blocos de apartamentos, bares, lojas de peixe frito, cinemas, e assim por diante, por trinta e dois quilômetros, e todos os oito milhões de pessoas com suas pequenas vidas privadas que não querem que sejam alteradas. As bombas não são feitas para que possam erradicá-la da existência. E o caos disso! A privacidade de todas essas vidas! John Smith cortando os cupons de futebol, Bill Williams trocando histórias no barbeiro. A senhora Jones voltando para casa com a cerveja do jantar. Oito milhões deles! Certamente eles conseguirão de alguma forma, com ou sem bombas, continuar com a vida a que estão acostumados?

Ilusão! Bobagem! Não importa quantos deles haja, eles todos estarão nessa. Os tempos ruins estão chegando, e os homens simples estão vindo também. O que está vindo depois eu não sei, mas dificilmente me interessa. Só sei que, se houver alguma coisa com que você se importe, é melhor dizer adeus agora, porque tudo o que você já conheceu está caindo, caindo na lama, com as metralhadoras barulhando o tempo todo.

Mas, quando voltei para o subúrbio, meu humor mudou de repente.

George Orwell

De repente me ocorreu – e nem havia passado pela minha cabeça até aquele momento – que Hilda poderia realmente estar doente, afinal.

Esse é o efeito do meio ambiente, entende? Em Lower Binfield, eu tinha dado como certo que ela não estava doente e apenas fingia para me levar para casa. Na época parecia natural, não sei por quê. Mas, enquanto eu dirigia para West Bletchley e as Propriedades Hesperides fecharam-se ao meu redor como uma espécie de prisão de tijolos vermelhos, que é o que é, os hábitos normais de pensamento voltaram. Tive aquela sensação de segunda-feira de manhã, quando tudo parecia desolado e sensato. Vi o quanto era podre, esse tempo que desperdicei nos últimos cinco dias. Indo furtivamente para Lower Binfield para tentar recuperar o passado, e então, no carro voltando para casa, pensando um monte de bobagens proféticas sobre o futuro. O futuro! O que o futuro tem a ver com caras como você e eu? Manter nossos empregos – esse é o nosso futuro. Quanto a Hilda, mesmo quando as bombas estiverem caindo, ela ainda estará pensando no preço da manteiga.

E de repente eu vi que idiota eu fui pensando que ela faria uma coisa dessas. Claro que o SOS não era falso! Como se ela tivesse imaginação! Era apenas a verdade pura e fria. Não estava fingindo nada, estava realmente doente. E, meu Deus! Neste momento, ela pode estar deitada em algum lugar com uma dor horrível, ou mesmo morta, pelo que eu sabia. O pensamento enviou uma pontada horrível de medo através de mim, uma espécie de sensação de frio terrível em minhas entranhas. Desci a Ellesmere Road a quase sessenta quilômetros por hora e, em vez de levar o carro para a garagem fechada, como de costume, parei do lado de fora da casa e pulei do carro.

Afinal, eu gosto de Hilda, pode apostar! Não sei exatamente o que você quer dizer com gostar. Você gosta do seu próprio rosto? Provavelmente não, mas você não consegue se imaginar sem ele. É parte de você. Bem, é assim que me sinto em relação a Hilda. Quando as coisas estão indo bem, não consigo aguentar a visão dela, mas o pensamento de que ela possa estar morta ou mesmo com dor me fez estremecer.

Eu me atrapalhei com a chave, abri a porta, e o cheiro familiar de gabardina velha me atingiu.

– Hilda! – eu gritei. – Hilda!

Sem resposta. Por um momento, gritei "Hilda! Hilda!" em silêncio absoluto, e um pouco de suor frio brotou da minha espinha. Talvez eles já a tenham levado para o hospital, talvez houvesse um cadáver deitado no andar de cima na casa vazia.

Comecei a subir as escadas correndo, mas no mesmo momento as duas crianças de pijama saíram de seus quartos dos dois lados do patamar. Eram oito ou nove horas, suponho – de qualquer forma, a luz estava apenas começando a cair. Lorna estava pendurada no corrimão.

– O papai! É o papai! Por que você voltou hoje? Mamãe disse que você só viria na sexta.

– Onde está sua mãe? – perguntei.

– Mamãe saiu. Saiu com a senhora Wheeler. Por que você voltou para casa hoje, papai?

– Então, sua mãe não está doente?

– Não. Quem disse que ela estava doente? Papai! Você já foi para Birmingham?

– Fui. Voltem para a cama agora. Vocês vão pegar um resfriado.

– Mas onde estão nossos presentes, papai?

– Que presentes?

– Os presentes que você comprou para nós em Birmingham.

– Você vai vê-los de manhã. – eu disse.

– Ô, papai! Não podemos vê-los esta noite?

– Não. Parem de falar. Voltem para a cama ou vou dar uma surra em vocês dois.

Afinal, ela não estava doente. Ela estava fingindo. E realmente eu mal sabia se deveria ficar feliz ou arrependido. Voltei para a porta da frente, que deixara aberta, e lá, grande como a vida, estava Hilda subindo o caminho do jardim.

Eu olhei para ela quando veio em minha direção na última luz da noite. Era estranho pensar que, menos de três minutos antes, eu estava no inferno, com um suor frio real na minha espinha, ao pensar que ela poderia estar morta. Bem, não estava morta, estava como sempre. A velha Hilda com seus ombros magros e seu rosto ansioso, e a conta do gás e as mensalidades escolares, e o cheiro de gabardina, e o escritório na segunda-feira – todos os fatos fundamentais para os quais você invariavelmente volta. As verdades eternas, como o velho Porteous os chama. Percebi que Hilda não estava de bom humor. Ela me lançou um olhar rápido, como às vezes faz quando tem algo em mente, o tipo de olhar que algum animalzinho magro, uma doninha, por exemplo, pode lhe dar. Ela não pareceu surpresa em me ver de volta, no entanto.

– Ah, então você já voltou, não é? – disse ela.

Parecia bastante óbvio que eu estava de volta e não respondi. Ela não fez nenhum movimento para me beijar.

– Não há nada para o seu jantar – continuou ela prontamente. Essa é a Hilda. Sempre consegue dizer algo deprimente no instante em que põe os pés dentro de casa. – Não estava esperando você. Você só vai ter que comer pão e queijo, mas acho que não temos queijo.

Eu a segui para dentro, sentindo o cheiro da capa de chuva. Fomos para a sala de estar. Fechei a porta e acendi a luz.

Eu pretendia dar minha opinião primeiro, e sabia que as coisas ficariam melhores se adotasse uma linha forte desde o início.

– Agora, o que diabos você queria pregando uma peça em mim? – perguntei.

Ela tinha acabado de colocar a bolsa em cima do rádio e, por um momento, pareceu genuinamente surpresa.

– Que peça? Do que você está falando?

Um pouco de ar, por favor

– Enviando aquele SOS!

– Qual SOS? Do que você está FALANDO, George?

– Você está tentando me dizer que não fez com que enviassem um SOS dizendo que você estava gravemente doente?

– Claro que não! Como poderia? Eu não estava doente. Por que eu faria uma coisa dessas?

Comecei a explicar, mas, quase antes de começar, vi o que havia acontecido. Foi tudo um engano. Eu só tinha ouvido as últimas palavras do SOS e obviamente era alguma outra Hilda Bowling. Suponho que, se você procurasse o nome no diretório, haveria dezenas de Hilda Bowlings. Foi apenas o tipo de erro estúpido e enfadonho que sempre acontece. Hilda nem havia mostrado aquele pouquinho de imaginação que eu tinha creditado a ela. O único interesse em todo o caso foram os cinco minutos ou mais quando pensei que ela estava morta e descobri que me importava, afinal. Mas isso estava acabado e feito. Enquanto eu explicava, ela estava me observando, e pude ver em seus olhos que algum tipo de problema estava por vir. E então ela começou a me questionar com o que eu chamo de sua voz de terceiro grau, que não é, como você pode esperar, irritada e irritante, mas quieta e meio vigilante.

– Então você ouviu este SOS no hotel em Birmingham?

– Sim. Ontem à noite, na transmissão nacional.

– Quando você saiu de Birmingham, então?

– Esta manhã, é claro. (Eu planejei a viagem na mente, apenas no caso de haver alguma necessidade de mentir para me livrar dela. Sai às dez, almocei em Coventry, chá em Bedford – eu tinha tudo planejado.)

– Então você pensou na noite passada que eu estava gravemente doente e só saiu esta manhã?

– Mas estou dizendo que não achei que você estivesse doente. Não expliquei? Pensei que fosse outro dos seus truques. Parecia muito mais provável.

– Então, estou bastante surpresa que você tenha ido embora! – ela disse com tanto vinagre em sua voz que eu sabia que algo mais estava por vir. Mas ela continuou mais calmamente. – E você saiu esta manhã, não é?

– Sim. Saí por volta das dez horas. Almocei em Coventry...

– Então, como você explica ISTO? – de repente ela disparou contra mim e, no mesmo instante, abriu a bolsa, tirou um pedaço de papel e estendeu-o como se fosse um cheque falsificado ou algo assim.

Senti como se alguém tivesse me acertado com uma biruta. Eu devia saber disso! Afinal, ela me pegou. E ali estava a prova, o dossiê do caso. Eu nem sabia o que era, exceto que era algo que provava que eu tinha saído com uma mulher. Murchei. Um momento antes eu estava meio que a intimidando, fingindo estar com raiva porque fui arrastado de volta de Birmingham para nada, e agora ela de repente virou o jogo contra mim. Você não precisa me dizer como eu fiquei naquele momento. Eu sei disso. A culpa está escrita em letras grandes – eu sei. E eu nem era culpado! Mas é uma questão de hábito. Estou acostumado a estar errado. Por cem libras, eu não poderia manter a culpa fora da minha voz enquanto respondia:

– O que você quer dizer? O que é isso que você tem aí?

– Leia e verá o que é.

Eu peguei. Era uma carta do que parecia ser uma firma de advogados, e observei que era endereçada da mesma rua do Hotel Rowbottom.

– Cara senhora. – li. – Com referência à sua carta de 18 de março, pensamos que deve haver algum engano. O Hotel Rowbottom foi fechado há dois anos e convertido em um prédio de escritórios. Ninguém que corresponda à descrição de seu marido esteve aqui. Possivelmente...

Eu não li mais nada. Claro que vi tudo em um *flash*. Fui um pouco inteligente demais e meti os pés pelas mãos. Havia apenas um tênue raio de esperança – o jovem Saunders pode ter esquecido de postar a carta que eu endereçara do Rowbottom, nesse caso era bem possível que eu pudesse ser desmascarado. Mas Hilda logo encerrou essa ideia.

– Bem, George, você vê o que diz a carta? No dia em que você saiu daqui, escrevi para o Hotel Rowbottom... Ah, só uma pequena nota, perguntando se você havia chegado lá. E você vê a resposta que recebi! Sequer existe um Hotel Rowbottom. E no mesmo dia, na mesma postagem, recebi sua carta dizendo que você estava no hotel. Você tem alguém para postar para você, eu suponho. ESSE era o seu negócio em Birmingham!

– Mas, olhe aqui, Hilda! Você entendeu tudo errado. Não é o que você pensa. Você não entende

– Ah, sim, George. Entendo PERFEITAMENTE.

– Mas olhe aqui, Hilda...

Não adiantava, é claro. Foi um flagrante justo. Eu não conseguia nem olhar nos olhos dela. Eu me virei e tentei sair para a porta.

– Vou ter que levar o carro para a garagem – falei.

– Ah, não George! Você não vai sair daqui assim. Vai ficar aqui e ouvir o que tenho a dizer, por favor.

– Mas, que droga! Tenho que acender as luzes, não tenho? Já passou da hora de acender. Quer que a gente seja multado?

Então, ela me soltou e eu saí e acendi as luzes do carro, mas quando voltei ela ainda estava lá como uma desgraça, com as duas cartas, a minha e a do advogado na mesa à sua frente. Eu recuperei um pouco da coragem e fiz outra tentativa:

– Escute, Hilda. Você pegou no lado errado desse negócio. Posso explicar tudo.

– Tenho certeza de que VOCÊ poderia explicar tudo, George. A questão é se eu acredito em você.

– Mas você está tirando conclusões precipitadas! O que fez você escrever para esse pessoal do hotel, afinal?

– Foi ideia da senhora Wheeler. E uma ideia muito boa também, no fim das contas.

– Ah, a senhora Wheeler, foi? Então você não se importa em deixar aquela maldita mulher entrar na nossa vida?

– Ela não precisava de permissão para entrar. Foi ela quem me avisou o que você estava fazendo esta semana. Algo parecia dizer a ela, ela disse.

E ela estava certa, você vê. Ela sabe tudo sobre você, George. Tinha um marido exatamente como você.

– Mas, Hilda...

Eu olhei para ela. Seu rosto ficou meio branco sob a superfície, como fica quando ela pensa em mim com outra mulher. Uma mulher. Se ao menos fosse verdade!

E, meu Deus! O que eu poderia ver na minha frente! Você sabe como é. As semanas seguidas de queixas e aborrecimentos horríveis, e os comentários maliciosos depois que você acha que a paz foi assinada, as refeições sempre atrasadas e as crianças querendo saber do que se trata. Mas o que realmente me desanimou foi o tipo de desgraça mental, o tipo de atmosfera mental em que o verdadeiro motivo de eu ter ido para Lower Binfield nem seria concebível. Isso foi o que mais me impressionou no momento. Se eu passasse uma semana explicando para Hilda POR QUE estive em Lower Binfield, ela nunca entenderia. E quem entenderia, aqui, na Ellesmere Road? Poxa! Eu mesmo me entendi? A coisa toda parecia estar desaparecendo da minha mente. Por que fui para Lower Binfield? Eu tinha ido lá? Nessa atmosfera, parecia sem sentido. Nada é real na Ellesmere Road, exceto contas de gás, taxas escolares, repolho cozido e o escritório na segunda-feira.

Mais uma tentativa:

– Mas olhe aqui, Hilda! Eu sei o que você está pensando. Mas você está absolutamente errada. Juro que você está errada.

– Ah, não, George. Se eu estava errada, por que você teve que contar todas aquelas mentiras?

Não há como fugir disso, é claro.

Dei um ou dois passos de um lado para o outro. O cheiro de gabardina era muito forte. Por que eu fugi assim? Por que me preocupei com o futuro e o passado, vendo que o futuro e o passado não importam? Quaisquer que fossem os motivos que eu pudesse ter, eu mal conseguia me lembrar deles agora. A velha vida em Lower Binfield, a guerra e o pós-guerra, Hitler,

Stálin, bombas, metralhadoras, filas de comida, cassetetes de borracha estavam desaparecendo, tudo desaparecendo. Nada restava, exceto uma fileira vulgar com o cheiro de gabardinas velhas.

Uma última tentativa:

– Hilda! Apenas me escute um minuto. Olhe aqui, você não sabe onde estive esta semana, sabe?

– Não quero saber onde você esteve. Eu sei o que você tem feito. Isso é o suficiente para mim.

– Mas que...

Bem inútil, é claro. Ela me considerou culpado e agora me diria o que pensava de mim. Isso pode demorar algumas horas. E, depois disso, mais problemas foram surgindo, porque logo ocorreria a ela de perguntar onde eu consegui o dinheiro para esta viagem, e então ela descobriria que eu estava escondendo as dezessete libras dela. Na verdade, não havia razão para que essa briga não durasse até as três da manhã. Não adianta mais brincar de inocência ferida. Tudo que eu queria era a linha de menor resistência. E na minha mente eu repassei as três possibilidades, que eram:

A. Dizer a ela o que eu realmente estava fazendo e de alguma forma fazê-la acreditar em mim.
B. Usar o velho truque de perder a memória.
C. Deixá-la continuar pensando que era uma mulher e tomar meu remédio.

Mas, que droga! Eu sabia qual teria que ser.

FIM